STALKEUSE

Pour la traduction française :
© Éditions Albin Michel, 2023
Paru sous le titre : *CREEP: A LOVE STORY*
(Première publication : Clarion Books, une marque de HarperCollins Publishers)
Copyright © Lygia Day Szelwach, 2022
Cette édition est publiée en accord avec Lygia Day Szelwach, New York, États-Unis, son agence The Bent Agency, États-Unis, ainsi que leur co-agent Marotte et compagnie, agence littéraire, Paris, France.

© 2023 Albin Michel Jeunesse
22, rue Huyghens, 75014 Paris
www.albin-michel.fr

Loi n° 49-956 du 16 juillet 1949 sur les publications destinées à la jeunesse, modifiée par la loi no 2011-525 du 17 mai 2011.

Lygia Day Peñaflor

STALKEUSE

Traduit de l'anglais (États-Unis)
par Mona de Pracontal

ALBIN MICHEL

Une chose qui se voit dans mes photos,
c'est que je n'avais pas peur de tomber amoureuse de ces gens-là.

Annie Leibovitz

Un jour, au lycée, quand j'étais Senior,
une « Freshman » m'a abordée furtivement
devant mon casier et m'a glissé,
les yeux brillants d'admiration :
« Ton copain, il est TROP. BEAU. *»*
Merci, jeune élève aux yeux émerveillés,
cette histoire, elle est pour toi.

1

Laney Villanueva et Nico Fiore sont là. Ils avancent vers moi. Elle tient des livres dans ses bras. Physique, espagnol, une tablette. Lui porte un sac à dos Jansport noir et son sweat violet, celui aux poignets râpés, qu'il met le matin quand il fait frais et qu'il se retrouve à trimballer en rentrant l'après-midi s'il fait doux. Les yeux de Nico. Le sourire de Laney. Leurs mains étroitement enlacées. Tout en eux proclame : *Nous voilà !*

Sur les portes en verre de mon collège, des lettres tracent les mots HOLY FAMILY HIGH SCHOOL[1] : SOYEZ LUMIÈRE ! Je les vois tous les jours. Je suis postée derrière le comptoir de l'accueil, l'inscription à l'envers sous mon nez, et

---

1. La Holy Family High School est un institut catholique privé. La High School des États-Unis est à cheval sur le collège et le lycée français ; ses quatre années de scolarité correspondent à nos classes de troisième, seconde, première et terminale, et ses élèves sont appelés, dans l'ordre, Freshmen, Sophomores, Juniors et Seniors. Pour les autres classes, cette traduction emploiera directement les équivalents français. Toutes les notes de bas de page sont de la traductrice.

aujourd'hui, pour la première fois, je comprends ce qu'elle signifie. SOYEZ LUMIÈRE! Laney Villanueva et Nico Fiore sont rayonnants.

Laney est devant moi, à présent, dans son polo du Bureau des élèves. Je n'ai jamais été aussi près d'elle depuis la fois où, au printemps dernier, elle faisait la queue juste derrière moi pour la confession. Je tendais l'oreille pour entendre ce qu'elles se racontaient en chuchotant, Anna Largo et elle. Je voulais savoir ce que Laney allait confesser. J'avais besoin de le savoir, il fallait que je le sache, je ne supportais plus de ne pas en découvrir davantage sur elle et Nico, sur les choses qu'ils avaient faites. Les péchés de Laney devaient être magnifiques. Mais dans leurs murmures, il n'était question que du frère d'Anna, qui est alcoolique. Les parents d'Anna étaient à bout de ressources. Rien d'important. Rien sur Laney et Nico, sur leur intimité, leurs vices, leurs secrets.

Laney Villanueva est heureuse et bronzée, même sous les néons.

–Salut, me dit-elle. (Une fossette se creuse dans sa joue gauche et je sens que ça va m'achever.) On arrive maintenant seulement.

Entre les lames verticales du store, nous voyons que le père Philip, le proviseur, est au téléphone. Laney se penche vers moi et ajoute d'une voix douce:

–On était au service des permis de conduire.

Ses cheveux noirs et mouillés sentent le shampoing à la noix de coco. Ça me donne le tournis de respirer Laney, d'inhaler son odeur.

Nico Fiore lui frotte le dos, par mouvements circulaires. Je sens la pression égale de ses doigts. Enfin, je veux dire que je peux presque la sentir, chaude, rassurante, émoustillante. Je me demande si Laney s'est habituée à ce qu'il la touche, ou si là, en cet instant même, ça la trouble, bien qu'elle sorte avec lui depuis dix mois. Sous la paume de sa main, elle reprend imperceptiblement son souffle, très vite, en une réaction éclair qui pourtant ne m'échappe pas, et je sais ce que ça veut dire. Les caresses de Nico Fiore la feront frémir jusqu'à la nuit des temps.

–On a passé le permis de conduire, dit Nico.

Ses cheveux blond cendré sont mouillés, eux aussi, et ils ont la même odeur que ceux de Laney, noix de coco et... autre chose... quoi donc... amande. Laney lui a touché les cheveux. Je l'ai vue faire. Elle sait qu'ils sont épais et doux. Pas plus tard qu'hier, ils s'embrassaient au bord du terrain de foot. Je l'ai regardée malaxer l'arrière de sa tête et enfoncer les doigts dans ses boucles, et lui la serrait si fort qu'elle en avait les mocassins qui décollaient de l'herbe. Le vent a soufflé, les cheveux de Laney ont recouvert leur visage à tous les deux, les effaçant soudain, et ils ont disparu dans un monde rien qu'à eux. Je me suis dit: C'est l'automne–et le début de tout, pas la fin.

–Vous avez passé le permis *tous les deux*? je m'étonne. Je croyais que c'était impossible d'obtenir un rendez-vous.

Les Seniors se plaignent tout le temps de devoir attendre des semaines pour leurs créneaux d'examen.

–Ben, on a dû avoir de la chance, dit Laney.

Je les regarde en fronçant les sourcils. Je les ai vus plusieurs fois monter dans la voiture de Nico ou en sortir. Il a son permis.

– T'as pas une Jeep noire ? je lui demande.

– Moi ? Euh, non. Tu dois confondre.

Il bat des paupières. Même ses cils paraissent mouillés. Je l'imagine émergeant d'une piscine au ralenti, comme dans une pub, la peau dorée, le visage tourné vers le soleil.

– Ah, dis-je. Sans doute. Désolée.

Ils mentent, pour le service des permis de conduire, et maintenant, je mens à mon tour. Nous sommes de mèche tous les trois, Laney, Nico et moi. Je jette un coup d'œil au père Philip : il cherche quelque chose dans son classeur à dossiers. Puisse-t-il ne jamais le trouver.

– Bon, dis-je à Laney et Nico, Mme Bardot est sortie prendre son café. Mais je peux vous donner des billets de retard.

Le père Philip lève les yeux vers moi un quart de seconde. J'ajoute, au cas où il pourrait nous entendre :

– J'ai juste besoin de voir les papiers du service des permis.

– OK...

Laney Villanueva se met à fouiller dans son sac, un grand fourre-tout matelassé avec des boucles dorées et plein de compartiments. Objet par objet, elle étale sa vie sur mon comptoir. J'ai envie de passer les doigts sur ses affaires : son gros élastique jaune, un sac congel plein de mini-carottes, des écouteurs, sa trousse à maquillage, une liasse de fiches retenues par un caoutchouc, des Stabilo verts et roses, un *Othello* en édition poche hérissé de post-it de toutes les couleurs, quelques pastilles pour la gorge qui tintent doucement contre la surface du comptoir, ses chaussettes en peluche à rayures pastel. Et *ses chaussons de danse*. Des pointes en satin aux bouts éraflés, d'où déborde un peu de laine d'agneau. Je sens l'odeur des semelles de cuir et de la transpiration séchée de Laney. J'ai envie de les plier entre mes mains, d'en palper la raideur et la flexibilité. Il faut que je… c'est plus fort que moi – je tends la main droite et j'effleure un ruban, je sens la caresse de plume de son bout effiloché sur mon petit doigt. Je veux *être* elle.

– J'ai l'impression qu'on a perdu les papiers, dit Laney.

Je retire discrètement ma main.

– J'ai dû les faire tomber quelque part entre le service des permis et ici, conclut-elle.

Avec un soupir, elle commence à remballer ses affaires, fourre ses pointes dans son sac en secouant la tête.

– Mince, dis-je. Ben… euh…

Je veux retenir Laney et Nico, ici, avec moi, le plus longtemps possible. Je gagne du temps. Leurs yeux – brun très foncé pour elle, noisette clair et brillant pour lui – guettent ma réponse. Je finis par leur demander :

– Est-ce que vous l'avez eu ? Parce que dans ce cas, je pourrais photocopier vos certificats provisoires et les enregistrer.

Nico a un bouton qui point sur le menton ; ça fait une petite bosse plus haute et d'un rose plus foncé au milieu – il sera mûr demain. Quand je vois Nico Fiore depuis l'autre bout de la cafétéria, c'est comme si je le regardais à la télé. D'une saison à l'autre, il grandit et prend de la carrure ; ses cheveux passent de bien coiffés à hirsutes, et à bien coiffés de nouveau. Ses amis gravitent autour de lui. Ils vont et viennent dans le film qu'est sa vie. Ici, vu de près, Nico Fiore est encore mieux qu'un personnage de télévision. Il est réel. Je pourrais tendre la main et toucher son torse. Il est en chair, en os et en défauts. Un vrai garçon, qui a un bouton sur le menton.

–Non. On l'a raté tous les deux, répond le vrai garçon en évitant mon regard – le vrai garçon n'a pas l'habitude de mentir et il ne sait pas s'y prendre.

–Je suis désolée.

Je reste le plus immobile possible. Je ne veux pas laisser partir Laney Villanueva et Nico Fiore.

–On est nuls au volant, dit Nico en regardant tendrement Laney, à croire qu'il est fier de leur nullité.

Laney écarte les mains et les place l'une face à l'autre. Elle a les ongles coupés court, avec du vernis transparent. Nico regarde les mains de Laney dessiner un angle perpendiculaire.

–C'est le créneau qui m'a eue, dit-elle. Je n'avais aucune idée de ce que je faisais.

–C'est pas grave. Moi aussi, j'étais paumé.

Nico et Laney se regardent –brun foncé et noisette brillant confondus. Je disparais, tout à coup. Je suis devenue invisible à leurs yeux.

–Il paraît que c'est toujours là que ça coince..., dis-je, même si je n'existe plus. Le... euh... le créneau.

Il n'y a plus qu'elle et lui, à présent, et les petits cheveux rebelles de Laney, que Nico lui glisse derrière l'oreille. Il se délecte de sa tâche, comme si chaque fine mèche justifiait son amour pour elle.

–Mais ça va, dit-il doucement. C'était juste notre première fois.

Laney appuie les coudes sur le comptoir et bascule la tête, levant le visage vers lui. Elle est partie, elle s'est perdue en lui.

Il lui rend son regard.

–On y arrivera. T'inquiète pas.

Elle ferme lentement les yeux, elle inspire, son corps se soulève.

Nico dessine le contour du visage de Laney avec son pouce. C'est fini, pour lui. Il est parti, lui aussi. Il s'est perdu en elle.

–Il va juste falloir qu'on le repasse, hein? lui glisse-t-il à l'oreille.

Je les regarde et, ce faisant, m'enfonce dans les tréfonds d'un secret.

–On va devoir recommencer plein de fois, poursuit-il dans un murmure.

Ils l'ont fait.

Ils ont couché ensemble.

Ils l'ont fait pas plus tard que ce matin, pour la toute première fois. Il y a une heure, ils étaient au lit, sous les couvertures, enveloppés l'un dans l'autre. Ensuite, ils ont pris leur douche ensemble, congestionnés et endoloris dans des régions sensibles de leurs corps, riant de ce qu'ils venaient de faire. Puis ils sont venus ici, directement. Me trouver. Et maintenant, je sens une odeur de shampoing noix de coco-amande sur elle et sur lui. Sur eux deux. L'odeur me remplit à ras bord. C'est le matin le plus important de leur vie et je suis la toute première personne à les voir. C'est un miracle d'assister à l'éclosion.

D'un amour.

Laney pique un fard. Elle baisse la tête et pousse un long soupir. Ses cheveux se répandent en cascade sur mon comptoir. Nico se penche et lui embrasse le lobe de l'oreille.

Là, c'est fini.

Je suis partie.

Je pourrais les regarder toute la journée, et peut-être toute l'éternité. Ils sont tellement beaux.

J'aimerais tant pouvoir... j'aimerais... tant pouvoir tendre la main. Je retrouve ma voix et je dis:

–Je crois que ça va aller... pour cette fois.

Laney lève la tête avec indolence et s'étire. Nico s'avance. J'ai brisé leur sortilège. À mon grand regret.

–Mais n'oubliez pas vos certificats d'examen, la prochaine fois.

Je m'éclaircis la gorge.

Laney m'adresse un sourire rêveur. J'arrête de respirer.

–Nous n'oublierons pas, la prochaine fois, dit-elle. Nous le promettons.

Nous.

Laney Villanueva et Nico Fiore sont un *nous*. Ils se réveillent tous les matins et se couchent tous les soirs non-seuls-au-monde. Quel effet ça fait? Quel effet ça fait d'avoir quelqu'un et d'être quelqu'un en retour?

–Du coup, demande Nico, tu vas nous tamponner nos billets de retard?

C'est la question la plus ridicule qui m'ait jamais été posée. Je leur tamponnerais des billets pour la Cité d'Émeraude, pour Narnia, Terabithia, Disneyland, pour n'importe où. Demande-moi de te tamponner n'importe quel document, Nico Fiore, et je le ferai.

Je me penche en arrière et jette un nouveau coup d'œil au père Philip. Il gesticule toujours au téléphone, mais regarde par la fenêtre, cette fois-ci. Je donne alors la seule réponse possible :

– Pas de souci.

– *YES!* s'écrie Laney, sautillant sur ses pointes de pied de danseuse. T'es la meilleure.

Je suis la meilleure.

– Merci mille fois, euh...

Elle fronce les sourcils, s'efforçant de trouver mon prénom.

Elle est gênée de ne pas le connaître. Ne sois pas gênée, Laney. C'est trop gentil de ta part de t'en soucier. Je suis soulagée qu'elle ne me connaisse pas, qu'elle ne sache pas ce que j'ai fait. Je me sens libre. Le passé reste le passé.

– Rafi, lui dis-je. Rafaela. Mais tout le monde m'appelle Rafi. Je suis Sophomore.

J'allais à l'école de danse de tes parents quand j'étais petite, Laney, mais tu ne peux pas t'en souvenir, nous étions tellement nombreuses. Ta mère me donnait des cours de danse jazz. J'avais un sac à chaussures rose avec la fée Clochette dessus. Les cheveux courts, au carré. Ça me donnait l'impression d'être un garçon manqué, je détestais ça. J'aurais voulu être comme toi, avec tes longs cheveux de soie qui se déployaient autour de ton visage quand tu faisais des pirouettes, pendant ton solo sur *The Climb*. Tu avais danse lyrique juste après moi. Je te regardais en attendant que Gran vienne me chercher. Je priais pour qu'elle soit en retard.

Nous toutes, les petites, on te regardait danser. Tu devais le savoir. Tu nous entendais sans doute sortir du vestiaire à petits pas pressés, tu entendais sans doute les zips de nos sacs râper contre le mur quand on jouait des coudes pour avoir une bonne vue. Dès les premiers accords de ta chanson, on regardait à travers le miroir sans tain. Les plus menues d'entre nous, en sueur et le cou raide, se dressaient sur la pointe des pieds, agrippant le rebord du miroir du bout des doigts. Nous savions déjà, à cette époque, qu'un jour, un garçon sublime comme Nico Fiore t'aimerait.

Tu tenais ta posture de début, le cou allongé par ton menton relevé. Les muscles fins de tes bras et de ton dos s'étiraient quand tu levais les mains, paumes ouvertes et doigts écartés. Ton visage irradiait la joie. C'est surtout de ça que je me souviens. Tu aurais souri, que nous soyons là à te regarder ou pas.

–Merci, Rafi.

Laney Villanueva, de l'Allegro Dance Studio, connaît mon prénom. Maintenant, si je lui dis «Salut, Laney» en la croisant dans les couloirs, elle pourra me répondre «Salut, Rafi», et elle se souviendra que *je suis la meilleure*.

–Sérieux. Merci de nous arranger le coup, renchérit Nico.

Son visage s'éclaire. Des petits plis se forment aux coins de ses yeux quand il sourit, d'un grand sourire que Laney voit tous les jours. Il n'y a pas plus chanceuse qu'elle.

–À charge de revanche, OK? me dit-il.

J'ai les joues en feu. Je suis incapable de le regarder dans les yeux. Avec ses prunelles, il m'a ferrée. Je suis obligée de détourner la tête. Il ne devrait pas être aussi gentil, c'est trop – c'est injuste.

–Ce n'est rien, dis-je.

J'inscris son nom et la raison de son retard sur une fiche faite pour: *Nico Fiore/Examen de permis de conduire.* J'appuie le tampon sur l'encrier.

–Je t'en prie. C'est pas un problème, j'ajoute, même si c'en est un, et de taille.

Je tamponne son billet de retard.

EXCUSÉ(E).

Je prends tout mon temps pour remplir celui de Laney. Je trace son nom en belles lettres arrondies, avec des boucles, parce que même son nom est joli. On dirait une destination de vacances aux Philippines. *Bienvenue au Paradis: île Laney Villanueva.* Je presse de nouveau le tampon sur l'encreur, bien qu'il soit encore imbibé.

EXCUSÉ(E).

J'inscris l'heure sur chacune des fiches en leur accordant dix minutes de plus, pour permettre à Nico d'attendre, appuyé contre les casiers comme un vrai petit ami de sitcom, que Laney trie ses livres.

–Je vous ai donné dix minutes, leur dis-je.

–Parfait, répond Nico.

Ils auront du temps en plus pour se dire ce qu'ils ont à se dire avant d'entrer en classe avec trente secondes d'avance sur la sonnerie. Quand on est amoureux, dix minutes peuvent tout changer. N'est-ce pas ce que les gens disent toujours? *Si seulement nous pouvions avoir encore dix minutes ensemble, je lui dirais tout.* Ces dix minutes sont un cadeau de ma part. Chacun des regards et des paroles qu'ils échangeront sera grâce à moi. Dites-vous tout, Laney et Nico. Toutes ces choses que vous avez à vous dire.

Laney attend. Je balaie du regard le comptoir, les boîtes aux lettres, le panneau d'affichage. Je vais bien trouver quelque chose pour gratter une seconde de plus avec eux. Ah, voilà: les invitations au banquet des Seniors, que j'avais commencé à mettre sous enveloppe.

–Attendez! dis-je, en soulevant le carton. Vous en voudrez peut-être. Ce sont les invitations à la soirée des bagues, pour les familles. Elles ne seront postées qu'à la fin de la semaine, mais vous pouvez en prendre quelques-unes pour être sûrs d'en avoir assez.

–Super.

Laney se sert largement pour eux deux. *Nous.* Nico sourit.

–Cool.

Comme je suis à court d'idées, que je n'ai plus rien pour les retenir, je leur tends leurs billets de retard, un dans chaque main. Laney et Nico les attrapent. Un quart de seconde, je resserre les doigts. *Restez avec moi, Laney Villanueva et Nico Fiore. Restez.* Je remarque quelque chose dans les yeux de Nico et dans sa façon de plisser le front, une pointe de je-ne-sais-quoi. Qu'est-ce? Il faut que je lâche.

Vos distances. Gardez vos distances.

Je lâche prise. Le vide m'envahit.

–Bonne journée, dit Laney.

Je les regarde tourner le dos en me mordant la lèvre.

–Vous aussi.

Vous deux.

Ne partez pas.

J'éprouve le même sentiment de perte que lorsque Laney arrivait à sa posture finale sur *The Climb* –je voulais tant que la chanson ne s'arrête jamais.

–Bonne journée, je réponds, avec une note de défaite dans la voix, qu'aucun des deux ne remarque.

Ils sortent par les doubles portes: SOYEZ LUMIÈRE!

Je murmure «Revenez, s'il vous plaît», tandis que Nico passe le bras sur l'épaule de Laney, où il a sa place.

Mes yeux les suivent à travers le mur vitré du bureau principal. Laney et Nico tournent à gauche, vers le couloir des Seniors, s'éloignant toujours plus de moi.

Ne partez pas.

Le père Philip raccroche. Il repose le combiné sur son support. Silence. Il flotte dans l'air un léger parfum d'amande et de coco. La petite aiguille de l'horloge avance avec un clic. Laney et Nico ont neuf minutes.

Dites-vous tout.

J'espère que vous allez vivre un mardi magnifique, Laney et Nico. D'ici deux ou trois heures, vos cheveux seront secs. En cours, vous prendrez des notes et lèverez la main. Vous rendrez des devoirs et longerez les couloirs, vous rirez avec vos amis, vous mangerez, boirez. Vous irez à la messe. En apparence, votre journée sera ordinaire. Mais tout du long, vous penserez à ce matin. Et pendant toute la semaine. Tout le mois. Toute l'année. Toute *la vie*... vous repenserez à ce matin.

Je déballe une pastille pour la toux, une seule, celle que j'ai glissée dans ma manche quand les pastilles ont roulé du sac de Laney. Je la glisse dans ma bouche, je passe et repasse la langue sur le sucré qui s'intensifie. Cerise.

«À charge de revanche», a dit Nico. Mais la vérité, la vérité toute nue, c'est que vous ne pourrez rien me donner de plus, Laney Villanueva et Nico Fiore. Je n'ai jamais participé à rien d'aussi pur.

C'est fini pour moi.

Terminé.

Je suis perdue dans leur automne.

2

En dernière période, on nous rassemble à l'auditorium pour la messe. La table de communion et le crucifix, à roulettes tous les deux, ont été amenés sur scène. Et hop! Une chapelle! Mercredi dernier, dans le même espace, on nous a fait faire un exercice d'évacuation attentat-intrusion. Avant Thanksgiving, il s'y donnera une représentation de *Notre petite ville.* Et quand viendra l'hiver, l'auditorium accueillera la soirée de Distribution des Prix des Seniors.

Je passe devant la rangée de Jenna, qui est debout à côté de Rhia Bergen, sa nouvelle meilleure amie. Je sais que Jenna me voit. Elle baisse la tête, mais me suit du regard entre ses cheveux. Si elle veut laisser pousser sa frange, elle devrait au moins la retenir avec des barrettes. Là, ce n'est pas flatteur. Une vraie amie le lui dirait. Moi, je le lui aurais dit.

Rhia Bergen a l'air tout droit sortie de la chaîne Disney. Elle se tord les mains quand elle est surexcitée et n'a qu'un sujet à la bouche: la colonie équestre. Elle parle sans fin de rubans bleus, de mouches grosses comme des monstres, de chevaux nommés Warhol ou Van Gogh, qui ont la queue teinte au colorant alimentaire violet ou rose fluo. Il y a un animateur qui est médaille de bronze aux Jeux olympiques de la Jeunesse, et vraiment BG en plus. Tous les étés, c'est le même défi : qui attirera son regard cette année ? Envoyez la musique de la série Disney préférée de Rhia, qui se termine par un heeeeennissement !

Ma classe est envoyée vers la rangée K, à gauche en regardant la scène. « Avancez jusqu'au fond », nous ordonne M. Needham. Holy Family est surchargée. La direction a intérêt à relever les critères d'admission, parce que ça pourrait devenir un facteur d'incendie. Dans les couloirs, à la cafétéria, sur le parking et tout particulièrement à la messe, nous sommes entassés – en mode tu as le souffle chaud de l'un sur la nuque, et dans le nez l'odeur de transpiration de l'autre, mêlée à celle de son body-spray Axe. Là, je suis coincée, épaule contre épaule, avec cette petite chose terne aux joues molles de Greta Novak, qui chante *Ô Seigneur, je viens vers toi* entre ses lèvres gercées.

La chorale ! Comment ai-je pu oublier la chorale ? Je grimpe sur la pointe des pieds, me retenant du bout des doigts au dossier de la chaise de devant. Je sais qu'elle est dans la section des sopranos, qui se trouve en général au milieu, légèrement sur la gauche. La voici : Laney Villanueva, entre ses amies Kendra Darling et Aisha Moore. La bouche de Laney dessine des O parfaitement ronds et des A qui s'élargissent doucement. Ô. Son menton s'aiguise quand elle lève la tête. *Toi... ââ.*

Et voilà Nico. Ténor, dernière rangée, le regard qui traverse sa section en diagonale. Ses cheveux sont secs, à présent, et paraissent encore plus blonds à la lumière électrique. Il observe le profil de Laney, admirant lui aussi ses voyelles. Devant tous les élèves et le corps enseignant, il rougit en repensant aux *Oh* et aux *Ah* de Laney ce matin. En se souvenant des draps froissés, de la peau brûlante et perlée de sueur de Laney. En revivant chaque caresse, chaque goût, chaque son émanant d'elle. En s'en souvenant devant Jésus.

Je veux savoir comment ils se sont rencontrés, et s'ils ont su aussitôt qu'ils en viendraient là – à être ensemble même à plusieurs rangées de distance. Je veux entendre leur histoire, telle que chacun l'a vécue.

Je regrette de ne pas savoir chanter. Si je savais, je serais dans le chœur avec eux les Jours d'activités, septième période, salle de chorale n° 500, sous la houlette de Mme Ling. J'ai consulté leurs horaires quand ils m'ont quittée ce matin. Tous les ordinateurs sont synchronisés. Je n'ai pas craqué le système ; je ne ferais jamais une chose pareille. Je ne saurais pas comment m'y prendre, d'ailleurs. Il suffit de taper un nom, celui de n'importe quel élève, et il apparaît.

Laney n'est pas un diminutif. C'est marqué sur son profil. Elle ne s'appelle ni Elaine, ni Eleonore ou Alana. C'est juste Laney et c'est parfait comme ça car elle est exactement telle que tu la vois. Elle est parfaitement dénuée de complication. Le deuxième prénom de Nico, c'est Giovanni. Nico Giovanni Fiore, un nom de styliste ou de pilote de course. Dans un cas comme dans l'autre, sa place est à bord d'un yacht au large de Monaco, coiffé d'un Borsalino. Ou au Maroc, plutôt ? Dans celui où il y a des riches et des voitures de course.

Je me retourne pour chercher Jenna du regard, puis je me censure. Ça m'arrive de temps en temps. J'ai envie de lui raconter mes dernières découvertes et j'oublie que je ne lui parle plus. « Tu ne le croiras jamais », lui disais-je. Peu importe ce que nous étions en train de faire, elle arrêtait tout et se pressait, je la sentais se rapprocher. « Quoi ? J'ai trop envie de savoir ». Elle ouvrait de grands yeux, ses paupières tressaillaient. « Tu as toujours les ragots les plus juteux ». Jenna savourait les détails jusqu'à la dernière miette. « Raconte-moi ce que tu sais. » Elle me suppliait.

Je lui raconterais, rien qu'à elle, pour Laney et Nico, si nous étions encore amies. Jenna trouve Nico mignon, elle aussi. « On fait le tour ? » disait-elle, et on allait à la cafétéria par le chemin le plus long pour pouvoir passer devant Nico à son casier. « Nico Fiore est trop chou, disait-elle. J'adore l'air heureux en permanence de Nico Fiore. Il est trop sexy, Nico Fiore, en jogging. »

Jenna fait comme si notre amitié ne remontait pas à si loin que ça. Mais je sais, moi, et elle le sait tout autant, que nous étions ensemble en CE2. On s'asseyait côte à côte dans le car pour l'aquarium et on partageait nos derniers poussins de Pâques en sucre. Elle sait qu'on allait ensemble à l'Allegro Dance Studio. Elle avec ses jambes arquées, en justaucorps bleu vif et collant rose parce qu'elle s'imaginait que c'était une bonne combinaison de couleurs. Toutes les deux debout, le nez collé à la vitre pour regarder Laney faire des tours jetés en travers de la salle. Les tours jetés de Laney étaient les plus serrés et les plus rapides que nous ayons jamais vus.

On essayait d'imiter ses sauts tournants dans le jardin de Jenna. On buvait du Gatorade rouge pour se donner de la force. Du «dance power», comme on disait. Elle s'en souvient. On l'avalait par petites rasades dans des mini-verres, puis on essuyait nos lèvres rougies sur nos avant-bras. Les traces de jus sur la table attiraient les guêpes. On bombait les biceps et on criait: «Dance power!» On était loin, très loin, de sauter ou de tourner aussi bien que Laney, mais ce n'était pas grave. Parce que Laney nous donnait à croire que l'important, ce n'était pas ce qui nous attendait de l'autre côté. L'important, c'était de gravir la montagne.

Mon rang se lève pour la communion. Une guitare égrène *Agneau de Dieu*. J'emboîte le pas à Rhia, et je remarque que sa chemise d'uniforme est froissée. Les yeux de Jenna me suivent tout le long de la travée centrale.

Pour Jenna, la matinée d'aujourd'hui n'a rien eu de spécial. La routine. Elle s'est installée dans sa salle principale avec son Frappuccino, elle a regardé les annonces du matin et chanté les louanges du Seigneur, Alléluia. Jenna a jeté un dernier coup d'œil à ses notes de bio avant de tourner le corps de son stylo mécanique pour commencer son interro. Cette matinée a été ordinaire pour elle, d'un vide quotidien, et c'est pour cela qu'elle écoute la chorale sans *entendre* les voix qui viennent rejoindre la guitare.

Sans moi, Jenna rate les détails qu'elle adorait, les petites choses qui donnent de la vie à Holy Family: par exemple, là, Nico qui regarde la pendule en plissant les yeux, comptant les minutes écoulées depuis la dernière fois qu'il a vu Laney, et celles qui le séparent de la prochaine fois.

Je m'avance pour recevoir la communion. L'hostie fond sur ma langue. Je tourne le dos en faisant le signe de la croix juste au moment où la rangée de Jenna se lève. Nous allons nous croiser dans la travée centrale. Impossible de l'éviter.

J'essaie de me concentrer sur la chorale. Les harmonies, aiguës et claires, sont d'une beauté limpide. Parmi toutes ces voix, il y a celle de Laney. Nous nous rapprochons, Jenna et moi. Je plonge la main dans mon sac et repêche ma barrette, tout au fond, à tâtons. Je la sors et la tiens le long de mon corps, la retourne entre mes doigts.

Jenna est à quelques pas. Je lui tends la barrette. Nos regards se croisent. Elle s'apprête à la prendre, mais je change d'avis. Je ne peux pas. Je ne peux pas lui pardonner de m'avoir trahie. Je plaque la barrette contre ma cuisse et je me dépêche de regagner ma place.

C'est dans l'ordre des choses. Parce qu'à chaque action correspond une réaction de force égale et de sens opposé. C'est de la physique élémentaire, la troisième loi de Newton. Holy Family a beau être surchargée, nous y recevons une instruction de qualité.

3

En rentrant à la maison, je trouve une carte de maman dans la boîte aux lettres. Lettres bleu turquoise et paillettes roses: POUR UNE FILLE VRAIMENT COOL!

Salut Rafi,

J'espère que l'année scolaire a pris un bon départ. Je commence cette semaine un nouveau boulot dans un vrai cabinet médical! Très pro. Fini pour moi, les jobs de vendeuse! J'aurai enfin droit à une chaise. Dis bonjour à Gran et Poppy. Je t'envoie un peu de sous pour t'amuser, fais-en ce que tu veux. Envoie-moi un selfie quand tu recevras ma carte!

Gros bisous,

Maman

Dix dollars. Pas mal. Je vais mettre la carte et l'argent avec le reste, dans mon vieux sac à dos du collège, toujours pendu à la porte de mon placard. Si tu veux cacher quelque chose, mets-le dans un endroit bien en évidence, que personne ne soupçonnerait d'être particulier. Ne jamais cacher ses affaires secrètes dans sa boîte à bijoux (leçon de l'expérience).

– Bonjour, Gran. Je suis rentrée.

Je laisse mes mocassins à côté de la porte et pends ma veste. Tous les jours, je prévois de glisser une pièce d'un penny dans l'encoche du dessus de mes mocassins, mais j'oublie dès que je les enlève. Je devrais aussi rechercher l'histoire du mocassin *Penny Loafer*, parce que d'où ça vient, quand même, ce concept de mettre des pièces de monnaie dans ses grolles ?

– C'est toujours le mari ou le petit copain ! hurle Gran, face à la télé, à l'attention de la capitaine Benson.

Je traverse le salon, j'entre dans la cuisine et je pousse les miettes de génoise dans l'évier. La génoise fourrée, c'est un aller simple pour la vieillesse. Je tourne la tête et lance :

– T'as passé une bonne journée ?

– C'est un épisode rare.

Gran a les yeux rivés sur *New York Unité spéciale*.

– Je l'ai jamais vu, celui-là.

– C'est chouette, Gran, je lui réponds, bien qu'elle ait vu tous les épisodes, une bonne dizaine de fois chacun.

Celui-là avait été diffusé pendant les vacances d'été. On l'a regardé ensemble, Gran et moi, pendant que je répartissais ses médicaments contre la tension dans ses piluliers. C'est l'épisode où une élève accuse son entraîneur de volley de violences sexuelles, mais il s'avère que c'est un appel au secours qui vise à côté de la cible. Ce n'est pas l'entraîneur. C'est le petit ami de sa mère qui abuse d'elle.

–Tiens, ton potassium.

J'ai apporté une banane à Gran. C'est bon pour sa tension.

–Merci, Bianca, me répond-elle, en me prenant pour ma mère.

Je la corrige pour la centième fois:

–Je suis Rafi, Gran. Bianca ne vit plus ici.

C'est peut-être l'uniforme qui l'embrouille, il n'a pas beaucoup changé ces dernières années.

Gran agite la banane vers l'écran, où la capitaine Benson interroge le mauvais suspect.

–Espèce d'imbécile! dit-elle.

Gran se satisfait facilement de la télévision. Je n'arrive pas à décider si c'est une chance ou si c'est triste.

–Bianca va commencer un nouveau boulot dans un cabinet médical, dis-je pendant la pause pub. (Ce n'est même pas la peine d'adresser la parole à Gran pendant le programme.) Elle m'a envoyé un mot. Fini la vente en magasin.

Je suis contente pour maman. C'est dur d'être debout toute la journée. Qu'est-ce qui les empêche de donner un tabouret aux employés? Pourquoi les vendeuses et vendeurs doivent rester debout pour plier des vêtements ou quand il n'y a pas de clients? Je ne comprendrai jamais. Je montre à Gran la carte ringarde. Elle la regarde une seconde, puis épluche sa banane. J'ai des paillettes qui me collent aux doigts. Les paillettes, c'est traître: ça t'a un air innocent et girly, mais si tu t'en mets dans les yeux, tu peux devenir aveugle.

–Elle vous dit bonjour.

–Je lui donne six mois à ta mère, dans ce nouveau boulot. Six mois, dit Gran, la bouche pleine.

Elle ne veut pas que je me fasse de faux espoirs. Mais Gran ne comprend pas. Ça pourrait bien être différent, cette fois. C'est déjà différent. L'année scolaire a vraiment «pris un bon départ».

–Où est Poppy? je lui demande.

–En train d'astiquer, où veux-tu?

Gran fait un geste vers le garage. La peau de banane qui retombe en drapé sur son poing me fait toujours penser à une figurine de danseuse hawaïenne sur un tableau de bord.

Je pointe le nez dans le garage en retenant la porte du bout du pied.

–Salut, Poppy. Je suis rentrée.

–Rafi! Passe-moi cette boîte, là-bas. (Il montre du doigt un carton au fond du garage.) J'emmène ces pièces à l'atelier demain.

Je traverse le sol de ciment froid et vais chercher le carton.

–Salut, MacGraw, dis-je en tapotant au passage la Plymouth Road Runner 1971 chérie de mon grand-père, cachée sous un drap.

Poppy donne un dernier coup de peau de chamois à une pièce automobile rutilante, avant de la déposer dans le carton.

–Ça doit bien valoir quelque chose.

–Bonne chance, Poppy.

J'essuie mes mains poussiéreuses sur ma jupe d'uniforme, et je regarde Poppy se mettre à briquer une pièce crasseuse.

–J'ai parlé avec un couple super cool au lycée aujourd'hui, je lui raconte. Ils sont trop sympas. Et ils sont superbes.

Crois-moi si tu veux, mais ils ont l'air sortis d'un magazine, carrément.

Poppy se gratte la tête; il cherche un truc derrière lui. Ses lunettes glissent le long de son nez.

–Ce sont des Seniors, j'ajoute.

Il farfouille dans un autre carton plein de bidules en métal, et je hausse la voix pour couvrir les cliquetis:

–Ils font partie de la chorale, à la messe.

–Le voilà, dit Poppy, levant une pièce en forme de coude à la lumière.

–Je crois que je vais peut-être devenir amie avec eux, dis-je.

C'est vrai. Peut-être. J'étais avec eux ce matin, non? *Le matin où*. On a connecté.

En ce moment, Laney Villanueva est à une répétition de danse et Nico Fiore à son entraînement de foot. Ils se retrouveront après, au bord du terrain de football. Ils s'embrasseront. Elle aura transpiré davantage que lui, mais il sentira plus mauvais. L'un comme l'autre, ils s'en ficheront.

La pièce détachée glisse entre les doigts de Poppy. Elle s'écrase bruyamment par terre et rebondit.

–Purée!

Il la ramasse et l'examine, lunettes perchées sur le bout du nez. Il redresse le dos en gémissant.

–Il est cabossé, nom de Zeus, ajoute-t-il, tout en passant le pouce sur le chrome.

Je soupire.

–Je suis désolée, Poppy. Je vais préparer le dîner.

Il insulte le métal, tandis que je tourne le dos.

Dans la cuisine, j'ouvre le frigo et en contemple l'intérieur. Laney Villanueva, Nico Fiore et tous les autres vont à l'Astro après les entraînements et les réunions du club. À l'Astro, quand tu demandes un milk-shake épais, tu as un milk-shake épais. Il faut l'attaquer à la cuillère parce qu'on ne peut pas l'aspirer à la paille tant qu'il n'a pas un peu fondu. Voilà ce qui s'appelle un milk-shake épais. Certains soirs, il y a des parents (ceux qui s'impliquent), qui viennent dîner avec leurs enfants. À Holy Family, les parents qui s'impliquent sont surnommés Parents de la Communauté. Je crois que ça veut dire qu'on est tous censés les partager, mais ils ne m'ont jamais invitée à l'Astro.

Avec Jenna, on a vu Angela Fortunato et le reste de la bande du théâtre à l'Astro. Ils n'arrêtaient pas de chanter des chansons de musicals de Broadway que je ne connaissais pas. C'était très geek et agaçant, mais ça m'avait donné l'impression d'être inculte, et je m'étais promis d'essayer d'apprendre quelques chansons de comédies musicales. J'ai dû penser à autre chose et oublier.

Nico Fiore et ses amis et Laney Villanueva et ses cousins s'installent à de longues tables et commandent des onion rings et des frites pour tout le groupe. Des frites communautaires. Ils discutent de qui a marqué des buts, qui s'est foulé la cheville, qui a fini ses devoirs de physique pour que les autres puissent copier dessus, quels profs sortent secrètement ensemble (M. Ford et Mme Isaacs, M. Vinson et M. Morley) et de quels élèves vont se présenter à quelles universités.

J'imagine que c'est là qu'ils s'asseyent. Ça qu'ils mangent. Et ça dont ils parlent.

Les cousins de Laney sont super cool; ce sont les Philippins qui font du hip-hop à l'Allegro, des B-Boys qui se surnomment les V-Boys (V comme Villanueva). C'est le top du top, les prochains «JabbaWockeeZ». Ils ont des vestes en satin. La dernière fois que j'ai checké, le concours qu'ils ont gagné en était à un million de vues en ligne. C'est le numéro où ils miment les rouages d'une horloge détraquée – les déclics et les mouvements de rotation sont tous parfaitement synchronisés. Ils accélèrent jusqu'à ce que les ressorts cassent et que l'horloge explose. Ils *déchirent leur race*, comme disent les commentaires. Les V-Boys prennent bien trois tables à eux seuls, à l'Astro. Une grande Sainte Famille.

Je pourrais refaire un pain de dinde pour ce soir. C'est assez facile et on a les ingrédients. La dinde hachée est toujours pâlichonne, mais Poppy n'est pas censé manger de viande rouge. Ce n'est pas grave que j'en aie fait un il y a seulement cinq jours. Personne ne se plaint.

Je sors le grand bol et le moule à cake brûlé dans les coins. Ça ne sert plus à rien de gratter. Il est comme il est, c'est son nouvel état normal.

Dinde hachée. Champignons. Chapelure. Mélange d'épices Ranch. Sauce barbecue. Ketchup. Un œuf. Cinquante minutes à 190 degrés.

Personne ne s'extasie, mais personne ne se plaint.

Je pose le paquet de dinde hachée contre ma joue. Je lève mon téléphone face à mon visage pour prendre une photo.

Clic.

Envoyer.

4

La Journée des clubs, au gymnase, est organisée exactement comme l'année dernière. La table du club de l'album de l'année est contre le même mur. L'affiche avec les couvertures d'albums est la même. La banderole est la même. C'est comme si je n'avais pas bougé de là depuis douze mois. La seule différence, c'est que M. Tosh est posté à côté de la table, à la place de M. Bryant.

M. Tosh, avec ses soixante-dix ans et son pull sans manches à losanges, n'est pas M. Bryant. L'année dernière, M. Bryant était en jean noir et blazer gris clair. Il buvait du café dans un mug thermos. Un mug *thermos*. Comme un moniteur de camp de nature. M. Bryant ne croyait pas au polystyrène. Il se souciait de choses importantes; l'environnement, par exemple. Moi non, mais j'admirais ça chez lui. C'était vraiment un bon modèle. À la seconde où je l'ai vu, j'ai eu envie de le suivre dans la forêt, de ramper sous sa tente et de m'endormir dans le noir à côté de lui.

Je m'approche de la table et j'ouvre l'album de l'année dernière, qui est exposé.

–Te revoilà? demande Mariah Rourke, la responsable de l'album de l'année.

Mariah doit son nom à la chanteuse Mariah Carey. Elle pense que ça lui donne un potentiel de réussite supérieur à celui de la fille moyenne, qui n'a pas reçu de ses parents le prénom d'une des artistes les plus vendues de tous les temps. Ça s'appelle du déterminisme nominatif. En plus, le nom de Mariah, par association à Mariah Carey, crée une impression d'efficacité. Je sais tout ça parce que Mariah Rourke aime le raconter quand elle se présente.

–Ouep, je remets ça, dis-je.

L'album de l'année, c'est *le* truc pour lequel je ne ménage pas mes efforts. Je sais être efficace, des fois, même si je ne dois mon nom qu'au grand-père que je ne vois jamais. Au début, je m'appliquais pour impressionner M. Bryant. Et plus tard... pour d'autres raisons.

M. Bryant sourit en page 16 (photos des enseignants) et en page 66 (avec sa classe principale). Je me souviens des numéros de page. À la 82, il est en chemise de bûcheron, le dos tourné à l'appareil photo, face au tableau blanc. Son écriture rapide grimpe à la diagonale sur le tableau: «Comment débute une révolution?»

En page 102 se trouve la photo du club de l'album de l'année. J'y figure, debout à côté de M. Bryant. Quand nous avons pris la pose, je me suis répété dans ma tête: *Je suis debout à côté de M. Bryant. Je suis debout à côté de M. Bryant*. Ce soir-là, j'ai imprimé la photo, et je l'ai regardée pendant mille heures en me rappelant toutes les choses qu'il m'avait dites: «Vous avez l'œil, mademoiselle Wickham... Vous êtes ma photographe de choc... Dites donc, vous m'avez mis à mon avantage, sur celle-là!» Nous avions exactement la même couleur de cheveux et le même teint de peau. Je ne l'avais pas remarqué, avant. Mariah nous avait demandé de nous serrer un peu. Son bras s'était appuyé contre le mien. C'est dire comme on était près.

L'année dernière, j'étais entrée dans le gymnase sans trop savoir à quel club m'inscrire, penchant déjà pour aucun. Je ne trouvais pas Jenna. Je m'apprêtais à ressortir acheter des cookies aux pépites de chocolat dans la cour (ils venaient de regarnir le distributeur avec ceux de la marque qui les fait bien moelleux). C'est alors que j'avais vu M. Bryant avec son café bon pour la planète, et qu'il m'avait adressé la parole de sa voix douce et chaleureuse: «Ça vous dit de travailler sur l'album de l'année?» m'avait-il demandé. *Oui.* Bien sûr que oui. J'en mourais d'envie.

Mariah joue avec un stylo tout en me toisant de la tête aux pieds.

–Je voudrais pas être malpolie, Rafi, mais est-ce que tu as le droit de t'inscrire de nouveau? Je veux dire, M. Bryant t'a pas renvoyée?

Comment ose-t-elle parler de ça? Ça ne la regarde pas: ni à l'époque ni jamais.

–C'était sans rapport avec l'album de l'année, dis-je à Mariah-pas-Carey. C'était juste...

Je suis incapable de décrire une chose aussi forte. Je ne devrais pas avoir à en rendre compte à qui que ce soit, d'ailleurs. Il s'agit d'un incident personnel, d'ordre privé, entre M. Bryant et moi. Et mon dossier de discipline est confidentiel.

–C'était un conflit de personnalités, c'est tout.

Pourquoi est-elle tellement critique alors qu'elle ne sait même pas ce qui s'est passé? Mariah n'a aucun droit ni aucune raison de douter de mon sérieux, pour l'album de l'année.

«Vos distances, gardez vos distances», m'avait dit M. Bryant. J'étais «trop impliquée, trop près, trop tout». Comment ça se mesure, le trop? Trouver la limite: équilibre, équilibre, équilibre.

Mariah serre l'écritoire à pince avec la feuille d'inscription contre sa poitrine, tenant mon bonheur en son pouvoir. J'ai envie de hurler. Je le jure, je pourrais sauter en travers de la table et arracher le porte-bloc de ses doigts griffus.

–Allez, Mariah, dis-je d'un ton calme, très calme, alors même que je crispe les poings. Regarde, c'est moi qui ai trouvé ce titre.

Je soulève l'album. *Institut Holy Family: Rires des temps.* C'est un parallèle avec «Signes des temps». Je peux être futée, quand je veux.

–Et ça, c'est mon idée, j'ajoute en montrant du doigt l'année inscrite à la verticale sur le côté gauche. Je prends des photos superbes. Et je suis la seule à savoir me servir de Piktura.

–J'ai dû finir la maquette quand tu es partie, râle Sa Majesté toute-puissante, boutonnée jusqu'au cou.

Je te mets au défi d'ouvrir un bouton de ton chemisier, Mariah Rourke, ne serait-ce qu'un seul. Elle reprend:

–J'ai pas envie d'hériter de nouveau d'un travail laissé en plan.

–J'ai rien laissé en plan, dis-je. J'aurais fini si j'avais pu. J'ai pas laissé tomber.

C'est M. Bryant qui m'a dit d'arrêter de prendre des photos. Je ne voulais pas. Il m'a *obligée*.

–Les autres photographes ont terminé l'école, et tout le monde veut s'inscrire aux Jeunes activistes. Tu as besoin de moi, j'ajoute en montrant du doigt la queue qui s'allonge devant la table.

Elle ne les voit pas? Ils veulent tous changer le monde. Moi, je veux juste changer le mien.

–Et puis, de toute façon, M. Bryant n'est plus là.

Ça me fait mal de le dire à voix haute. Il est parti. Il a pris son mug thermos et s'en est allé. Mais je n'y étais pour rien. Ou bien si?

Mariah regarde derrière moi – et voit l'absence totale d'élèves se pressant pour s'inscrire. Il n'y a personne d'autre, je suis la seule à offrir mes services. *Accepte, accepte, accepte.*

–OK, d'accord, grogne-t-elle.

Yes.

Elle pose l'écritoire à pince sur la table et le pousse vers moi; ses épaules s'affaissent, elle renonce, elle cède. Je suis son dernier recours –et ça me va bien.

N'est-ce pas que cette année est déjà meilleure? Je le sens. Hier, dans le bureau principal, c'était un moment décisif. Ce sont des instants qu'il faut savoir reconnaître. Savoir repérer, saisir et exploiter. Comme là, exactement pareil, et comme j'avais essayé de le faire l'année dernière. Mais cette fois-ci, je saurai appliquer les leçons de mes erreurs. Je ne serai pas excessive. Juste au bon niveau. Maîtresse de moi-même, prudente. Je suis quelqu'un de super cool, ils le verront. L'amie idéale.

Je prends le stylo et je m'inscris d'une écriture soignée, non sans une pointe d'effronterie, je dois dire. Un petit sourire retrousse mes lèvres. Les mots que je trace s'étirent vers le haut. Je fais une liste précise de ce que je veux, comme ça il n'y aura pas de malentendu. Voilà comment ça commence, une révolution.

Nom : Rafi Wickham

Poste (s) : photographie et maquette

Manifestations : soirée des bagues, banquet des Seniors ; soirée des Superlatifs ; brunch des Seniors primés ; bal des Seniors ; cérémonie des diplômes et toutes autres manifestations des Seniors.

Laney Villanueva et Nico Fiore, où vous irez, j'irai.

5

Au banquet des Seniors, les bagues sont toujours disposées sur une table garnie d'une nappe blanche. Si tu tiens ton appareil photo à la diagonale, de façon que la lumière les touche pile comme il faut, les pierreries étincellent. Ça donne une photo-choc. Ma photo est un classique. Je l'ai déjà vue dans beaucoup d'albums de l'année. Ça ne me gêne pas de manquer d'originalité si j'imite une chose qui a une bonne raison de marcher.

J'ai shooté sous différents angles pour avoir du choix, mais la première photo est la meilleure, c'est évident, avec les bagues nettes au premier plan, et progressivement floues en allant vers l'arrière-plan. Ces bagues ne seront jamais aussi belles qu'elles le sont là, avant d'être éraflées et ternies par l'usage.

Je lève le nez de mon appareil au moment où les derniers élèves, peu nombreux, avancent sur scène. « Zing ! » annonce le père Philip, qui adore les surnoms. Johny Zingale, star de la course à pied, tend la main vers son écrin.

Inutile de photographier tout le monde. Il suffit de choisir des élèves de différents milieux et ceux qui portent des tenues intéressantes (Sirus Gregory, notamment, avec son costume brillant).

Voici une chouette photo de Laney et le père Philip se serrant la main à la remise de la bague. «Mademoiselle Laney Villanueva», avait-il appelé, parce que, comme moi, il trouve que son vrai nom sonne bien. Écoute-le rouler sur la langue. *Vill-a-nue-va.*

Celle de Nico n'est pas publiable, vu qu'il a toussé dans son coude à la dernière seconde. Mais je l'aime bien, parce que c'est Nico au naturel. Je vais la garder pour moi. Je vais créer un fichier privé réservé aux photos de Laney et Nico. Elles seront plus en sécurité comme ça, séparées des photos de l'album de l'année. C'est ce que j'aurais dû faire l'année dernière.

• • •

–Sébaste! lance le père Philip.

En dernier, béquillant avec effort (un malencontreux accident de toboggan aquatique), Sebastian Zweigart s'approche. Tonnerre d'applaudissements lorsque le proviseur glisse l'écrin dans la poche poitrine de Sebastian.

Je me régale du secret que j'ai découvert hier. Les bagues sont arrivées dans sept colis, pendant que le père Philip nourrissait les perroquets dans l'entrée. Les boîtes étaient étiquetées 1/7, 2/7, 3/7, 4/7, 5/7, 6/7, 7/7. J'ai pris la liste de la classe des

Seniors et je l'ai divisée en sept sections, ce qui m'a permis de conclure que la bague de Nico Fiore se trouvait dans la boîte 2. J'ai trouvé son écrin, je l'ai ouvert et j'ai vu: Nico avait fait graver leurs initiales à l'intérieur de l'anneau.

L. V. & N. F.

Je parie qu'il va la lui offrir ce soir. Elle la portera sans doute autour du cou, passée dans une chaîne. Ils sont comme des amoureux des années 1950, qui «se bécotent» au drive-in.

La bague, lourde et trop grande, avait tourné sur mon doigt. Il n'y avait rien de mal à l'essayer. Je ne l'ai pas rayée et je l'ai essuyée sur mon pull avant de la replacer dans son écrin. La pierre verte étincelait à la lumière quand je bougeais la main. Puis j'ai passé le bout de l'index sur les initiales pour en sentir les contours, et appuyé le pouce dessus très fort. J'ai appuyé plusieurs fois, encore et encore, tant je voulais que les lettres s'impriment sur ma peau. Mais j'avais beau insister, elles ne laissaient pas de marques. Finalement, le mieux que j'ai pu faire a été de prendre une photo des initiales à l'intérieur de l'anneau.

–Les bagues sont arrivées! ai-je annoncé au père Philip à son retour.

Ça faisait à peine deux secondes que j'avais remballé celle de Nico.

–Ha, ha! Si on jetait un petit coup d'œil? a-t-il dit. Je ne résiste jamais à jeter un coup d'œil.

Il est cool, le père Philip. Je vais lui montrer mes photos– pas celle des initiales, bien sûr que non, celle-là ira dans le dossier privé, mais celle des bagues disposées sur la table, évidemment, ainsi que les autres de ce soir. Il en voudra peut-être certaines pour les réseaux sociaux de Holy Family. Ça l'inquiète que je sois de nouveau dans l'équipe de l'album de l'année. Tous les mercredis, quand je l'aide à nettoyer les cages des perroquets, il me parle du danger qu'il y aurait, pour moi, à «retomber dans quelque chose de malsain». Mais s'il voit que je prends mon rôle au sérieux, il comprendra que je ne fais rien de mal. Cette photo des bagues va lui plaire; elle est très pro, comme dirait maman.

Le père Philip est sur scène, à présent; d'une main, il s'abrite les yeux des lumières clignotantes rouges, violettes et blanches.

–Qui est prêt pour un peu de spectacle? Moi, je peux vous le dire! Car que serait le banquet des Seniors sans les V-Boys qui me font trembler pour notre assurance de responsabilité civile, pas vrai?

Mes camarades beuglent «V-Boys! V-Boys!» Je lève mon appareil. Salut, Nikon, mon vieux complice. Avis à tous, c'est moi qui tiens le Nikon D4 du club de l'album de l'année. Je suis Rafi Wickham: photographe *officielle.*

Les V-Boys sautent sur scène. Leur musique pulse par les haut-parleurs muraux: «*Showing you what's real, get it, get it, get it*[1]...» Plus vite que je ne peux appuyer sur le déclencheur, ils sautent des épaules l'un de l'autre en exécutant des flips arrière et glissent au sol sur la tête. Ils tressautent comme des marteaux-piqueurs. Plongent, tournoient, tombent, s'attrapent les uns les autres. Un jour, quand les V-Boys seront des superstars, je pourrai dire que je les ai

---

1. On t'en donne pour ton argent, vas-y, vas-y, prends...

vus donner un spectacle à notre institut. J'ai des photos qui le prouvent. *Je les connais.*

Je n'arrive pas à les photographier en mouvement. Même si les articles sur le Nikon D4 disent qu'il est «parfait pour les photographes de la faune sauvage et du sport», aucun ne précise ce dont l'appareil est capable quand il a les V-Boys face à son objectif. Je n'arrive à attraper que des sillages de lumière, l'éclair blanc vif d'une sneaker, des pliés de genoux et des moulinets de mains, tous flous; un, deux et même trois corps qui se propulsent, eux aussi dans un halo. Je troque le Nikon pour mon iPhone. Je vais faire une vidéo; je pourrai la regarder plus tard, section par section, et en tirer quelques images fixes.

Les V-Boys ne sont pas des lucioles qu'on peut enfermer dans un bocal. Il faut les regarder de loin, d'aussi loin qu'ici, entre les tables 10 et 12, où les Villanueva, jeunes comme vieux, petits ou grands de taille, applaudissent, acclament, se lèvent, se rasseyent, se lèvent encore. Quand Fernando Villanueva fuse d'un bout de la scène à l'autre pour tomber dans les bras de son cousin, les Villanueva pompent le poing. Ils beuglent, montrant ce qu'ils sont: leurs propres fans les plus dévoués. Unis comme la Sainte Famille.

À la table de Laney, les mamans, les papas, les tantes et les oncles philippins sont tous debout. Les Villanueva Juniors, les neuf, dix et onze ans, smurfent sans louper une seule cadence. Ils ont vu le numéro un million de fois, derrière la vitre de l'Allegro, dans le jardin ou au sous-sol de leur maison. Ils l'ont même répété avec leurs grands frères dans le salon. Dans quelques années, ils seront sur cette scène pour leur propre banquet des Seniors. Certains de ces gamins sont sans doute encore plus doués que leurs aînés ; ils ont plus de naturel, plus de rythme, et ils le savent. Ils seront prêts. Ils le sont déjà.

J'ai donné à Laney des invitations supplémentaires, plus que n'en ont reçu les autres. Maintenant, grâce à moi, sa famille est réunie pour partager ce moment. Ils voudront tous s'en souvenir, et ce sera possible grâce à mes photos.

Angela Carter et sa bande du théâtre sont là-bas, debout contre le mur. Ils poussent des cris, les mains en cornet. Le moindre mouvement les rend dingues parce que les comédies musicales qu'ils aiment tant ne sont pas à la hauteur. J'ai vu des publicités pour ces *musicals* de Broadway, avec les maquillages vert pois cassé et les accessoires mécaniques qui descendent du plafond. Où est le frisson là-dedans ? Où est le danger ?

Les V-Boys retirent leurs bandanas et les font tournoyer au bout de leurs index. Les Seniors se lèvent tous d'un bond. J'entends un bruit maintenant, une sorte de grondement de tambour bas qui enfle de seconde en seconde. Qu'est-ce que ça peut être ? Je ne le découvre que lorsqu'il gagne la table 8 et que je peux voir les Seniors taper le manche de leurs couverts contre les nappes blanches. Un simple *tap-tap* centuplé, qui résonne comme un martèlement quand les V-Boys sautent au bas de la scène.

Nico Fiore est le premier à bondir sur Fernando Villanueva. Il lui frotte la tête et le serre si fort dans ses bras que les pieds de Fernando décollent du sol. J'ai un pincement au cœur. Seront-ils jamais plus heureux qu'en cet instant ? J'essaie de chasser mon sentiment de tristesse, mais je n'y arrive pas. Cet instant-là, c'est le summum de la joie. Rien ne le dépassera jamais.

– Eh, Rafi ? Tu peux nous aider à servir le dîner ?

C'est Greta Novak. Un vrai moustique, celle-là – toujours à me tourner autour.

– Deux bénévoles nous ont fait faux bond au Bureau des élèves. Il manque des gens pour la purée et les boulettes. Tu peux prendre un des deux ?

– Oh, va-t'en, Greta ! je lui lance.

L'éclairage du plafond est en train de baisser. La scène se nimbe d'un halo violet qui donne à la salle une ambiance calme et stylée. On entend alors un tambour à timbre, un *frotte frotte frotte*. Devant la scène, un quartet se met à jouer ; les archets montent et descendent en travers des cordes. Je lève mon appareil photo. Je reconnais l'air : c'est *This Year's Love*. J'ai entendu la chanson dans un film qui racontait l'histoire d'un garçon et d'une fille qui choisissent l'immortalité, mais passent leur éternité à essayer de se retrouver. Laney va faire son entrée. Je le sais. Je sens mes bras et mes jambes mollir. Les danseuses avancent sur scène en justaucorps gris clair et longs tutus. L'une, puis l'autre, puis l'autre, et puis... Laney.

J'ai huit ans de nouveau, et je l'admire à travers le miroir sans tain, rêvant d'avoir autant d'équilibre et de stabilité, d'être aussi jolie, d'être tout à la fois forte et délicate.

À présent, elle lève une main et l'oriente vers la lumière. Un mouvement aussi simple devrait être insignifiant; pourtant, il est si gracieux que tout le monde regarde. Quel effet ça doit faire?

Je détourne les yeux vers la seule autre chose qui en vaille la peine: Nico Fiore, en train de regarder sa petite amie en train de danser. Sous les clignotements d'un spot orange, Laney lève et déploie la jambe, traçant un cercle fluide de la pointe du pied. Le visage de Nico affiche ce qu'il a dans le cœur, et cette expression me serre douloureusement la poitrine. Je suis heureuse pour Laney et triste pour nous autres, toutes celles que personne ne regardera jamais comme ça. Nico Fiore, tu y crois, qu'elle danse pour toi?

Lorsque Laney exécute ses sauts, j'en ai le souffle coupé: quatre tours jetés en travers de la scène nimbée de bleu pâle. Ses sauts sont encore plus hauts et plus aériens qu'il y a quelques années. À chaque saut, elle est suspendue dans l'air le temps d'une respiration et, quand j'observe Nico la regarder, je me sens suspendue de même.

–On a vraiment besoin de ton aide, me relance Greta le moustique. Il y a un tablier pour toi.

–Je travaille, Greta! je rétorque en la poussant pour pouvoir photographier l'arabesque de Laney, stable et tout en longueur.

J'ai encore huit ans, mais Laney a grandi. Le temps passe, qu'on lui emboîte le pas ou non.

Reste, Laney, supplié-je quand le quartet à cordes se tait et que la lumière vire doucement au blanc. Laney salue, une jambe tendue derrière elle. Ce sentiment plombant me rattrape. Pourquoi les chansons doivent-elles toujours finir? Je murmure: « Si ça pouvait durer, durer, durer... » Je parcours mes photos. Je l'ai, là, qui virevolte et glisse encore sous les projecteurs. Je presse l'appareil contre ma poitrine. Je l'ai capturée.

Nico, tout rouge, hoche la tête tandis que ses amis lui donnent des tapes sur le dos, comme si c'était lui qui avait dansé. Ils savent que Laney et lui forment un *nous*. Tout le monde le sait.

– Rafi ? S'il te plaît ?

Greta ne lâche pas l'affaire. La foule se met à applaudir.

– Et merde, Greta, c'est pas vrai ! Bon, d'accord. Passe-moi ce stupide tablier.

• • •

Quelle que soit la nourriture que tu sers, au bout d'une vingtaine d'assiettes, elle commence à avoir l'air dégueu. La purée, au moins, est nature et relativement inodore. Si j'étais assignée aux boulettes, j'aurais déjà vomi.

J'ai trouvé ma cadence. De la main gauche j'attrape l'assiette ; de la droite je balance une grande cuillerée de purée. Ça fait un bruit étrangement satisfaisant. *Ploc !*

– Je veux bien un peu de purée, s'il te plaît. Eh, salut !

C'est Nico Fiore, tellement beau en veste et cravate qui ne sont pas celles de l'uniforme. Son bouton est parti. Un vrai garçon au visage parfait. Nico Fiore me donne les mains moites. Je suis obligée de les essuyer sur mon tablier.

–Merci d'aider le Bureau des élèves ce soir, dit-il. Laney avait peur qu'ils manquent de bras. Presque tous les adhérents sont au banquet.

–De rien ! J'adore faire du bénévolat. (Je lui sers une plâtrée de purée comme personne ne lui en a jamais servi.) Et j'ai adoré son numéro de danse, j'ajoute. Elle est incroyable. Elle a toujours eu tellement de talent.

–Merci, répond-il avec un grand sourire, prenant le compliment à sa place. (*Nous.*) Eh ! m'arrête-t-il en riant, ça suffit !

Je baisse les yeux: une gigantesque montagne de purée sur son assiette.

–Je suis désolée, dis-je en riant moi aussi. C'est... la cuillère est grande.

Je lève la grande cuillère couverte de purée.

–Pas de problème. (Il prend son assiette, l'air content.) J'aime la purée.

J'en pleurerais, tellement Nico Fiore est gentil. Je le regarde avancer dans la queue et coiffer sa purée de haricots verts et de carottes. Son col est de travers derrière sa nuque. Lorsqu'il sera de retour à sa table, Laney passera les mains autour de son cou pour le lui remettre comme il faut.

–Bonjour, Rafi.

Je tourne la tête. Le sang afflue à mon visage. Je cligne des yeux. Une première fois. Une seconde. Je parviens Dieu sait comment à prononcer deux mots.

–Monsieur Bryant ?

M. Bryant est là.

–Ça fait longtemps, me dit-il. Comment allez-vous ?

Il a le visage plus plein, mais ses yeux, calmes et brillants, n'ont pas changé. Le visage de M. Bryant.

Il est là.

– Bien, je bafouille.

C'est un mensonge et ma voix sonne bizarre à mes propres oreilles, comme si je m'entendais sous l'eau. Comme si j'étais en train de me noyer.

J'ai imaginé le revoir. J'en ai rêvé, obsédée par le déroulé de cette rencontre sous tant de façons différentes, mais jamais je n'ai pensé au scénario d'aujourd'hui, moi en tablier de cuisine avec une tache rosâtre sur le sein gauche. Ç'aurait dû être moi qui l'aborde, les épaules rejetées en arrière, une tirade toute prête aux lèvres, celle que j'ai préparée et répétée des dizaines de fois dans ma tête. Là, je n'ai rien dans la tête, à part les paroles qu'il m'a dites au printemps dernier.

« Votre conduite est extrêmement déplacée. Vous nous avez mis, ma famille et moi-même, dans une situation très désagréable et vous me causez des ennuis sur le plan professionnel. Je crois qu'il vaudrait mieux que vous quittiez le club de l'album de l'année. »

– Qu'est-ce que vous faites là ? je demande en plongeant le regard dans ces yeux qui m'avaient fixée d'une façon tellement horrible.

« Vos distances. Gardez vos distances. »

– Les Seniors m'ont invité, répond-il.

Bien sûr qu'ils l'ont invité. Tout le monde l'aime, lui et son marqueur bleu qui tachait toujours son poignet droit quand il écrivait au tableau, lui et sa playlist de rock alternatif dans le bureau de l'album de l'année, lui et les chouchous de sa fille dans sa poche de chemise, lui et son chien qui rapportait des bâtons au barbecue d'orientation des Freshmen. Lui.

J'aurais dû savoir qu'il venait. Je me suis occupée des invitations. Je les ai mises sous enveloppe et j'ai écrit les adresses. Mais Mme Bardot a pris A à L, en me laissant M à Z. Comment un détail aussi anodin en apparence peut-il à ce point changer le cours de la soirée pour moi?

–Je vois que vous êtes au Bureau des élèves.

Il montre ma grande cuillère d'un geste. Va au diable, grande cuillère.

–Oui.

Un petit mensonge qui ne fera de mal à personne. C'est lui qui a quitté Holy Family sans un mot, alors il n'a pas à attendre la stricte vérité de ma part.

J'ai envie de lui demander où il enseigne, maintenant, et si ça lui plaît, si Holy Family lui manque, si nous lui manquons. Mais je sais qu'il ne répondra pas.

Et moi... est-ce que je lui manque?

Trop personnel. Déplacé. Tenons-nous-en à l'album de l'année, d'accord?

J'ai envie de lui demander, j'ai besoin de lui demander: *Êtes-vous parti à cause de moi?*

–C'est parfait, dit M. Bryant, levant la main vers son assiette. Ça me fait plaisir de vous voir tellement en forme.

Suis-je en forme? Suis-je *tellement* en forme?

L'assiette de M. Bryant commence à peser. Les gens derrière lui dans la queue s'impatientent. Je dois la lui rendre. «Trop collante. Gardez vos distances.» *Regardez comment je vous tends l'assiette, M. Bryant, je lâche prise.* Je souris à sa fille Beatrice, qui s'accroche à sa jambe. J'ai envie de lui dire bonjour, de la féliciter d'avoir tellement grandi, mais ça ne plairait pas à son père.

«J'aimerais que vous nous laissiez tranquilles, ma famille et moi.»

–Merci. Ça me fait plaisir de vous voir aussi, monsieur Bryant, dis-je, même si ça ne me fait pas plaisir.

Ça aurait dû, mais ce n'est pas du tout comme ça que j'avais souhaité que ça se passe. J'ai du mal à respirer. Je tremble et vacille sur mes jambes.

Son téléphone dépasse de sa poche. *Mot de passe: BossMan.*

«Comment tu connais son mot de passe?» Jenna m'avait surprise dans les toilettes des filles. J'avais piqué le portable de M. Bryant dans son bureau pendant une réunion de l'album de l'année. À la façon dont elle m'avait regardée, de cette même façon horrible, j'aurais dû savoir qu'elle allait me donner un coup de poignard dans le dos. «Tu lis ses textos? Tu ne crois pas que ça dépasse la limite?» Où est-elle, cette limite? Personne ne vous dit jamais où est la limite.

–Ne bloquons pas la queue, Bea, dit M. Bryant à sa fille. Tu veux du poulet?

M. Bryant est *là*. Il est là, en chemise et pull Ralph Lauren bleu. Il choisit un morceau de poulet dans le plat suivant. Il demande s'il y a du beurre dans les brocolis. Il se sert. M. Bryant est de retour. Mais... il montre du doigt la table des desserts et... son alliance... n'est plus là.

Pas d'alliance. Ce soir, c'est la soirée des bagues, mais l'alliance de M. Bryant (en or, toute simple, à bords biseautés) n'est pas à son doigt.

Je demande à Carter McKinley, qui est aux légumes à côté de moi: «La femme de M. Bryant n'est pas là?» Carter McKinley est au courant de tout. Il dirige le décathlon inter-établissements qui passe à la télé locale. Son équipe est toujours en tête après quatre rounds, d'après les annonces de ce matin.

–Il a divorcé cet été, dit Carter.

–Quoi?

Mon estomac se soulève. Je regarde le dos de M. Bryant, qui se dirige avec Bea vers leur table.

–Ça craint, hein? dit Carter. Sa femme avait l'air vraiment sympa, non? Elle venait à toutes nos manifestations, à tous les trucs qu'on organisait. Pas que ça l'empêche d'être sympa, peut-être qu'elle l'est. Je veux dire, qu'est-ce qu'on en sait, hein?

Je secoue la tête. À Holy Family, la famille, c'est sacré.

–Impossible qu'ils aient divorcé, dis-je.

–Et si, pourtant. Mais il est resté très discret là-dessus. (Carter se frotte le nez contre le bras.) C'est sans doute pour ça qu'il est parti. Peut-être qu'il voulait recommencer à zéro.

Ce n'est pas à cause de moi qu'il est parti, alors. Je ne comptais pas tant que ça pour lui. Mais la vraie raison est dix fois pire.

–Je le sais parce que ma mère est son agente immobilière, m'explique Carter. Deux chambres, deux salles de bains, un extérieur, habitable de suite. C'étaient ses seules exigences.

–Je peux avoir de la purée?

Quelqu'un d'autre me parle, mais j'entends à peine. Je ne peux penser qu'à une chose: aux Bryant. M. Joshua Bryant, Mme Nina Bryant, Noah Bryant, Bea Bryant, et Boss Man Bryant, le terrier écossais. Je les regardais. Ils avaient l'air tellement heureux. Quand M. Bryant m'a ordonné de supprimer les photos que j'avais prises, je lui ai dit qu'il le regretterait un jour, mais il m'a obligée à appuyer sur *Supprimer* photo par photo.

«Effacez-les tout de suite, mademoiselle Wickham. Toutes. J'ai dit tout de suite.»

–Je peux en ravoir un peu, s'il te plaît? demande une voix. Genre, une demi-cuillère?

Les Bryant ont divorcé, et ces gens redemandent de la purée? Comment peut-on être aussi insensible ?

J'ai pris une photo des Bryant à un match de foot, l'année dernière. Les enfants buvaient des chocolats chauds, et M. et Mme Bryant portaient le même bonnet de laine Holy Family– le modèle vert à pompon blanc qui est à 14,99 $ à la boutique du collège. Comment deux personnes mariées peuvent-elles divorcer, alors que six mois plus tôt, elles portaient des bonnets assortis? Ça n'a pas de sens.

«Déplacé d'un point de vue professionnel. Vos distances. Gardez vos distances.»

Je lâche la cuillère et m'accroche à la table du buffet. Je me noie pour de bon, à présent; l'air me manque.

–Purée, steuplaît? lance quelqu'un.

–Eh, ça va? me demande Carter.

Il attrape la cuillère et sert une grosse plâtrée à ma place. *Ploc!* Ce son est l'unique réconfort qui subsiste. Tout le reste a disparu.

Un jour, M. Bryant avait raconté qu'il aimait bien faire des pancakes Mickey pour sa famille le dimanche matin. Et maintenant, alors? C'est injuste pour des enfants de passer d'un petit déj' avec pancakes Mickey à un petit déj' sans pancakes Mickey. J'ai envie d'aller le trouver direct à la table 22 pour le lui dire.

«Vos distances. Gardez vos distances.»

–Fais une pause, me dit Carter McKinley.

Il sert à la fois les légumes verts et la purée, maintenant. Il joue des deux grandes cuillères en même temps, pendant que moi, je lutte pour reprendre mon souffle. Un jour, Carter passera à *Jeopardy!* «Je voudrais de la purée pour deux cents personnes.» Il répondra au doublé du jour sans une seconde d'hésitation.

Pourquoi fait-il tellement chaud? Il fait aussi chaud que les derniers jours de cours, en juin dernier, quand M. Bryant avait apporté des ventilateurs de chez lui pour notre salle de classe. Comment une femme peut-elle divorcer d'un homme qui apporte ses propres ventilos en classe pour ses élèves? Il faut que je sache, j'ai besoin d'air, j'ai besoin de quelque chose.

Là-bas, en table 12, le père de Nico frime en faisant une démonstration de son swing. Le père de Laney joue le jeu, fixant un parcours de golf imaginaire. Nico prend Laney par la main et l'entraîne discrètement vers la cour. Ils choisissent un endroit sous le chêne, là où le garçon aux ongles de pouce vernis en noir aime s'installer pour jouer de la guitare. Je sais exactement ce que dit Nico lorsqu'il retire l'écrin de sa poche de veste. C'est l'oxygène dont j'ai besoin. Je l'inspire profondément. Lentement, je reviens à la vie.

« Laney, je voudrais qu'elle soit à toi. Je l'ai fait graver. » J'entends sa voix dans ma tête.

Elle regarde la bague que j'avais au doigt hier. Je connais le sentiment qui emplit son cœur. Je l'ai ressenti en voyant la pierre étinceler.

« Tu as fait ça pour moi ? » lui dit-elle certainement.

Et maintenant, elle le serre dans ses bras ; elle adore la bague. Laney devrait porter une de ces jupes évasées façon années 1950, plaquées d'un gros motif de caniche, avec un ruban assorti dans les cheveux.

L. V. & N. F.

Je respire de nouveau, à pleins poumons, comme si j'étais debout sous ce chêne avec eux.

– Pourquoi Carter sert à ton poste ? demande Greta. (Moustique, tique, tique. Je m'imagine lui claquant une tapette géante sur la tête.) Tout va bien ?

– Tout va bien, je réponds, parce que c'est vrai : la famille Bryant n'existe plus pour moi, mais il me reste quelque chose de beau. Y a pas de souci, t'inquiète pas, j'ajoute en rabaissant le Nikon. J'ai tout photographié. J'ai pris toute la scène.

6

Gran dort, recroquevillée sur le canapé. Son mug est vide. Ça me donne terriblement mauvaise conscience. J'aurais dû être là pour le lui remplir. Je servais à manger à d'autres alors qu'elle était en panne de thé.

–Excuse-moi, Gran. Bonne nuit. (Je remonte la couverture sous son menton et baisse le volume de sa rediff.) Bonne nuit, Capitaine Benson, dis-je à la télévision.

–La télécommande du garage est à plat, dit Poppy, qui entre en traînant les pieds. (Il farfouille dans le tiroir de la cuisine.) Tu peux être sûre que quand t'as besoin de piles, tu les trouves pas. Quand t'en as pas besoin, y en a partout.

–C'est vrai, Poppy. Le monde est plein d'injustices. (Je m'assieds à la table et parcours mes photos.) Merci d'être venu me chercher si tard.

–C'est mon rôle, dit-il. Je te dépose, je viens te chercher.

–Tu veux voir les photos que j'ai prises? Mon amie Laney a dansé. Et ses cousins ont fait un numéro.

–Ah, en voilà. Mais pas moyen de savoir si elles sont encore bonnes ou non. Devrait y avoir un indicateur quelconque, dit Poppy en faisant tourner deux ou trois piles AAA devant ses yeux. Attends. Laisse-moi m'occuper de la télécommande d'abord.

Je ne vais pas montrer à Poppy les photos de Nico et Laney dans la cour. Il n'a pas besoin de les voir. C'était un moment intime.

–OK. Voyons ces photos, dit-il en retirant sa veste.

Je les fais défiler en m'arrêtant sur les meilleures.

–Là, c'est Laney et les autres danseuses. Ses parents sont les propriétaires de l'Allegro. Son petit ami lui a donné sa bague de promo. Il a fait graver leurs initiales dessus.

–Des amis à toi, tu dis? demande Poppy.

–Oui, je lui réponds, sans cesser de scroller.

Je ne lui dis pas que j'ai rencontré M. Bryant. Ça ne servirait qu'à l'inquiéter. Inutile d'en parler, en plus, je n'ai rien fait de mal. C'est lui, M. Bryant, qui est venu me trouver. De toute façon, ça n'a pas d'importance. Je vais tellement mieux.

Je m'arrête sur la plus belle photo des bagues.

–C'en est une bonne de l'ensemble.

–Ah oui, elle est top, celle-là. (Poppy a l'œil pour l'esthétique, avec toutes ses connaissances en design automobile classique.)

–Et là, c'est une vidéo des V-Boys, j'ajoute. Ils sont quasiment professionnels. J'appuie sur *Play*, mais sans monter le son, pour que leur musique ne réveille pas Gran.

–Ben, tu vois? (Poppy bâille.) Il y a tellement de choses intéressantes à photographier, autres que les inepties de la dernière fois.

M. Bryant, ce n'était pas des inepties, pour moi. L'ineptie a été de manquer de me faire renvoyer pour avoir pris des photos, alors qu'en fait, c'était la mission qu'il m'avait confiée.

–Je sais, Poppy.

• • •

Impossible de dormir. Je dois réfléchir à plein de choses et j'en ai tant à faire. Servir la purée m'a valu six points de bénévolat. Donner des vêtements à la collecte d'habits de Holy Family m'en vaudra trois de plus. Si je continue à faire des bonnes actions, je pourrai devenir membre du Bureau des élèves et assister aux réunions de Laney. Et puis, Laney sera sans doute au stand de la collecte.

J'écoute *This Year's Love* en boucle. Au bout d'un moment, je sors des piles de vêtements de mon placard, de ma commode et de sous mon lit. Je m'assieds, entourée de montagnes de vieilles affaires. Des jeans doux et délavés, dans des tailles enfant: 25, 26, 30, 23. Des sandales éraflées, pointure 21. Des ballerines noires qui me mettaient les talons à vif; j'aurais dû les balancer la première fois que je les ai mises. Une robe qui gratte avec un col en dentelle, jamais portée. Est-ce que toutes les grand-mères achètent ce genre de robe à leurs petites-filles? Un hoodie jaune avec des cœurs violets, extra-small. Un pull de Noël orné de bois de renne. Une robe écossaise vert et bleu avec des boutons dorés. Un pantalon noir dont la pression ne ferme pas.

Je détestais cette robe argentée que maman m'avait achetée. Je la déteste toujours. Elle porte toujours l'inscription: *Bling-Bling Juniors*. Et cet affreux tissu brillant, en plus; vraiment *too much*. Mais quand même, qu'est-ce qui m'empêchait de dire merci? J'aurais pu lui envoyer une photo de moi avec. C'est tout ce qu'elle voulait, une jolie photo. Elle aurait pu être fière de moi, exhiber un peu la photo, dire «Regardez. C'est ma fille au bal de fin d'année des cinquièmes.» Je lui aurais peut-être ressemblé davantage, dans cette robe –avec des copines très jolies, un vrai petit ami très BG, des camarades qui m'admirent. «Une fille vraiment cool.»

Quelle importance, maintenant? Ma tâche du jour, la voici: rassembler des vêtements à donner et faire bonne impression à Laney. Concentration. Elle aura mis son polo du Bureau des élèves et sera occupée à recevoir et ranger les dons; elle sera tellement reconnaissante à tous ceux qui en feront. Je dois réunir davantage d'affaires, c'est clair. Comme ça, si pour une raison quelconque ce n'est pas elle qui tient le stand demain, je pourrai réessayer après-demain et après-après-demain.

Salut, Rafi!

Salut, Laney. Comment va la conduite?

Ha, ha, ha! Plutôt bien.

Bon. Eh ben j'espère que tu vas l'avoir bientôt, ce permis.

Tu seras la première à l'apprendre!

Ça se passera exactement comme ça quand je la verrai.

Je vais sur les réseaux sociaux de Laney pour voir si elle a posté quelque chose concernant le banquet. Et voici la bague de Nico au creux de sa main, inclinée de façon à montrer leurs initiales à l'intérieur. J'élargis la photo pour avoir la bague en grandeur nature et je fais semblant de l'enfiler. Puis, face au miroir, je la tiens devant ma poitrine, comme si je l'avais passée à une chaîne autour de mon cou.

Mon téléphone vibre.

C'est un texto de maman.

Je ne comprends toujours pas pourquoi tu m'as envoyé un selfie avec de la dinde hachée. C'était censé être drôle? Tu ne pourrais pas sourire, au moins?

Ce soir, c'est le soir où je me débarrasse des vêtements de maman qui sont fourrés au fond de son placard, je veux dire, au fond de *mon* placard, depuis toutes ces années. C'est ma chambre, maintenant. C'est ma chambre depuis que j'ai trois ans, mais on croirait la sienne, encore, peut-être à cause de ses fringues pourries. On dirait des fantômes, pendus là-dedans, à gémir sur les jours passés.

Les vieux vêtements de maman, c'est un mélange de jeans bootcut, de robes sweat-shirt, de casquettes Gavroche, de collants texturés et de joggings en éponge velours, plus des tonnes de trucs à carreaux noirs et blancs. Des tonnes. Elle s'habillait comme les filles des clips de l'époque, à la garçonne, mais sexy, le nombril à l'air. Je pense à elle, quelquefois, et à la façon dont papa devait la voir, quand elle paradait toute la semaine dans son uniforme scolaire, et puis le troquait contre ce jean à taille extra-basse et ce truc – un tube-top rouge quasi inexistant, au tissu tellement fin et élastique qu'il pourrait facilement servir de bandeau à cheveux. C'était impossible de lui résister. Comment pouvais-je demander à cette fille d'être une mère pour moi? L'erreur m'appartient, en fait. Dans sa poche, il y a encore des bons de la kermesse du Collège St Brigid. Ils n'ont pas de date. Ils sont toujours valides. Elle a toujours le ticket, cette meuf!

Les mini-robes en coton sont poussiéreuses aux épaules après tant d'années accrochées sur des cintres. Je crois que celle-ci, c'est la noir et blanc de ses photos d'anniversaire. Ses dix-huit ans. Elle est debout derrière son gâteau glacé: *HAPPY BIRTHDAY BIANCA!* Elle sourit, tenant un téléphone portable tout neuf encore dans son emballage.

Je me demande quel vœu elle a formulé en soufflant ses bougies. Certainement pas celui de m'avoir, même si je n'allais pas tarder.

Les vêtements qui sont vers le devant du placard ont un look plus adulte. Pourquoi avait-elle autant de pantalons habillés? Noir, gris et bleu marine, un rouge et un marron. Pour le travail, peut-être, pour ses tout premiers boulots qui n'ont rien donné.

Je décroche une pleine brassée de chemises en flanelle. Certaines ont encore les manches roulottées, comme si elle les avait mises hier à peine. Je retire la bleu et blanc de son cintre et l'enfile par-dessus mon tee-shirt de nuit. Est-ce la chemise? Celle qu'elle portait le soir où papa et elle m'ont faite? Je n'ai aucune raison de le croire, mais dans ma tête, oui, c'est celle-ci. Je suis convaincue que c'est cette chemise en flanelle, que c'est ce jean noir déchiré, et que ce débardeur gris avec une étoile sur la poitrine est celui qu'elle portait en dessous. C'est la tenue qu'elle s'était choisie avant qu'elle et Carlo Tedoro fassent la chose et me créent.

Le débardeur gris est drôlement étroit. Comme elle devait être mince, avant que j'arrive ! Je plaque le débardeur contre mon torse. Oui, super mince. Ajouter sa taille épaissie à la liste des raisons pour lesquelles maman m'en veut.

Ça devrait suffire, comme vêtements à donner. Je ne vois même plus la moquette. On dirait que les années 2000 ont explosé dans ma chambre. Je suis sûre que les sacs, les vestes et les manteaux serviront. Je pourrais garder ce trois-quarts en lainage noir à doublure rouge. Il est pas mal. Je peux changer les boutons. Il y a certaines choses que je vais jeter, comme le caleçon long déchiré à l'entrejambe, le pantalon à cordon avec des taches de peinture et celui en molleton. Personne ne veut d'un pantalon en molleton troué. Mieux encore, je vais les découper pour en faire des chiffons à lustrer pour Poppy. Quand maman a-t-elle porté des caleçons longs ? Je ne crois pas qu'elle soit jamais allée au ski.

Je devrais avoir de quoi remplir cinq sacs-poubelles. Cinq occasions de parler à Laney.

Merci pour tes dons, Rafi !

De rien. Je crois que je peux dégoter encore quelques affaires.

Ce serait super. Tu es tellement attentionnée.

Tu seras là demain ?

Oui.

Cool. Je repasserai, alors. Dis bonjour à Nico.

Je n'y manquerai pas. Merci.

Les choses se passeront ainsi. Il est presque minuit, à présent. Je suis fatiguée, mais mission accomplie. Regarde cette montagne que j'ai créée ! Je me renverse en m'adossant au lit, jambes écartées, couverte de pulls courts et de joggings taille basse. Ce n'est que moi, dans la chemise de flanelle aux manches encore retroussées de maman, entourée de ses American Eagle Outfitters bouloches, de ses vieux Old Navy et de ses informes Forever 21. *Vingt et un ans pour toujours.* Ha. C'est bien Bianca. Ça fait douze ans que je vis avec ses affaires, mais pas avec elle.

« Ô Seigneur, je viens vers toi. Ô Seigneur, est-ce vraiment moi ? » Je me regarde en clignant des yeux dans le miroir sur pied, le miroir de Bianca dans la chambre d'enfant de Bianca. Je lève mon téléphone et vise mon reflet.

Ô Seigneur, c'est nous que v'là – nous, toutes les affaires que Bianca a laissées en partant.

Clic.

Envoyer.

7

J'en étais sûre! Laney tient la table de la collecte avec Lionel Rush. Elle a une queue-de-cheval haute, retenue par son gros élastique jaune. C'est sa queue-de-cheval relax, pour les grosses journées. Je vais lui dire bonjour, je vais lui demander comment vont ses cours de conduite, je vais lui dire de dire bonjour de ma part à Nico. Je vais lui dire que je pourrai…

–Personne suivante! lance Lionel. Il balance un sac d'affaires derrière lui, dans un bac profond marqué VÊTEMENTS D'EXTÉRIEUR.

Je dis à la fille derrière moi de passer, faisant mine de consulter mon téléphone. Je ne veux pas remettre mes dons à Lionel.

–À qui le tour? appelle Laney en jetant un sac dans le bac ADULTES.

Je lui décoche mon sourire le plus rayonnant.

–Salut, Laney!

–Salut.

Son regard passe derrière moi et elle houspille Steve et Henry Volpe, qui font la queue.

–Pas de lampes ! Non, vous, les garçons. Des vêtements seulement !

Les jumeaux Volpe restent bêtement plantés, l'œil *éteint*, avec leur paire de lampes en acrylique assorties qui dépasse d'un carton.

–On ne peut pas les prendre. Merci de ne pas nous les fourguer, ajoute Laney, exaspérée.

Steve me bouscule et proteste :

–Les gens ont besoin d'articles d'ameublement !

–Elle a dit pas de lampes ! Maintenant, dégage ! (Je pousse Steve et dépose mon sac sur la table.) J'ai apporté des vêtements, *moi*. Pour filles, du 14 au 18 ans.

Laney rit en voyant les frères Volpe partir à contrecœur.

–Merci, Rafi.

Bingo ! Elle se souvient de mon nom.

Laney soulève mon sac d'une main, l'attrapant par en-dessous de l'autre.

–Tu ne peux pas imaginer les trucs que les gens apportent. (Elle lance mon sac dans le bac ENFANTS.) Un grille-pain, des frites de piscine, et même, tiens-toi bien, un aquarium, avec les cailloux, les coraux, la totale. Mais des vêtements, par contre, pas tant que ça.

–Je peux en apporter d'autres, dis-je. J'adore vider. C'est tellement libérateur. Tu seras là demain ?

–En principe, oui. Ce serait super.

J'ai le vent en poupe.

–Et la conduite, ça va? j'ajoute.

–La quoi? Ah oui, ça va. (Elle rougit.) On commence à prendre le coup.

–Cool, dis-je en souriant. Bonjour à Nico de ma part.

–Je lui dirai. Merci pour tes dons. Et n'oublie pas de signer, hein? (Laney me montre du doigt la feuille au bout de la table.) Personne suivante!

Je signe, RAFI WICKHAM, sans oublier d'inscrire mon mail, mon numéro de téléphone et ma salle principale. Lorsqu'elle verra mon nom, Laney se souviendra de moi et m'appréciera de nouveau. Si je fais aussi un truc sympa pour Nico, ils se diront que je suis une fille super. Et ils m'incluront dans leur cercle, c'est sûr.

Dans le hall, les perroquets de Holy, Caïn et Abel, réclament leur petit déjeuner à grands cris. Le père Philip va aller les nourrir d'une seconde à l'autre. Je vais vite regagner le bureau principal pour pouvoir y être seule. Mais revoilà cette odeur de transpiration et de body-spray Axe, dans ce couloir plein de monde. Ôtez-vous de mon chemin!

J'avais raison. Voici le père Philip, qui se dirige dans l'autre sens avec les graines à oiseaux. Les Caïn et Abel de la Bible étaient l'un fermier et l'autre berger, et ils offraient tous deux des sacrifices à Dieu. Dans notre manuel de religion, il y a la reproduction d'une peinture à l'huile où l'on voit Caïn sacrifier des produits de ses récoltes, et Abel des moutons. Caïn a assassiné Abel parce que Dieu avait préféré les moutons. Aujourd'hui, Steve et Henry Volpe sont Caïn, et je suis Abel, le meurtre en moins.

Tu es en train de ranger ta chambre? Ce sont mes vêtements? Qu'est-ce que tu vas en faire? Tu peux faire attention à ne rien jeter qui ait de la valeur? m'a répondu maman hier soir.

Elle a été jeune, heureuse et tellement mince dans ces vêtements. Mais le sacrifice en valait la peine. Ça n'aurait pas pu mieux se passer avec Laney.

Je louvoie entre les sacs à dos et j'arrive au bureau. Le pull vert de Mme Bardot est bien là, mais ni elle ni sa tasse à café; je peux donc me connecter au système informatique. Rien de mal à ça. Encore une fois, je ne craque pas le système. Aucun identifiant n'est demandé. Pas de mot de passe non plus. Il suffit de cliquer sur le menu déroulant et de sélectionner EMPLOI DU TEMPS. Ce n'est pas un comportement déviant. C'est OK.

S'il y avait quoi que ce soit qui ait de la valeur, je réponds à maman, *tu l'aurais déjà pris*.

8

Nico Fiore, dans sa version d'après la dernière sonnerie: chemise sortie du pantalon, nœud de cravate desserré, cheveux en pétard. Il vient de déposer Laney à la salle de danse, dans l'aile nord. J'ai raté ça à cause des encombrements dans les couloirs. Ça devient un vrai problème. Je ne veux pas rater d'autres rencontres. C'est censé être mon année, après tout.

–Nico!

Il se retourne. Ses yeux se posent sur les miens par-dessus son épaule en un parfait moment de télévision, avec regard caméra.

–Oh, salut, Rafi.

Rafi, Rafi, Rafi... Nico Fiore sait qui je suis.

–Salut, dis-je, essoufflée. T'as une seconde?

–Ouais, mais juste une seconde. J'ai foot.

Je le sais déjà. L'équipe a échauffement à 14 h 45.

–J'ai une surprise pour toi, j'annonce, sans trop d'excitation dans la voix –l'idée, c'est un j'ai-une-surprise-pour-toi d'un niveau moyen d'excitation.

–Pour *moi*?

Il paraît plus grand et plus baraqué, vu d'aussi près. *Il est juste là, devant moi.*

–Je vous ai donné une étude en commun en neuvième période.

Il pourrait facilement passer un bras autour de mes épaules. Ce n'est qu'un fantasme, bien sûr. Nico éveillerait des fantasmes chez n'importe qui. Mais je ne ferais jamais ça à Laney. Je sais ce que c'est que la loyauté.

–Hein?

Il a trois grains de beauté sur le cou. J'imagine Laney passant le doigt de l'un à l'autre pour dessiner un triangle qui pointerait vers son cœur. *Voici ton cœur, et le mien t'appartient.*

–Je l'ai fait sur l'ordi du bureau, dis-je. J'ai ouvert vos horaires côte à côte et je les ai comparés. Laney était censée avoir Science Environnementale Avancée, et toi Commerce. Mais comme il y avait deux autres créneaux pour chaque matière, j'ai changé et je vous ai mis tous les deux en étude.

Il me regarde de travers.

–Tu as fait quoi?

–Il n'y avait pas de place dans la même salle d'étude, je lui explique. Désolée. J'ai dû vous mettre toi à la cafétéria, et elle dans la salle d'orchestre. Mais vous pourrez vous retrouver après avoir signé la feuille de présence.

–Pourquoi tu ferais un truc pareil? me demande-t-il en secouant la tête.

Il trouve ça bizarre. Les gens n'ont pas l'habitude qu'on soit gentil, dans ce monde sans cœur. Il trouve que je suis bizarre. Il ne faudra pas que ça se reproduise.

« Vos distances. Gardez vos distances. »

Je rétropédale.

– Oh, c'est rien, dis-je. Je m'ennuyais, c'est tout. Je l'ai fait pour certains de mes amis, et puis je me suis rendu compte que je devais le faire aussi pour d'autres élèves, si je ne voulais pas que ça paraisse suspect.

J'espère que les deux sont crédibles, que je change les horaires par ennui et que j'aie des amis. J'ajoute :

– Personne ne le saura. Une fois les changements faits, c'est réglé. En plus, c'est impossible à retracer.

– O-KKKK, dit-il, mais je vois bien qu'il est tendu.

Je voudrais lui dire que Laney a vraiment apprécié mon don de vêtements. Qu'elle m'aime bien. Qu'elle ne me trouve pas bizarre. Je veux juste les rendre heureux, rien de plus.

– Tu aurais vraiment dû me demander d'abord.

Nico part vers le vestiaire. Je lui emboîte le pas.

Je ne peux pas le laisser me mettre un vent comme ça.

– Les profs n'ont pas encore reçu les emplois du temps, dis-je, ils ne sauront même pas ce que vous aviez de prévu à la base.

– OK, peu importe.

Peu importe ? Il presse l'allure.

« Tu lis les textos de M. Bryant ? Tu ne crois pas que tu dépasses la limite ? » m'avait dit Jenna.

Mon pouls s'accélère. Je remarque une lézarde au plafond, qui descend le long du mur et va rejoindre le coin de la porte de sortie. C'est ça, la limite ? Je vois la dalle de marbre sale au seuil du vestiaire des garçons. C'est ça, la limite ? Comment suis-je censée savoir où est la limite ?

–Je suis désolée, dis-je, l'estomac noué. Je… je ne pensais pas que ça avait tellement d'importance.

Nous nous arrêtons devant la porte du vestiaire.

–Oh, bon, dit Nico, et son regard s'adoucit. Y a pas de problème, OK? Seulement, évite de changer mes notes, si tu peux, ajoute-t-il avec un petit gloussement rassurant.

Nous rions ensemble, maintenant –Nico Fiore et moi ; sans doute que tout va bien, alors.

–Oui, je te promets !

On est potes, Nico Fiore et moi. J'ai bien agi.

Ce créneau d'étude sera parfait pour Laney et lui. Ils pourront passer ensemble la dernière tranche de la journée. C'est du temps en plus. Du temps offert. J'ai envie de le lui dire, mais il doit aller à son entraînement. Il a un match à l'extérieur, mardi qui vient, à 16 heures, contre Saint-Paul.

–Saaa-lut, Nico.

Cat Lorrey, une Senior aux longues jambes, jupe d'uniforme roulottée à la taille, se dirige vers nous. Cat Lorrey flirte avec Nico depuis qu'elle a rompu avec DeShaun Faust. Elle se débrouille toujours pour lui parler à midi, lorsque Laney s'assied avec ses copines de la danse. Et comme par hasard, elle a toujours un truc à sucer –une glace, un bout de réglisse, une Chupa Chups. Elle veut attirer l'œil de Nico sur sa bouche, douce, sucrée, experte en succion. Il faut éliminer Cat Lorrey.

–Comment ça va, Neuf?

Elle l'appelle par son numéro de maillot et lui presse l'avant-bras en passant.

Ne le touche pas.

–Quoi de beau, Cat ? répond Nico, nullement troublé par sa main sur son bras ni par ses intonations.

C'est vraiment un bon petit ami.

Cat mordille sa lèvre inférieure et pirouette sur la pointe de ses mocassins.

–On se voit dehors ! dit-elle en entrant dans le vestiaire des filles.

L'équipe de foot des filles a son entraînement en même temps que celle des garçons. Cat va courir devant lui dans son short ultra-court et faire rebondir le ballon sur son genou. Elle va transpirer dans son maillot, et là, juste sous le nez de Nico, elle le nouera au-dessus de son nombril.

–Je vais prévenir Laney, pour l'étude, me dit-il.

Je regarde ses cils brun clair. Il pousse la porte. Des relents de chaussettes de gym moites de sueur flottent à mes narines.

Tout se goupille. Ils vont parler de moi en bien.

–OK. (J'agite la main quand la porte se referme.) Bon entraînement !

Je bourdonne d'énergie, si fort que je ne sais pas quoi faire de moi-même, alors j'entre dans le vestiaire des filles. Les murs ont été repeints, Dieu merci. Avant, ils étaient d'un beige immonde qui me donnait une mine cadavérique dans la glace. Ce rose poudré est sans doute sexiste, mais c'est un progrès.

J'entends Cat Lorrey bavarder avec une copine aux toilettes. Catherine Harper Lorrey. Je l'ai cherchée dans le système l'autre jour, après l'avoir vue flirter avec Nico. Je voulais la changer de plage horaire pour le déjeuner, mais c'était impossible sans chambouler ses cours.

Cat Lorrey souffre de « séniorite » aiguë. Pendant ses années de Freshman, Sophomore et Junior, elle a pris des « honors classes », les cours les plus avancés. Mais cette année, pas un seul cours de niveau supérieur. Elle a choisi des options à la place : Classiques du Cinéma, Illustration de Mode, Télévision. Ça force quand même un peu l'admiration. Elle sait profiter de la vie.

Peut-être que ce n'est pas de la flemme. Ce sont des matières respectables. Il se peut que Cat prenne ces cours au sérieux. Le fait est qu'elle serait parfaite à la télé, avec ses dents bien alignées et son élocution sensuelle. Ils seraient dingues d'elle, à ESPN[1].

Ici Cat Lorrey, en direct de Holy Family, où nous attendons que Nico Fiore sorte du terrain de football pour que je puisse lui dire « Saaa-lut, Nico ! », tout en suçant ma sucette Blow Pop.

Cat est encore aux toilettes quand son équipe sort par la porte arrière. C'est son sac de sport, là, sur le deuxième banc, celui qui a les poignées jaunes. Parfois, les filles oublient certaines affaires à la maison – un short, un débardeur, leur déo. Ça arrive. Parfois aussi, elles oublient des trucs plus importants, comme leurs chaussures à crampons. Et ça, quand ça se produit, c'est vraiment dommage, parce qu'elles ne peuvent pas s'entraîner avec leur équipe. Elles ne peuvent pas draguer le petit copain d'une autre fille sur le terrain non plus. Ouais, ça, c'est vraiment dommage.

Mon cœur tambourine dans ma poitrine quand j'ouvre la fermeture Éclair du sac. Je ressens une énorme montée

1. L'une des principales chaînes de sport américaines.

d'adrénaline: la peur de me faire choper, le kif de faire une bonne action pour Laney et Nico, l'odeur enivrante de la peinture fraîche. J'attrape les crampons de foot de Cat, les glisse sous ma veste et sors en vitesse. Elles sont couvertes de taches d'herbe, énormes et lourdes, au moins du 40. Cat est tellement grande. Elle est parfaite pour la télévision. Je ne sais pas quoi en faire, de ces grolles. Je n'ai pas réfléchi.

J'oblique vers le bureau principal, seulement parce que c'est un lieu familier. Personne ne fait attention à moi dans cette aile du bâtiment. Je les regarde bien en face – Owen Ivers, Hillary Poplar, Mme Harding, mais ils ne soupçonnent rien. Ils me voient à peine; ils me voient rarement. C'est pas si mal d'être invisible. Les gens ont toujours tellement soif d'attention, mais c'est très surfait, l'attention. Ils oublient que l'invisibilité est un super pouvoir. Regarde ce qu'elle me permet de faire!

Arrivée au bureau, je mets les crampons dans le bac aux objets trouvés. Ça fera comme si quelqu'un les avait trouvés par hasard et déposés là. Très gentil, comme geste. Très attentionné!

– Rafi! lance le père Philip depuis son bureau.

Je sursaute.

– Je suis en train de mettre le site à jour, dit-il. Est-ce que je peux prendre certaines de tes photos pour lui donner un peu de peps?

Je souffle.

– Bien sûr! Avec plaisir.

– Super. Entre, dit-il. Je vais te montrer sur quoi je travaille.

Je jette un coup d'œil aux crampons de foot, en haut du tas. Je ne me suis pas fait choper. Tout va bien. Je ne vais pas avoir d'ennuis. Pas cette fois-ci.

Il fallait s'occuper de Cat. Les règles concernant l'uniforme ont beau être strictes, les shorts de gym des filles sont riquiqui. Nico n'a pas besoin de Cat exhibant ses longues jambes devant lui, et Laney non plus. Quelquefois, quand personne ne te remarque, mais que toi, tu remarques tout le monde, ça fait de toi la plus futée de la bande. Crois-moi, c'est pour le mieux, même pour Cat. C'est important d'être solidaires entre filles. On devrait veiller les unes sur les autres comme je le fais. Cat ne devrait pas être aussi accro d'un garçon qui est déjà pris. Je lui épargne un chagrin amoureux pour lui permettre de se consacrer à sa carrière de présentatrice télé:

–*Nico Fiore, félicitations pour avoir marqué le but de la victoire, aujourd'hui. Y a-t-il quelque chose que vous aimeriez dire à nos téléspectateurs d'*ESPN*?*

–*Absolument, Cat. Je voudrais juste remercier ma bonne amie Rafi Wickham pour son soutien. Rafi, tu veilles toujours sur mes arrières. Sans toi, je n'y serais pas arrivé.*

9

À Holy Family, s'asseoir sur les marches du perron avec nos devoirs sur les genoux est la chose à faire en attendant le bus ou la voiture qui vient nous chercher. Cette fois, j'ai un emplacement de choix, parce que je peux m'adosser au pied de la colonne. Dès que Colin Hennessey a commencé à ranger ses stylos, je me suis préparée à foncer, et j'ai sauté sur sa place.

Je n'ai pas croisé Laney et Nico depuis quatre jours, à cause de la retraite des Seniors. Quatre journées entières ! La retraite est soi-disant consacrée à la prière, à la réflexion et aux activités créatrices de liens sociaux. Ils sont camarades de classe depuis quatre ans. Qu'est-ce qu'il leur faut de plus pour créer des liens ? Pendant ce temps, les miennes, d'activités créatrices de liens, sont au point mort. Et Laney n'a pas eu l'occasion de me remercier pour la période d'étude.

Ils sont rentrés aujourd'hui, mais je ne les ai pas encore vus parce que j'ai raté le déjeuner. Mariah Rourke m'avait demandé d'identifier un million d'élèves sur une photo d'orchestre quelconque. Mariah Rourke ne connaît le nom de personne, à part le sien. Hyper-agaçant.

C'est tout un art, de faire semblant de travailler. Je me demande combien d'heures j'ai passées à simuler, et quel genre d'élève je serais si je faisais mes devoirs pour de bon. Mais chacun et chacune de nous a pris son rôle, à Holy Family. Si d'un coup je devenais érudite, ça bouleverserait l'équilibre fragile de notre communauté. En plus, c'est difficile de me concentrer avec ce trop-plein d'énergie qui bouillonne en moi. Mais c'est une bonne chose de voir la vie en Technicolor augmenté, non ?

Regarde Valerie Setton, en bas des marches. Elle figure au tableau d'honneur affiché dans l'entrée tous les semestres sans exception, mais tu as vu la tête qu'elle fait ? À quoi ça l'avance d'avoir des résultats au SAT[1] qui frisent la perfection, si elle est incapable de remarquer ce qui se passe autour d'elle ? D'un instant à l'autre, Laney Villanueva et Nico Fiore franchiront ces portes. Réveille-toi, Valerie Setton ! Il sera en short, malgré la fraîcheur, et elle aura enfilé son survêt Holy Family par-dessus son justaucorps. Ils auront faim et seront fatigués, une bonne fatigue. Ils se tiendront par la main. Il cherchera ses clés dans son sac à dos et...

Les voilà.

Je me lève d'un bond et referme mon sac à dos. J'ai l'impression que ça fait une éternité que je ne les ai pas vus. Nico est tout rouge. Il avale la dernière goutte d'eau de sa bouteille.

---

1. Examen de compétences générales, requis pour l'entrée à de nombreuses universités.

Laney défait son chouchou. À huit marches du bas du perron, il se penche pour lui dire quelque chose. Rejetant la tête en arrière, elle éclate de rire. Il la regarde, heureux d'être celui qui la fait rire comme ça. Elle reprend son souffle et rit de plus belle, et Nico rit, lui aussi. Est-ce que tu entends ? Est-ce que tu vois ? Valerie Setton, tu rates gros. Cette scène a bien plus de valeur que n'importe quelle note d'examen.

Ils traversent le parking, à présent, et moi de même. Ils vont bras dessus, bras dessous. Nico déverrouille sa Jeep avec son bip. Je presse le pas. Ils jettent leurs sacs sur la banquette arrière. Ils montent.

Je ne peux pas les laisser partir. Ça m'a trop manqué de me sentir dans leur proximité, de les voir de près, de savoir ce qu'ils savent – comme l'autre jour, *le matin de*.

Dans une seconde, ils vont démarrer. *Ne partez pas !*

Nico sort de sa place de parking. *S'il vous plaît, ne partez pas.* Ou alors ce sera encore une journée de perdue, une journée à les observer de loin, alors que ma place est avec eux. Il faut qu'ils me voient pour m'inscrire dans leur mémoire. *C'est moi, Rafi.*

Nico passe le bras sur le repose-tête de Laney et fait lentement marche arrière. Il regarde à gauche. Il regarde à droite. Laney consulte son téléphone. Je cours vers eux, vite, vite – plus vite. Mon cœur s'emballe, mon corps s'affole, le sang bat à mes tempes. J'ai besoin d'eux. Il faut que je… il faut, il faut, il faut – je me jette sur la Jeep de Nico, l'épaule contre le coin arrière du côté passager. *Vlam !* Le choc est mat et brutal. Je voltige, et dans le tourbillon j'imagine mes organes qui s'écrasent. Mon sac à dos est projeté sur le macadam. J'atterris sur les gravillons ; je passe les mains sur ma poitrine, mes côtes, mon ventre, mon bassin. La Jeep s'arrête dans un crissement de pneus. Les portières s'ouvrent d'un coup. Laney accourt et m'aide à me relever.

– Oh, mon Dieu ! Tu n'as rien ? Rafi ?

Elle me connaît. *Je suis la meilleure.*

– Pardon ! Pardon ! Oh, putain ! (Nico est blême, un vrai fantôme. Tu vois comme il s'inquiète ?) P'tain, je t'avais pas vue ! Je te jure, j'ai regardé des deux côtés. Je suis désolé !

Il avait regardé des deux côtés, en effet. C'est un bon conducteur. Il a eu son permis – EXCUSÉ(E).

– Non, c'est moi qui suis bête, je bafouille. J'ai pas fait gaffe, je cherchais un livre dans mon sac à dos, j'avais peur de l'avoir oublié. Je t'ai pas vu déboîter.

J'ai les jambes qui flageolent. C'est le stratagème le plus débile que j'aie jamais inventé. Et si Nico avait paniqué et enfoncé l'accélérateur ?

– Comment tu te sens ? Tu as mal quelque part ?

Nico est mortifié. Il peut l'être ; il aurait pu me tuer, merde.

– Tu veux que j'aille chercher l'infirmière ? demande Laney. Tu as besoin de glace. Est-ce que ta tête a tapé ? Il faudrait peut-être appeler une ambulance.

Elle touche délicatement mon coude de sa petite main tiède. Elle a l'air au bord des larmes.

Laney Villanueva s'inquiète pour moi.

– Non, dis-je. Ma tête n'a pas tapé.

J'aurais pu m'ouvrir le crâne. Non, mais qu'est-ce qui m'a pris, franchement ?

–Tu es sûre? insiste Nico, penchant le visage tout près du mien.

–Sûre et certaine. Je suis en un seul morceau, tu vois?

Je lève les mains. Demain je serai couverte de bleus, mais en gros ça va.

Nico se frotte le visage en soupirant.

–Mais on va te raccompagner chez toi, bien sûr, hein, Nico? dit Laney.

Elle est tellement gentille. Elle ramasse mon sac à dos et le dépose sur la banquette arrière.

–Oui, absolument! répond Nico. C'est le moins qu'on puisse faire.

On. Nous.

Ça y est. Ils me font entrer dans leur vie. Nico me guide vers la portière, une main au bas de mon dos. Je sens tous les picotements que je rêvais de ressentir. Nico Fiore me touche. C'est notre tout premier contact physique. C'est le stratagème le plus ingénieux que j'aie jamais conçu. On est au summum de l'activité créatrice de liens.

Je me pince, littéralement –je me pince la cuisse, comme si les autres parties endolories de mon corps ne suffisaient pas à me prouver que ça se passe pour de vrai. Tu me vois, là, dans la Jeep de Nico Fiore? Vitres baissées, cheveux au vent. Nous roulons vers la sortie du collège.

Regarde-moi. Voilà comment on se sent quand on est invitée. Un changement radical s'opère dans ma vie. Je l'avais bien dit, hein? Et c'est moi qui l'ai provoqué. Crois-moi.

Laney Villanueva, Nico Fiore et moi tournons dans Grenadine Lane en direction de Turnbow Drive. Dru Howard et sa sœur Odetta attendent au passage piétons, à notre droite. Dru nous lance un coup d'œil. J'ai été vue.

Le feu passe au vert. Nico monte le volume de l'autoradio, qui diffuse une chanson de rap – je la cherche aussitôt sur mon portable pour l'apprendre ce soir. Je mémoriserai *Crash! Damn! Boom!* d'EXO avec Matt King Kole quoi qu'il m'en coûte. Je rechercherai aussi une interview pour voir si ça se prononce EX-O ou E-X-O, histoire de ne pas me ridiculiser dans les grandes largeurs.

Une des missions que m'a confiées Mariah Rourke consiste à photographier les voitures du parking des élèves; elles font toujours l'objet d'une double-page dans notre album de l'année. En tant que petite-fille de Poppy, j'en apprécie toute l'importance. S'il y a une chose qu'il m'a apprise, c'est que les gens aiment revoir leur première voiture et se rappeler les endroits où ils sont allés avec, tout comme les amis qu'ils prenaient à bord. À l'avenir, lorsque Nico regardera la photo de sa Jeep, il se souviendra peut-être de moi.

De la banquette arrière, j'entends Laney Villanueva et Nico Fiore rapper sur la musique. Ils sont meilleurs qu'un couple de télé-réalité, parce qu'il n'y a pas de caméra. Ils ne se produisent pas; ils ont juste la pêche.

Laney se tourne vers moi tout en rappant le deuxième couplet, les yeux brillants dans la lumière de l'après-midi, les doigts glissés sous sa ceinture de sécurité. Je hoche la tête en silence. Elle pensera que je suis timide, c'est tout, que j'ai besoin de mieux connaître les gens avant d'être assez à l'aise pour rapper avec eux.

Ça ne peut être qu'à mon avantage. Les gens n'aiment pas qu'on soit trop enthousiaste trop vite, je le sais maintenant. On ne peut pas aller trouver quelqu'un et lui balancer direct: *Prends-moi dans ta vie.* M. Bryant peut croire que je ne l'ai pas compris s'il veut, mais en fait, si. Hocher la tête en silence me donne l'air d'une fille réservée. Vous voyez, M. Bryant? J'ai pigé.

Laney scande le passage hyper-rapide qui se termine par «*No way, not ever, not me, not you*[2]!», puis pointe le doigt vers moi.

Je pointe le doigt vers elle à mon tour.

C'est notre chanson, maintenant, à Laney et moi. La prochaine fois, je connaîtrai les paroles et je chanterai avec elle. Ça lui donnera l'impression que nous avons laissé le temps créer la confiance et l'amitié se tisser naturellement. Nous chanterons cette chanson en nous préparant à sortir, et chaque fois, arrivées à ce passage, nous le ponctuerons d'un coup de fer à boucler ou d'applicateur de gloss.

J'inscris dans ma mémoire l'odeur de skaï des sièges, la main gauche de Nico qui tient le volant par le haut, et sa main droite qui gratte son cou, en traçant des marques rouges à la naissance de sa nuque. Ses cheveux sont plus en bataille et plus bouclés aux pointes que jamais. On dirait un Californien égaré à New York. Il serait plus à sa place sur une plage, exhibant ses abdos plats en combi néoprène baissée jusqu'aux hanches. Il devrait aller vivre là-bas un jour, à San Diego, Santa Monica ou Malibu; il y serait comme un poisson dans l'eau, et Laney aussi. Je pourrais aller les retrouver, peinards, au soleil. Et

2. Pas question, jamais, ni moi, ni toi!

maintenant, je pourrais toucher l'arrière de ses cheveux très facilement. Mais c'est juste mon imagination qui s'emballe ; je ne ferais jamais ça. « *No way, not ever, not me, not you!* »

Il va bientôt se faire couper les cheveux. Pourquoi cela m'attriste-t-il ? Je chasse ce sentiment en écoutant leurs voix, à lui et Laney, qui rappent sur la chanson. Je veux me souvenir de tout, même des coques de pistache (il aime les grignotages *healthy* !) dans le porte-gobelet, si précieuses, fragiles et petites.

Nico fait vrombir son moteur, deux fois, parce que pourquoi s'en priver? Voilà ce qui s'appelle vivre. C'est un vrai garçon, qui a les deux mains sur le volant, et il fonce. Laney Villanueva et Nico Fiore sont l'incarnation moderne de « Brenda et Eddie », les amoureux populaires qui roulent en décapotable dans la chanson de Billy Joel préférée de Poppy, *Scenes From an Italian Restaurant.*

Laney frotte le bras de son petit ami pendant qu'ils débitent le refrain à tue-tête : « *Fuck this shit, the doom, the gloom. Here comes the sun, my son. Roll the stone from the tomb. We are back to the livin'now. Crash! Damn! Boom*[3]*!* » Nico rit quand Laney prononce les gros mots (EXO adore dire « F... »), parce que c'est tellement pas son genre. Une fois de plus, je me demande comment « Nico et Laney – le couple » a commencé. J'aurais aimé être là pour y assister : la première fois qu'il l'a vue, les premières paroles qu'elle lui a adressées, ce qu'ils ont ressenti

---

3. Rien à foutre, du sort, d'la mort. / Fils, le soleil sort. / Roule la pierre du tombeau. / Maintenant on reprend le flambeau. / Crash ! Merde ! Boum !

quand ils ont *su*. Je suis sûre que ça s'est produit instantanément et avec fracas.

Je souris en repensant à ce matin-là, *le* matin, après la douche, avant la messe. Nico savait que je savais, pour sa voiture et son permis. Maintenant, je suis sa passagère. Nous nous enfonçons dans le mensonge. Nico Fiore et moi, nous voilà super potes. On a vécu tant de choses ensemble, ça nous lie pour la vie.

À Holy Family, dans les archives du bureau principal, il y a des billets de retard tamponnés, mais Nico, Laney et moi, nous savons tous les trois qu'il n'y a pas de papiers du Service des permis qui les justifient. Des complices, voilà ce que nous sommes. Je commence à avoir mal aux articulations. Mes muscles raidissent et j'ai les paumes de main tout écorchées. Ça veut dire que c'est arrivé pour de vrai : ils m'ont percutée. Je m'en fiche si ça fait mal. *Mémorise ces sensations, Rafi.*

Nous nous arrêtons au feu rouge de Kent Street. Il y a une fille à vélo au bord du trottoir. Je reconnais son sac à dos bleu vif. C'est Jenna. Elle tourne la tête et me regarde droit dans les yeux. Son visage exprime un million de questions, qui se résument toutes à *Qu'est-ce que tu fous dans la Jeep de Nico Fiore, avec lui et Laney Villanueva ?* Je kiffe l'instant à mort. C'est la revanche que m'offre l'univers sur Jenna, qui a craché sur notre amitié.

Laney se retourne pour me montrer son téléphone.

– Lequel tu préfères ?

À l'écran sont affichés deux justaucorps à longues manches. L'un est d'un beau lie-de-vin, avec des bretelles entrecroisées; l'autre vert émeraude, le dos très décolleté. Elle veut mon avis!

–Le lie-de-vin, dis-je sans hésitation, consciente que Jenna nous regarde encore par la vitre. La couleur est classique, mais les bretelles entrecroisées font moderne.

Regarde-moi! Je ne suis pas triste. Tu ne me manques pas. Je ne me sens pas seule!

–Tu vois? dit Laney à Nico. Elle aussi, elle aime celui-là!

–OK, répond-il. Ben alors, prends celui-là!

Je me tourne vers Jenna et lui décoche un sourire d'une vacherie dont je ne me croyais pas capable. Elle est scotchée de me voir et de les voir dans cette voiture qui vibre au rythme de la chanson. C'est un nouveau terme pour moi, scotchée, mais je suis branchée rap, maintenant, et ouverte à toutes sortes de mots et de façons de les manipuler et de les interpréter. Je parie que Jenna n'a jamais entendu parler d'EXO. Nico enfonce la pédale et je reporte le regard devant moi.

Mords notre poussière, Jenna. Je. N'ai. Pas. Besoin. De toi.

«*Crash! Damn! Boom!*»

Mords-la.

Nous accélérons. Laney s'extirpe de son sweat en se tortillant et le jette en travers du repose-tête. Je reçois une manche sur la joue, avec son odeur de sueur de cours de danse, d'amande et de noix de coco –l'odeur de Laney Villanueva.

–Oups! Est-ce que je t'ai envoyé mon sweat à la figure? s'enquiert Laney –elle est tellement gentille. Je suis vraiment désolée, il ne te manquait plus que ça!

–T'inquiète, dis-je en riant. J'ai déjà des bleus partout, autant avoir la figure assortie.

–Oh, non, ne dis pas ça ! Je m'en veux tellement, s'écrie-t-elle, la main sur le cœur.

–Là, c'est mort, plaisante Nico. Rafi va plus jamais chiller avec nous.

On chille ensemble !

–Non, c'est pas vrai, je proteste.

Nous trois, ça ne fait que commencer. Nico me lance un regard par-dessus l'épaule :

–La prochaine fois, t'as intérêt à mettre un casque et des genouillères.

La prochaine fois ! Je vais exploser de bonheur.

–C'est quelle maison ? demande Nico, qui vient de tourner dans ma rue.

–Le 14. La maison à droite avec les volets rouges.

Nico ralentit devant chez moi, puis s'arrête.

–Wouah... trop belle, la voiture. C'est quoi, une Road Runner ?

–Ouep. De 1971.

La chance que j'ai ! Nico aime les voitures, et Poppy a choisi aujourd'hui pour enlever la housse de MacGraw et la laisser prendre le frais dans l'allée. Poppy dit que ça ne fait pas de mal de frimer un peu de temps en temps. *Merci, Poppy, merci.*

–C'est une splendeur.

Une splendeur –je range le mot dans ma mémoire, ainsi que la façon dont Nico le prononce, en détachant bien les syllabes.

–Et cette couleur... Waouh.

–Merci.

Je suis trop fière, comme si j'avais peint la carrosserie moi-même. J'aimerais bien que ce soit le cas, je pourrais l'impressionner encore davantage.

–C'est le bleu Richard Petty, j'explique. Mon grand-père avait une Plymouth Road Runner 1971 quand il était ado, alors il a racheté le même modèle, de la même couleur. Il dit que ça le conserve.

–J'adore, dit Nico, qui est un grand sentimental.

Laney lui touche la main. Elle ne se dit pas que c'est bizarre que je vive chez mes grands-parents. Elle ne se demande pas une seconde où sont ma mère et mon père. Elle pense qu'elle voudrait être la femme qui saura donner à Nico le sentiment d'être encore jeune quand il sera vieux, la fille grâce à qui il restera toujours le garçon d'aujourd'hui. Je sais qu'elle seule peut lui offrir cela. Si ce n'est pas Laney Villanueva, ce ne sera personne d'autre.

–Mon grand-père l'a baptisée MacGraw, à cause de l'actrice Ali MacGraw, leur dis-je. Les deux Road Runners. Les deux fois. Il prétend que les deux voitures ont la même âme.

Laney cherche Ali MacGraw sur Google.

–Ah, *Love Story!* J'ai entendu parler de ce film. Comme elle était belle ! s'exclame-t-elle, et je me rends compte que c'est beau, une belle fille qui admire la beauté d'une autre.

–Elle l'est toujours, dis-je. *Love Story* a été tourné ici, à Long Island. Tu savais ? Au domaine d'Old Westbury.

–C'est vrai ? J'adore cet endroit, répond Laney. Avec ma famille, on a emmené notre chien Panda là-bas, il y a quelques années. Ils font des journées spéciales pour les chiens.

Je leur demande s'ils veulent descendre regarder MacGraw. Oui, ils veulent. Nous ouvrons nos portières. Leurs sneakers foulent l'allée –*mon* allée, devant *ma* maison. Nico examine la voiture en plissant les yeux. Laney se penche sur une vitre, s'abritant les yeux de ses deux mains pour regarder à l'intérieur. J'aurais bien filé chercher la clé à la maison, mais j'ai peur, si je m'en vais, de ne plus les trouver à mon retour.

Laney déclare que le cuir bleu assorti est «somptueux». C'est mon nouveau mot préféré.

–Tout est d'origine, je lui explique. La garniture, tout.

–Je peux prendre des photos? demande Nico.

Il est tellement poli. Je comprends maintenant ce qu'il voulait dire par «demander d'abord».

Bien sûr, Nico. Tout ce que tu voudras. Vas-y.

Il photographie la bande noire de MacGraw et son emblème à l'avant.

–Mortelle, cette voiture, murmure-t-il. J'aimerais trop conduire une voiture comme celle-là un jour...

Il prend des photos de Laney posant contre le capot comme si elle était Natalie Wood et lui James Dean. Elle dit qu'elle regrette de ne pas avoir des lunettes de soleil et un foulard à nouer sur la tête. Je suis d'accord. Ce serait chou, non?

J'ai trop, trop envie d'une photo d'eux avec moi. Je voudrais l'avoir comme fond d'écran. Je voudrais l'encadrer et la mettre près de mon lit. Dans mon casier, sur mon ordi, dans un médaillon autour du cou. J'attrape mon téléphone, je le lève, je suis sur le point de demander. J'ouvre la bouche...

« Vos distances. Gardez vos distances. »

À la place, parce que je fais des progrès, je dis :

– Je vais vous prendre en photo tous les deux.

Je ne veux pas gâcher ce moment. Je fais ma gentille. Je suis trop forte, j'y crois pas tellement je suis forte. Je prends d'abord mon téléphone et vole une photo, puis Laney me tend le sien.

Je pourrai télécharger la photo au bureau de l'album de l'année et m'y insérer. Ce ne serait pas du mensonge. Nous étions vraiment ensemble ici. Il existe des solutions créatives à tous les problèmes. Il suffit de savoir sortir des clous. C'est ce qui fait de moi une bonne photographe pour l'album de l'année : créativité et détermination. Tac, dans les dents, Mariah Rourke.

Ils ont presque fini. Nico prend une dernière photo de MacGraw de face, et Laney retourne vers la Jeep. J'aurais aimé pouvoir les inviter à entrer. *Restez, entrez donc. Passez du temps avec moi. Ne partez pas.* Si seulement chez moi c'était le genre de maison où il n'y a personne, avec un frigo plein d'autres choses pour le goûter que des mini-génoises fourrées, et des haut-parleurs cachés dans le plafond qui diffusent toutes les bonnes chansons de rappeurs aux noms en lettres capitales... *On pourrait commander de la pizza. Vous aimez les petits pains à l'ail ?* ai-je envie de leur demander. Mais ce n'est pas ma vie. Je préférerais mourir plutôt que de laisser Laney Villanueva et Nico Fiore voir *New York Unité Spéciale* ainsi que Gran avec ses chaussettes antidérapantes et son horrible verre de Metamucil aux compléments de fibres sur la table pliante de la télé.

–Merci de m'avoir déposée, dis-je. C'était vraiment sympa.

–C'était la moindre des choses, répond Nico. Tu es sûre que ça va?

J'attrape mon coude, qui gonfle de minute en minute.

–Ouais, je vais mettre de la glace. Ça va aller.

–Bon.

Nico tapote mon autre bras. Notre deuxième contact physique à ce jour. Je me sens rougir.

–Encore une fois, je suis vraiment désolé.

–C'est pas ta faute. Je suis une catastrophe ambulante.

Ça fait rire Nico. J'enregistre mentalement le son de son rire.

–Merci pour les photos, ajoute-t-il. J'adore la voiture.

–Prends soin de toi, Rafi, enchaîne Laney. Tu devrais peut-être prendre un Ibuprofène.

Elle est sincère. Elle souhaite vraiment que j'aille mieux.

Ils s'en vont. Au revoir, skaï; au revoir, médaille de saint Christophe pendue au rétroviseur de Nico. Mais ce n'est pas grave, rien n'est perdu. Je ne suis pas triste, cette fois-ci, parce que regarde tout ce que j'ai gagné. La preuve est là, dans mon téléphone. C'est un trésor: une photo de Laney et Nico dans mon allée. On ne raccompagne pas quelqu'un en voiture, on ne sort pas sur son allée, on ne s'inquiète pas de son coude, si on n'est pas ami avec la personne. D'autres bons moments nous attendent. Nous sommes amis, maintenant, et les amis reviennent. Ma vie est somptueuse. *Regarde saint Christophe et va-t'en rassuré.*

Une fois à l'intérieur, j'attrape un pack de glace et je file dans ma chambre. J'allume mon ordi aussi vite que je peux.

J'ai tellement de choses à apprendre, et je veux les apprendre ce soir.

Exo se prononce les trois lettres séparément : E-X-O. Il le dit lui-même dans une interview en ligne. « Les gens veulent me connaître. Ils entendent la musique et ils se demandent : "C'est qui, ce gars ? C'est quoi, son truc ?" Je leur dis : "Je suis E-X-O." »

Dans ce clip, les paroles de la chanson défilent sur l'écran, alors je me lance. Je tiens le pack de glace contre mon coude, prête à passer et repasser *Crash! Damn! Boom!* (avec Matt King Kole) pour le restant de la soirée, parce que j'ai des putains de mots à apprendre, bande de grosses biatchs.

10

Parcourir les anciens cahiers de Sophomore de ma mère est un geste désespéré, mais je suis trop paresseuse pour lire *Des souris et des hommes*. Rien que le titre m'ennuie. Qui s'intéresse aux souris ou aux hommes? Je sais, je sais, j'aurais sans doute plus vite fait de le lire que de le chercher dans ses notes. Surtout que je ne sais même pas si elle l'a étudié. C'est le livre le plus court qu'on m'ait donné à lire depuis *Outsiders*, en quatrième. Mais que dire? Quelquefois, j'aime bien me compliquer la vie. Là, ce qui ajoute une couche de tristesse à la chose, c'est que maman était sans doute une élève qui plafonnait à C. Donc non seulement j'emploie mon temps à rechercher le travail de quelqu'un d'autre, mais je l'emploie à rechercher le mauvais travail de quelqu'un d'autre.

J'étais certaine que ce cahier bleu était son cahier d'anglais, mais c'est Algèbre II. Moi, je prends toujours un cahier rouge pour les maths et un bleu pour l'anglais. Encore un truc qui explique pourquoi ma mère et moi, ça ne collera sans doute jamais. C'est évident que les chiffres vont avec le rouge, les mots avec le bleu et les sciences sociales avec le jaune. Ses cahiers ont tout faux. Bleu lavande pour l'Histoire des États-Unis ? Qu'est-ce que le bleu lavande a de tellement américain ?

Ah, voilà – anglais. Vert. Bof.

C'est un cahier de son année de Senior. Je ne vais rien trouver sur *Des souris et des hommes*. Il y a des notes sur Shakespeare, sur *À propos de courage...*

... et des petits mots échangés avec une copine. Leurs écritures penchées se serrent dans la marge :

Tu vas à la fête de Missy ce soir ?

Théoriquement.

Hein ?

Je dis que je vais à la fête de Missy mais en réalité je vais chez Carlo.

Sym... pa.

Ses parents sont pas là.

Traduction : Crac crac boum boum ?

Une vraie dame ne dit pas ces choses-là.

Du sexe, alors ?

C'est clair.

Tu cherches les emmerdes, meuf.

T'es tellement une loseuse. T'y vas, toi, chez Missy ?

Oui. Pour de vrai.

Ha !

M. U a encore mis ce pantalon.

Peut-être qu'il en a dix pareils.

Y a peu de chances.

Aussi peu de chances que moi réussissant cet exam.

Ou moi. Je me souviens de rien.

Moi non plus. J'abandonne. Pitié!

Je ne sais pas avec qui maman échangeait. Il y a d'autres petits mots, mais pas de nom. C'est sans importance. Ce qui en a, c'est qu'elle parlait de papa, et que ses notes du cours sur Shakespeare sont datées du 14 juin. Mon anniversaire tombe neuf mois plus tard.

Je lis et relis leurs petits mots. J'en suis convaincue, à présent: cette soirée, la soirée de la fête chez Missy, a changé la vie de mes parents. La soirée du 14 juin est celle où j'ai été conçue.

Je ne sais pas quoi faire de cette information. Rien, franchement ! Je passe le reste du cahier au peigne fin, sans rien trouver d'autre qui semble important.

T'as regardé la série hier soir?

Trop nulle! La saison 1 était bien meilleure.

Ouais, hein? J'aime pas les nouveaux.

Mais pardon, Billy Newman avec cette coupe, trop canon.

Je sais. Il est trop trop sexy.

Je repars en arrière et relis le 14 juin. J'imagine maman mentant à Poppy et Gran pour la fête. Je vois Poppy la déposer devant la maison de Missy, remarquer les copines rassemblées là, en train de bavarder, puis papa passant chercher maman, et les deux partant chez lui.

«C'est mon rôle. Je te dépose, je viens te chercher.» Le pauvre Poppy ne se doutait de rien.

Maman prendrait-elle la même décision si elle pouvait remonter le temps? Je ne peux pas détacher les yeux de ce stupide cahier vert rempli de notes vite torchées sur des lectures bâclées. Ce sont les derniers moments de sa jeunesse. Ses derniers moments de liberté.

Ding! fait mon mail. Je lève la tête.

Tu es invité·e!

J'en reste bouche bée. Le mail est de Laney Villanueva. Je touche l'écran. C'est réel. 100 % pas une blague. C'est une véritable invitation.

Ça méritait largement de prendre le risque de me casser quelques os. Si c'était à refaire, je le referais. Je me jetterais de nouveau sur cette Jeep – tête en avant. Ensuite, j'irais à la fête plâtrée de la tête aux pieds s'il le fallait. Je fais une capture d'écran du mail et je contemple encore l'invitation. Personne ne pourra me la retirer. Elle est pour moi, avec mon nom dessus: *Salut Rafi!* Point d'exclamation! Elle est ravie de m'inviter.

Merci de vos dons au Bureau des élèves!
INVITATION À UNE FÊTE
QUAND: Samedi, 20 heures
OÙ: 717, Dunbar Street
CHEZ: Fernando Villanueva

C'est la plus belle chose qui m'arrive depuis... C'est la plus belle chose qui me soit jamais arrivée.

xo Laney Villanueva.

XO. Prononcer «ix oh». Ça veut dire un bisou et un *hug*, et c'est exactement ce que je vais faire quand je les verrai à la fête, elle et Nico (ce sera notre troisième contact physique). Je m'y vois déjà: une maison pleine de monde, la musique à fond, mes camarades de classe en tenues de sortie, avec des débardeurs et des shorts qui montrent la peau, des sneakers aux lacets défaits rentrés sous la languette. J'ai presque le goût de sel et de vinaigre des chips en bouche. Je sens une odeur de bière dans l'air.

Je les imagine m'accueillant – Laney et Nico, naturels, en jeans et tee-shirts. *Tu es venue! On est tellement contents que tu sois là!* Ils me feront entrer dans leurs vies. Leur vie. Au singulier: leur vie ensemble et partagée.

C'est encore mieux que j'aurais pu le rêver: la fête est chez Fernando Villanueva. Fernando, cousin de Laney et meilleur ami de Nico sur la planète. Je serai dans une maison Villanueva, une maison où les proches de Laney soufflent leurs bougies d'anniversaire et ouvrent leurs cadeaux de Noël, où Fernando et ses frères dansent le break au sous-sol, à la lumière des strobos.

Ne me dis pas que la maison n'est pas comme ça, parce qu'elle l'est. Tout le monde est au courant pour les strobos et la boule à facettes que le père de Fernando a accrochée au sous-sol, pour le vieux matos de DJ avec lequel les V-Boys préparent leur mix-tapes pour les compétitions: «*Rage, rage, rage Freeze! And pop pop pop to the top! Let's ride it! Let's ride it!*»

Tu n'as qu'à chercher «V-Boys» sur YouTube. C'est comme ça qu'ils vivent: le barbecue dans le jardin, avec le cochon de lait rôti, une énorme marmite de nouilles, des pâtés impériaux croustillants et des cartons aplatis sur la terrasse pour tourner sur les genoux, le dos et la tête. Ce n'est pas un clip qui a du grain et un son étouffé; c'est un samedi après-midi chez les Villanueva.

Je regarde de nouveau le cahier posé sur mes genoux.

Tu vas à la fête de Missy ce soir?

Théoriquement.

Missy, c'était Melissa «Missy» Knoll: membre de l'équipe de gymnastique, de l'orchestre et de l'association des élèves contre l'alcool au volant. Brune et bouclée, un grand sourire, du gloss à lèvres rose vif, comme on peut le voir dans l'album de l'année de maman aux pages 16, 30, 42 et 99. Melissa Knoll avait invité maman à une fête. Melissa Knoll avait fait une playlist et acheté des sodas, de la bière et des chips. Melissa Knoll avait rangé les objets fragiles de la maison, tamisé l'éclairage et ouvert sa porte. Mais maman et papa n'en ont jamais franchi le seuil. Ils ont dit qu'ils y allaient, mais c'était un mensonge. À la place: *crac crac boum boum.*

Et donc, me voici.

Je vais aller à la fête de Fernando. Si tu veux briser un cycle générationnel, voilà ce qu'il faut faire: prendre des décisions différentes. Choisir un cahier bleu pour l'anglais au lieu d'un vert. Accepter une invitation. Te présenter là où on t'attend et saisir ce que l'univers peut t'offrir.

R. S. V. P: Merci de m'inviter, Laney, j'en serai. À samedi! Point d'exclamation!

11

–On dirait que c'est là que ça se passe, dit Poppy en ralentissant dans Dunbar Street.

Il y a des Seniors garés des deux côtés de la rue. Pas de Jeep noire, mais Laney et Nico sont peut-être venus dans la voiture de quelqu'un d'autre. C'est une bonne idée s'ils ont l'intention de boire. Ils sont très responsables.

–C'est là, un peu plus loin, dis-je.

La maison de Fernando est éclairée. Un groupe de Juniors remonte l'allée.

–Tu retrouves des amis à l'intérieur, c'est ça? demande Poppy.

–Laney, la fille qui m'a invitée. (Je mets la main sur la poignée de la portière.) C'est une Senior.

–Une Senior? (Poppy avance lentement la voiture.) Ben dis donc.

–Tu peux me déposer là.

–Non, non. (Il me tapote la jambe.) Pour toi, rien de moins que le service porte-à-porte cinq étoiles.

–Je peux faire trois maisons à pied, dis-je en détachant ma ceinture de sécurité.

–Attends un peu.

Je soupire et lâche ma ceinture.

–Quand ta mère allait à des soirées, j'avais peur qu'elle s'amuse trop. (Poppy roule lentement, très lentement, vers la maison.) Avec toi, j'ai peur du contraire.

–Mais je *vais* m'amuser.

–Ça m'inquiète quand tu parles comme ça. Ne te mets pas autant la pression. Quelquefois, on projette un tas de choses sur ces soirées et elles ne tiennent pas leurs promesses, comme on dit.

–J'ai rien projeté, Poppy.

–Le truc, avec les fêtes, c'est qu'il y a un facteur de hasard. Certaines fois, on s'amuse, d'autres non. Et c'est pas grave.

Poppy s'arrête devant l'allée de Fernando. Enfin!

–Merci de m'avoir déposée, Poppy.

J'ouvre la portière, sors et la claque derrière moi.

Il fait bon, ce soir, mais comme je veux garder mon blouson en jean, je déboutonne les poignets et retrousse les manches, en plus, c'est comme ça que le portent les autres filles.

Ce blouson est idéal à cause de toutes ses poches: des poches sur les hanches, les petites poches poitrine boutonnées et les grandes poches profondes à l'intérieur. Je n'ai pas besoin de sac, grâce aux poches intérieures. Et elles sont pratiques, aussi, au cas où je voudrais chiper un souvenir de la maison (pas un objet de valeur, rien qui ferait défaut), juste un petit quelque chose de chez Fernando Villanueva que je puisse garder.

Je reconnais la chanson qui passe à l'intérieur, je connais même les paroles: «*Crashin' toward you like a meteor, ain't no stoppin'gravity, we're collidin'like a tragedy*[1]». Me voici, Rafi Wickham, qui rejoins cette fête en articulant les paroles de la chanson, comme *une fille vraiment cool.*

Laney et Nico ne sont pas encore là, mais ça va. Je vais en profiter pour regarder autour de moi et m'habituer au cadre, comme ça, je serai plus à l'aise quand ils arriveront.

–Salut! Moi, c'est Fernando. Comment tu t'appelles?

Fernando me prend par l'arrière du bras, ce qui est presque comme si Laney me touchait, vu qu'ils ont des liens de parenté, ou comme si Nico me touchait, vu qu'ils sont meilleurs amis. Son contact physique compte. Fernando porte un survêtement noir et argenté et des sneakers d'un blanc éclatant. Ses cheveux sont tondus sur les côtés et sculptés en forme de vague sur le dessus. Il a un look de personne célèbre. Le père Philip lui fera une remarque sur sa coupe, mais Fernando est apprécié de tous, et ça ne lui vaudra sans doute ni blâme ni retenue. À part soi, le père Philip trouvera sa coupe de cheveux sympa. Il me le dira sans doute.

–Je m'appelle Rafi, lui dis-je, et je précise que c'est Laney qui m'a invitée, parce que je veux qu'il sache que je suis à ma place parmi eux.

–Ah, cool.

---

1. Je tombe vers toi comme un météore / Qui peut arrêter la gravité / On se crashe comme une fatalité.

Les yeux noirs de Fernando vont me guider dans un monde de barbecues de jardin et de sauts périlleux en pyramide. Je suis prête pour tout ce qui vient de la famille Villanueva.

–Bienvenue ! ajoute-t-il. Il y a des boissons à la cuisine et de quoi grignoter à la salle à manger. Sers-toi de tout ce que tu veux. (Il est sincère; je pourrais me préparer un bol de céréales que ça ne le gênerait pas.) Et si tu as envie de chanter, mets ton nom et le titre de ta chanson dans le chapeau.

Son frère, Archie Villanueva, le plus grand et le plus fort des V-Boys, celui qui lance Fernando en l'air chaque fois, tapote le micro tandis que les paroles d'une chanson de Céline Dion commencent à défiler sur l'écran.

–Eeeeeh ! s'exclame Fernando, v'là mon pote !

Je suis son regard: ils sont arrivés. Nico porte un gros sac de glace. Il arbore une nouvelle veste Adidas. Bleu marine avec des…

Soudain, j'ai un décrochement de mâchoire. Une dizaine d'autres filles tournent la tête et le remarquent en même temps que moi : Laney a fait un balayage ! Wouah, c'est dingue ce que ça la change – en bien ! Les mèches vont de son châtain foncé naturel à blond cuivré, en passant par caramel. J'aurais pleuré si j'avais su qu'elle allait se teindre les cheveux. J'aurais été contre. Ses cheveux étaient parfaits tels qu'ils étaient, pourquoi voudrait-elle les changer ? Mais maintenant que la coloration est faite, c'est ravissant. Elle est tellement… glam.

Ses amies l'entourent. Elles la touchent en piaillant. Elles sont dingues de son nouveau look. Laney avance dans le salon en remerciant chacun et chacune pour ses compliments. Sur ses photos de l'album de l'année, Laney aura deux looks: sans mèches et avec mèches. La fête marquera le soir de son relooking.

J'aperçois sur la petite table une photo des cousins tous ensemble à la plage. Laney a les cheveux noir de jais, même en plein soleil. Mon regard va et vient entre Laney et la photo. Avant la fête: foncé. Après: mèches claires. Ce doit être comme ça que maman perçoit le soir où elle a séché la fête de Missy pour retrouver Carlo Tedoro. Avant la fête de Missy: pas de bébé. Après : bébé.

Alors que Nico fonce vers la cuisine avec la glace, Archie pointe le doigt vers lui et se met à chanter: «*Cause I'm your laaady! And you are my maaan, Nico Fiore!*»

Nico est aimé, dans cette maison. Ça saute aux yeux qu'il est l'ami de toute la famille de Laney. Si je devais nommer une qualité absolument pas nécessaire chez un petit copain, mais délicieuse, ce serait celle-là.

Il est dans la salle à manger, maintenant, en train de faire des checks avec tout le monde, ce qui ne l'empêche pas de jeter des regards pleins de fierté à Laney. Ce n'est pas juste qu'il aime ses mèches, il est heureux qu'elle soit heureuse. Si je devais mettre le doigt sur la chose absolument nécessaire chez le petit ami parfait, ce serait ça.

Même lorsqu'ils se trouvent dans des coins diamétralement opposés, on voit qu'ils sont ensemble. Si c'était un jeu, tu serais capable de deviner, parmi tous les invités, que ces deux-là forment un couple. Ce serait facile, même pour les gens paresseux qui ne remarquent pas grand-chose.

Mais si tu étais comme moi quelqu'un qui remarque, tu verrais aussi Tomás Diaz, à l'autre bout de la pièce. Tomás Diaz, le garçon avec qui Laney était *à deux doigts* de sortir l'année dernière, juste avant qu'elle se retrouve avec Nico, ne la quitte pas des yeux depuis qu'elle a franchi le seuil. Tomás Diaz ne s'est pas encore remis de leur rupture.

Laney parle de son coiffeur, Carson. Elle lui a montré une photo de ce qu'elle voulait, et il a su le reproduire à la perfection. Elle explique à ses copines que Carson travaille au Spiral Haircase, à Oyster Bay. Il est booké des semaines à l'avance, mais ça vaut le coup d'attendre si tu veux du vrai bon boulot. Les amies de Laney acquiescent. Carson mérite largement qu'on l'attende et qu'on paie le prix. S'il y a une chose sur laquelle il ne faut pas mégoter, ce sont les cheveux.

Le Spiral Haircase vient de poster des photos de Laney de dos sur ses réseaux sociaux: avant/après. 289 likes. Je fais des captures d'écran des deux et je les archive.

–Oh, Nico adore. (Laney prend sa chevelure à pleines mains et la lisse sur sa poitrine.) Je crois qu'il avait un peu peur quand je lui ai dit que j'allais le faire, mais maintenant ça lui plaît vraiment.

Elle tourne la tête vers son copain, qui a rejoint le billard. Il surprend son regard et lui lance un clin d'œil. Mais comment fait-il? Comment le sait-il, quand elle le regarde? À croire qu'ils ont un radar l'un pour l'autre.

À ma gauche, Jenna et Rhia Bergen sortent de la cuisine, des bières à la main.

–Je ne savais pas que vous étiez là, dis-je, surprise.

Je me demande qui elles connaissent. Certainement pas Laney. Peut-être un des V-Boys les plus jeunes, Fidel ou JoJo.

– On était à la cuisine, me répond Jenna.

– Tu bois ? (Je lorgne sa cannette d'un œil narquois.) Fais gaffe à pas te saouler, la sainte-nitouche, quelqu'un pourrait cafter. Tu pourrais te faire renvoyer pour trois jours.

– Excuse-moi, dit-elle en se faufilant.

– Viens, on va s'asseoir.

Rhia Bergen entraîne Jenna par le bras, comme si elle ramenait sa licorne rose à l'écurie.

J'ai envie de sortir, mais il commence à pleuvoir. Les invités rentrent de la terrasse. J'opte pour la cuisine. Il y a des peintures aux doigts sur la porte du frigo, et un château de cartes abandonné sur la table. Je repère, sur la chaise du coin, le gros sac de Laney. Je vais pouvoir trouver un souvenir. Juste un mini-cadeau, tu vois. Il faut que j'agisse vite avant que quelqu'un arrive. Un rouge à lèvres, un miroir de poche ou peut-être...

– Donc tu lui parles encore ? Kevon Knight, un Senior, entre en trombe avec sa petite amie, Sasha Grady. Dis-moi que tu lui parles encore, que je sache à quoi m'en tenir.

Je me retourne et me retrouve bêtement face à eux.

– Je ne lui parle pas *encore*. Je lui ai adressé la parole. C'est différent, proteste Sasha. Je vois bien ce qu'elle veut dire, c'est différent.

– Ah ouais ? Et je suis censé passer l'éponge parce que c'est différent ? Pour une question de sémantique ? (Il bombe le torse en vrai macho, puis tourne la tête vers moi.) Qu'est-ce que tu regardes ?

–L'engueule pas, dit Sasha en pointant le doigt vers lui. Tu vois ? C'est ça, ton problème. T'as aucun respect pour les femmes. T'es juste incroyablement malpoli.

–Parle-moi encore une fois de mes problèmes et je t'en foutrai un, de problème.

–Tu veux dire, en plus de m'emmerder à mort ? Excuse mon petit ami, ajoute-t-elle en me regardant. C'est un connard. Tu cherches quelque chose ?

–Un soda ? dis-je.

–Tu vois ? reprend Sasha à l'attention de Kevon. Elle matait pas ton cul. Tu crois toujours que tout tourne autour de toi.

S'adressant à moi de nouveau :

–Sprite ou Coca ?

–Ginger ale ?

Elle sort une Seagram's et me tend la cannette froide et mouillée.

–Merci.

Je tourne les talons pour les laisser seuls à leur comédie.

–Pas de souci.

Sasha s'adosse au frigo et croise les bras. Ils gardent le silence tous les deux.

Je voudrais dire bonjour à Laney et Nico, maintenant. Leurs autres amis ont eu amplement le temps de le faire.

Sasha et Kevon détiennent le record du couple qui sort ensemble depuis le plus longtemps de tout l'institut. Crois-moi si tu veux, mais ils sont ensemble depuis leur année de Freshmen. Mais ils ne sont pas amoureux. Ils sont accros aux montagnes russes. Voilà comment ils fonctionnent : ils vont se disputer devant les boissons encore quelques minutes. Et puis chacun ira trouver ses copains ou copines pour se plaindre de l'autre. Leurs amis déverseront leurs opinions: «C'est un connard. C'est une salope. Qu'est-ce que t'attends pour rompre?» Sasha Grady et Kevon Knight n'ont pas envie d'être bien. Ils ont envie qu'on parle d'eux à la fête.

–Alors, tu lui parles toujours ou quoi? lance Kevon derrière moi.

Ils n'ont pas intérêt à remporter le Superlatif du Couple le plus mignon. L'enjeu n'est pas la longévité. C'est «le plus mignon». Cette façon d'étaler son dysfonctionnement en public n'a rien de mignon.

–Ni-co! Ni-co! Ni-co! scandent les invités dans le salon.

En les entendant, je me précipite, bousculant au passage deux gars qui s'amusent à jeter des M&M's dans l'aquarium.

–Noooon! (Fernando se rue sur eux.) Ce sont des poissons d'eau de mer! Ma mère les aime plus que moi, elle va faire un putain d'arrêt cardiaque!

Les amis de Nico font soudain passer un micro dans sa direction. Un clip d'Elvis Presley en combinaison blanche à franges démarre sur l'écran de la télé. Nico fait non de la tête, mais se dirige quand même vers l'avant de la pièce. Il accepte le micro et prend la posture –jambes écartées, un genou qui s'agite. Tout le monde l'applaudit et l'acclame sur l'intro de *Suspicious Minds*.

Quoi? Nico Fiore fait Elvis? Je glisse un œil vers les filles qui sont devant. Laney est assise sur la moquette, le visage enfoui dans les mains.

–J'y suis pour rien ! dit-elle en riant.

Elvis attaque et Nico se lance avec lui, chantant qu'il est « pris au piège » et « ne peut pas en sortir[2] ».

Sur l'écran, dans le public d'Elvis, les femmes serrent les poings, tendent les bras vers le King – perdent la tête. Je comprends ce qu'elles ressentent. La voix de Nico… est *belle*. Elle est grave et veloutée. Elle a de l'écho. Nico Fiore sait chanter.

Je vois bien qu'il veut en faire un numéro comique, mais pour moi, ça ne l'est pas. Ses amis se marrent et poussent des cris en le regardant jouer du bassin, mais sa voix n'a rien d'une plaisanterie.

Et soudain, c'est une évidence : je sais comment et pourquoi Laney et Nico se sont mis ensemble l'année dernière. Tomás tournait autour de Laney depuis deux mois. J'avais remarqué qu'il traînait près de son casier, la rattrapait dans les couloirs, s'arrêtait bavarder à sa table à la cantine. Je voyais bien qu'elle était attirée par lui. Qui ne le serait pas ? Regarde-le. C'est Tomás Diaz.

J'ai vu les parents de Tomás. Sa mère est noire à la peau foncée. Elle est grande, avec des pommettes de mannequin. Son père est latino, il a de la carrure et le regard ardent. Tomás a pris le meilleur chez chacun : les boucles, les yeux noirs et le sourire. À Holy, il porte en permanence un énorme casque autour du cou. Quand je vois Tomás Diaz, soit il se tait, replié sur lui-même, soit il est avec sa bande de potes, en sueur et tout remonté.

Pendant deux mois, Laney se penchait vers lui quand Tomás lui parlait. Elle croisait les jambes dans sa direction

2. « [*We're*] *caught in a trap / I can't walk out.* »

et touchait sa clavicule ou ses cheveux en l'écoutant. J'ai vu Laney lui redresser sa cravate tout en riant à une plaisanterie. Je pensais qu'ils allaient se mettre en couple. Ça paraissait inévitable.

Un vendredi, j'étais passée devant eux, à la sortie de la salle de chorale. Il lui demandait si elle allait à la fête de Gabby Hollis. Laney avait répondu que oui, et il avait eu l'air content. «On se verra là-bas, alors, avait-il dit. Change pas d'avis.» Il parlait d'une voix rocailleuse et sexy que personne, j'en suis sûre, ne lui avait jamais entendue. Elle avait répondu qu'elle ne changerait pas d'avis. Elle y serait, sûr et certain. Quand Tomás avait tourné le coin, Laney s'était mise à couiner avec ses copines. Laney Villanueva et Tomás étaient sur le point de.

Pourtant, le lundi matin, Laney Villanueva n'était pas en couple avec Tomás Diaz. Elle se baladait main dans la main dans le couloir des Juniors, avec le propret Nico Fiore aux cheveux blond cendré. Que s'était-il passé? Comment Nico avait-il pu arrêter ce train lancé à toute vapeur?

Je n'ai pas cessé de me poser la question depuis ce jour. Mais maintenant, c'est clair: il y avait eu un karaoké chez Gabby Hollis. Et Nico Fiore avait chanté Elvis.

Ce soir, Nico est là, les yeux fermés, la moue boudeuse. Malgré les quelques garçons qui lui lancent «Elvis est nase!» ou «Elvis est un voleur!», Nico est à fond dans le trip. Il tend la main vers sa petite amie en chantant qu'il l'aime *too much, baby*.

Tomás, qui est dans le coin avec ses amis et une fille quelconque, aux cheveux en tresses françaises, hoche la tête sur le numéro de Nico. Ça fait presque un an, mais il n'arrive toujours pas à croire qu'un karaoké lui a grillé ses chances auprès de la fille de ses rêves. Soudain, il ne supporte plus le charisme de Nico ni les mèches de Laney. Escorté de sa bande, il se dirige vers la porte. C'est inutile de rivaliser avec Elvis, et trop douloureux de rester à regarder.

Tomás ne pourra plus jamais écouter cette chanson, ni n'importe quelle autre d'Elvis, sans un pincement au cœur. Quand il aura la quarantaine, son entreprise l'enverra à un congrès à Memphis. Il ressentira un malaise, sans savoir pourquoi. En arrivant à son hôtel, il entendra la chanson dans le hall d'entrée et alors, il se souviendra: Laney Villanueva et Nico Fiore. Et merde.

–Wouah, murmure Greta Novak, qui se matérialise soudain à côté de moi. (Comment fait-elle pour surgir sans cesse à côté, de moi telle une Muppet de derrière un meuble?) Il est super bon.

Je serre mon téléphone dans ma poche. J'ai trop envie de faire une vidéo en voyant Nico chasser la jambe droite sur le côté et descendre très bas sur son genou. Je pourrais le filmer facilement, j'ai une vue dégagée entre Noel Dillard et Franny Lutz. Mais la voix de M. Bryant résonne dans ma tête: «Supprimez-la. Supprimez-la tout de suite. Je veux vous voir la supprimer.»

–Plonge, Elvis, plonge! hurle quelqu'un. Wouhou!

D'autres jeunes font des vidéos: Jacqueline Chen et Eva Howard, Jamel Drinkwater. Ils posteront leurs vidéos et je pourrai les regarder.

Nico tient la pose et y ajoute un coup de karaté. Quelqu'un lui lance un torchon. Il s'éponge le visage avec, puis le passe autour de son cou. Il lève la main et cligne des yeux pour les protéger d'un projo imaginaire.

Combien de fois Nico a-t-il fait ce numéro ? Une dizaine ? Plus ? Est-ce qu'il répète dans sa chambre avec une brosse à cheveux ? Je ris toute seule en l'imaginant.

Je repère les gens qui filment et le note dans ma tête, comme ça, je pourrai les rechercher, plus tard, et scruter leurs vidéos sous tous les angles. Je pourrai les entrecouper, les monter ensemble et construire un clip entier. Mon dossier secret s'améliore de jour en jour.

Nico lance le torchon dans l'assemblée, qui pousse des cris enthousiastes.

– Non, mais tu le vois, ton copain ? crient les amies de Laney en pointant du doigt.

Laney pleure de rire.

– Je le connais pas, je l'ai jamais vu !

– Je suis mort, les mecs. Elvis a quitté la maison ! dit Nico, qui reprend son souffle, les mains sur les genoux. (Il plonge la main dans un casque qui sert de pioche.) À qui le tour ? (Il agite la main dans les papiers avant d'en sortir un.) Angela ! Et elle va nous chanter... *A Whole New World* ! lit-il en plissant les yeux.

Nico passe le micro à une Angela Fortunato toute couinante. Elle se met en place d'un bond. Mais Angela a beau tenir le rôle principal de toutes les comédies musicales du collège, ici, elle n'est pas la star. Personne ne peut passer après Nico Fiore.

– Mon Dieu, ce qu'il est mignon, geint Greta d'un ton rêveur – s'adressant à moi ou à elle-même, je l'ignore.

Quelle importance ? La vérité est la vérité, quelle que soit la façon dont on la dit. Et là, soudain, j'ai de la peine pour Greta. La voir suivre Nico à la cuisine de ses gros yeux globuleux m'attriste, pour elle et pour ses futurs petits copains qui ne seront jamais aussi mignons que Nico Fiore.

– Il est sympa, aussi, dis-je en attrapant mon téléphone. On chille ensemble, des fois.

Je lui montre la photo retouchée de moi avec lui et Laney. J'ai fait comme prévu : je l'ai montée le lendemain dans le bureau de l'album de l'année. Piktura, c'est vraiment top comme logiciel.

Greta ravale sa salive.

– C'était chez moi. Ils me raccompagnent, quelquefois. La Jeep noire dans le parking des Seniors est à lui. Tu vois de laquelle je parle ?

– Hm hm, acquiesce Greta.

– Nico est obsédé par la voiture de mon grand-père. Il me supplie de le laisser la conduire, mais je sais pas. Cette Road Runner, j'ajoute en haussant les épaules, c'est le bébé de mon grand-père.

Greta lève les yeux vers moi, la bouche entrouverte – et les lèvres gercées. Le baume hydratant, elle connaît pas ?

– Nico a pris plusieurs photos. (Je fais défiler les autres.) Et Laney aussi.

Greta se penche sur mon écran. Elle a les cheveux gras aux racines. Je rempoche mon portable.

– Peut-être que je le laisserai faire le tour du pâté de maisons. Peut-être. Pour une occasion spéciale, dis-je.

Greta pince les lèvres. Son envie aiguise mon appétit. J'en veux toujours plus. Je suis imbattable ce soir, à la fête de Fernando. Je suis la fille qui a une voiture de star de cinéma, la fille qui est amie avec le plus beau couple de Holy Family.

–Tu sais qui d'autre adorait la voiture de mon grand-père?

–Nan?

–Jenna, dis-je.

C'est vrai. Jenna a toujours trouvé MacGraw tellement classe. Elle l'appelait Ali, genre par son petit nom, parce qu'elles sont potes.

Greta et moi tournons la tête vers Jenna et Rhia, qui discutent près de la porte-fenêtre. Leurs fronts se touchent. Qu'est-ce qui peut bien les faire rire? Rhia-de-la-Colonie-Équestre est morne à manger du foin.

–Dommage qu'on soit plus amies, j'ajoute en retournant soigneusement le couteau dans la plaie. Elle aurait pu faire des trucs avec nous, Nico, Laney et moi.

Un jour, on va s'entasser dans la Road Runner et faire une virée, comme dans les films pour ados. Des regrets –c'est tout ce que Jenna gardera de moi.

–Oh! s'exclame Greta.

Elle va tout raconter à Jenna. Et Jenna sera furieuse que j'aie un nouveau groupe d'amis bien meilleur et plus cool. Ça va lui rester en travers de la gorge, que je sois en forme, maintenant, et que je me débrouille bien sans elle. *Très bien, même.*

–Mais Rhia Bergen a l'air super marrante, elle aussi, dis-je d'un ton impassible.

Je me rends compte que j'ai plaqué la cannette fraîche contre mon coude gauche. À croire qu'il me fait encore un peu mal. Il me reste quelques hématomes, mais j'essaie de ne pas trop penser à la douleur. Je préfère voir cet après-midi comme la fois où Nico et Laney m'ont raccompagnée à la maison juste parce qu'ils en avaient envie. La réalité de cette journée s'estompe à mesure que mes bleus décolorent.

Nico, Laney et les V-Boys dansent à côté du vaisselier. Fernando essaie d'apprendre un pas de hip-hop à Nico: un criss cross qui se termine par un tour et un demi-grand écart. Nico essaie, échoue et rigole.

–Tu y es presque! Il faut juste que tu plantes le bout de ton pied dans le sol pour pivoter. Ressaie, ressaie!

Laney encourage Nico. Je ne me suis pas encore remise de sa coloration, de cette cascade de teintes.

Le regard de Greta va de Nico et Laney à Jenna et Rhia.

–Ouais, dit-elle en baissant les yeux. Elles sont trop cool.

Je n'ai pas encore parlé à Laney, ni même ne l'ai remerciée de son invitation. Mais je n'en éprouve pas le besoin. Être là, dans cette maison, avec eux, me comble. Au micro, le *Whole New World* d'Angela Fortunato prend de l'ampleur. Je ramasse discrètement un bout de papier qui traîne sur la table basse: «Nico Fiore, *Suspicious Minds*». Une trouvaille en or! Je le glisse dans ma poche poitrine, contre mon cœur. Je n'ai jamais été aussi heureuse. Dans la maison des Villanueva, pleine de cousins et de chansons ringardes, la vie brille et pétille. C'est une splendeur.

12

Les portes vitrées tintent. Je tourne brusquement la tête. Tomás Diaz déboule, l'air prêt à mettre le feu au bâtiment. Il m'ignore et fonce vers le bureau du proviseur. Le père Philip y est ; il discute avec Omar Douglas et Vinny Unger.

– Euh..., dis-je.

Le père Philip aperçoit Tomás par la vitre. Il lève la main. « Un instant », articule-t-il muettement. Tomás grogne et fait volte-face. Me voilà coincée avec lui, qui se met à faire les cent pas, en arrachant au passage des annonces du panneau d'affichage.

– Il y en a peut-être pour un moment, lui dis-je. Tu peux t'asseoir sur le banc... si tu veux.

– Putain de conneries ! rétorque Tomás en envoyant voltiger un pot à stylos du comptoir.

– Ou pas.

Je me renfonce dans mon tabouret.

Tomás repart vers le bureau.

–Je n'y retournerais pas si j'étais…, dis-je.

Le père Philip est patient, pour un proviseur. Il prend le temps de bavarder avec moi, et pas seulement de ce que je fais. Il aime savoir comment je me sens, et c'est vraiment agréable quand quelqu'un vous pose la question. Il n'empêche, je ne conseillerais à personne de faire irruption dans son bureau sans y avoir été invité. Tomás pousse la porte du père Philip. S'efforçant de maîtriser sa colère, il demande:

–Pourquoi c'est eux qui passent en premier?

–Monsieur Diaz, répond le père Philip, je vous inviterai à entrer quand je serai prêt à vous recevoir. Merci de refermer la porte.

–Mais pourquoi eux les premiers? insiste Tomás. Pourquoi je ne peux pas vous parler d'abord?

–Je peux vous assurer, Tomás, que cela n'aura aucune influence sur mon évaluation de la situation.

Tomás finit par lâcher la porte. Il se remet à arpenter le sol, entre la porte d'entrée et mon comptoir. Pour finir, après quatre ou cinq allers-retours, il se laisse tomber sur le banc. Il s'adosse au mur et commence à agiter le genou droit.

Je sais ce qu'il ressent. On ne le croirait pas, à nous voir comme ça, mais Tomás Diaz et moi avons une chose en commun. J'ai été convoquée chez le principal, moi aussi. J'ai senti l'odeur de cannelle des Tic Tac du père Philip, et calculé le nombre de carreaux qu'il avait sous son bureau. J'ai lu les diplômes et certificats accrochés à son mur. Notre proviseur est bel et bien qualifié en thérapie pour enfants et adolescents. Il a aussi un brevet de plongée. Il encadre tout.

La porte d'entrée s'ouvre de nouveau, délicatement cette fois-ci. C'est Laney, chargée d'un gros carton. En les voyant, elle et ses jolies mèches toutes nouvelles, Tomás grogne et se prend la tête entre les mains.

Laney lui jette un coup d'œil, puis cale sa caisse contre le comptoir.

–Salut, me dit-elle doucement. Euh... ce sont des guirlandes lumineuses pour le labyrinthe d'Halloween en Confiance. Mme Bardot en a besoin une semaine à l'avance pour que les gardiens puissent les accrocher.

–D'accord.

–Est-ce que tu te proposes pour Halloween en Confiance? poursuit-elle. C'est mignon, comme manifestation. Les frères et sœurs plus jeunes viennent, et aussi les gamins des écoles primaires.

–Oui, dis-je en décidant sur-le-champ. Je veux dire, j'avais l'intention de m'inscrire.

–Oh, dit Laney, je peux te mettre sur la liste, si tu veux.

Je veux tout ce que tu veux, Laney Villanueva.

–Ah oui, merci!

–Merci à toi pour ton aide.

–Je t'en prie. Tu peux mettre le carton sur le bureau de Mme Bardot.

Tomás regarde Laney faire le tour du comptoir et déposer le carton.

–Tomás? demande-t-elle en revenant. Est-ce que ça va?

Il croise son regard une fraction de seconde. Il est gêné d'être là. Et puis surtout, ça lui fait mal de la regarder.

–Juste une histoire à la con.

J'ouvre mon manuel d'espagnol et je le tiens en biais devant mon visage. « *Yo estudio, tú estudias, él estudia, nosotros estudiamos.* » Elle avance vers lui, se rapproche d'un garçon qui n'est pas son copain mais qui voudrait l'être.

–Je suis désolée, dit-elle. C'est grave ?

–C'est Omar et Vinny, p'tain. (Il lance les deux mains vers le bureau.) C'est pas moi. Je me drogue pas. Tu le sais, toi, que je me drogue pas.

La drogue ? C'est grave. Pas étonnant qu'il flippe. Il pourrait se faire renvoyer. Il vit à West Ingram. C'est un quartier abominable pour les écoles. J'espère que les choses n'en viendront pas là.

Laney s'assied à côté de lui sur le banc. Il écarte légèrement sa jambe. C'est trop intense d'être à côté d'elle.

–Je sais bien que tu ne te drogues pas, t'as pas besoin de me convaincre, dit Laney. Je te crois.

Que sait-elle d'autre à son sujet ? Quel degré d'intimité avaient-ils atteint avant qu'elle ne se mette avec Nico ?

–Ils sont en train de me pourrir, là. Maintenant, tout ce que je vais dire, ça passera pour du pipeau.

Il regarde par terre ; Laney Villanueva n'est pas à lui. Il en a déjà trop dit ; les deux boutons du haut du chemisier de Laney sont ouverts, et il ne doit pas la regarder à cet endroit. Même en ce moment de détresse, il se force à ne pas la regarder à cet endroit.

–Je suis niqué, dit-il.

–Pas forcément. Est-ce qu'il y a une tierce partie ? demande-t-elle en se tournant face à lui. Quelqu'un à qui le père Philip pourrait parler, qui soutiendrait ta version de ce qui s'est passé ?

– Je sais pas, je sais pas, fait-il dans une attitude de rejet.

Il refuse de tourner la tête, refuse de lui demander de l'aide, c'est pas sa meuf.

Laney pose sa main sur celle de Tomás. Elle touche ce garçon qui n'est pas son copain. Mais elle n'a pas envie de lui, elle ne désire pas Tomás comme elle désire Nico, du plus profond de son être. Si c'était le cas, elle ne toucherait pas Tomás, elle ne s'assiérait pas si près de lui non plus. Pourquoi jouer avec le feu ? Ce serait trop risqué. C'est pour ça que je sais qu'elle n'est pas tentée. Elle ne fait qu'imaginer comment ça aurait été d'être avec lui, ce qui est parfaitement innocent. Elle se dit que si elle avait été avec Tomás, ce problème aurait été également le sien. Leur problème. Elle aurait trouvé cette tierce partie et se serait battue pour lui. Et Tomás se serait battu pour elle s'il l'avait fallu. La vie n'aurait pas été déplaisante, avec Tomás, juste différente. Mais ça n'aurait pas été Nico.

Tomás fixe des yeux la main de Laney. C'est clair qu'il a envie de sa main sur la sienne, et qu'en même temps, il n'en veut pas – c'est précisément ce qui lui manque, le contact physique de Laney Villanueva.

« *Yo toco, tù tocas, nosotros tocamos* », lis-je dans mon manuel d'espagnol.

Si Tomás représentait un danger pour Nico, je réglerais ça. Je le retirerais de son créneau d'Histoire européenne en septième période pour qu'il ne croise plus Laney quand elle sort de la salle de Mme Ribero. Je lui attribuerais un casier dans l'aile sud pour qu'ils soient obligés d'entrer par des portes différentes le matin.

–Mais le père Philip est juste. Il t'écoutera. J'en suis sûre. (Laney jette un coup d'œil à l'horloge.) Je peux sécher le reste de l'assemblée. Tu veux que j'attende avec toi ? Ça a l'air parti pour...

–Non.

Tomás retire sa main. Ce n'est pas sa petite amie. Il ne veut pas s'appuyer sur sa gentillesse. Il se dit que Laney ferait mieux de consoler son mec, que ce soit pour son équipe de foot de deuxième rang ou pour les horribles séries d'abdos qu'il se tape.

–Nan, ça va aller, dit-il.

–Ah. OK. (Laney est déçue. Elle se lève lentement.) J'espère que ça va s'arranger.

–Ouais.

Il gigote et jette un nouveau coup d'œil au bureau. Beaucoup de choses lui manqueraient s'il devait quitter Holy Family, mais c'est Laney, par-dessus tout, qui lui manquerait.

Elle s'arrête un instant pour regarder le profil de Tomás, sombre, acéré, douloureux. Il est l'image inverse de Nico, de son Nico. Elle s'en va. Ses mocassins résonnent contre le sol.

Tomás s'effondre, la tête sur les genoux, quand les portes se referment derrière elle.

SOYEZ LUMIÈRE !

Il soupire dans ses avant-bras, comme si la conversation lui avait fait mal physiquement.

« Yo lastimo, tú lastimas, él lastima, nosotros lastimamos. »

«Bonjour, Holy Family. Prions le Seigneur.» Les annonces du matin commencent sur la chaîne télévisée de Holy Family. Le moniteur monté sur le mur clignote. Une ligne noire grimpe lentement du bas de l'écran vers le haut. Je fais le signe de la croix et joins les mains pour suivre Mackenzie Hagar, qui va mener la prière du Memorare.

Mme Bardot et son mug de café brûlant sont de retour. LA SECRÉTAIRE LA PLUS PARFAITE AU MONDE est le mug le plus précis qui soit. Elle, c'est une enquiquineuse qui tourne sans arrêt la tête pour voir ce que je fais. Elle vérifie mon travail plutôt deux fois qu'une et me pose des questions personnelles sur les autres élèves. «Pourquoi Alexandra Floyd habite-t-elle chez Tara Wolenski? Est-ce vrai que les Solerna emménagent dans une maison plus petite à titre d'expérience? Patrick Britton a-t-il réellement un lien de parenté avec cette actrice aux cheveux blond vénitien dans cette série?» Comme si j'allais dire à Mme Bardot quoi que ce soit de ce que je sais sur les autres (les parents d'Alexandra se disputent, M. Solerna a perdu son travail, mais il dit à tout le monde que le déménagement est une expérience, et non, pas de lien de parenté.)

Mme Bardot remarque Tomás ainsi que les garçons dans le bureau du père Philip. Elle me regarde en haussant les sourcils et soupire. D'ordinaire, elle me demande si elle a raté quelque chose, mais là, c'est évident que la matinée a été mouvementée. Mme Bardot et moi connaissons toutes les deux l'horaire habituel du proviseur: Monica Reilly a ses séances de thérapie avec lui le lundi, il reçoit Aaron Page le mardi. C'est la première fois que Tomás Diaz se présente.

Mme Bardot penche la tête en attendant la fin de la prière. Quand le chant commence –«*Chantons les louanges du Seigneur*», –elle pose LA PLUS PARFAITE sur le comptoir et ramasse les notices que Tomás a arrachées. Elle rate le pot à stylos qu'il a envoyé rouler sous la chaise, mais je ne dis rien. Qui sait où ont atterri les stylos?

«Levons-nous pour le serment d'allégeance.»

Nous voici debout, Mme Bardot et moi, la main sur le cœur. Dans son bureau, le père Philip s'est levé, lui aussi, et Omar et Vinny de même. Tomás se laisse glisser du banc et pose un genou au sol.

« ... avec la liberté et la justice pour tous.»

Sur l'écran, le drapeau cède la place à Mackenzie Hagar, dans la salle de rédaction du CDI. Tomás remonte sur le banc et croise les bras. Sa jambe a cessé de tressauter.

–Laney Villanueva a apporté des guirlandes lumineuses pour Halloween en Confiance, dis-je à Mme Bardot. Je me suis portée volontaire.

–C'est bien, ma chérie. Aider les autres nourrit l'âme, répond-elle en posant le carton sur le radiateur. J'ai vu que la maison des Leeland n'était pas décorée, cette année. Vous croyez que leurs parents sont encore en voyage?

–Je ne sais pas, madame Bardot. (Ils sont en vacances à Miami. Les cinq enfants Leeland font la nouba depuis une semaine. Perry Leeland organise une fête vendredi. Celle-là, j'y irais pas même si j'étais invitée. Bande de camés.)

Halloween en Confiance va me rapporter six points de bénévolat supplémentaires. Plus que quelques manifestations, et je pourrai devenir membre officiel du Bureau des élèves.

«La liste des nominés aux Superlatifs de l'album de l'année est prête», annonce Mackenzie.

Ça y est! Le club de l'album de l'année a nominé des élèves hier. Je voulais participer, mais c'est réservé aux Seniors.

«Nous allons maintenant distribuer les bulletins de vote dans les salles principales des Seniors. Veillez à voter à l'accueil avant la fin de la journée.»

Il faut que Laney et Nico soient dans la liste des candidats, il le faut à tout prix.

Derrière moi, le père Philip ouvre la porte. Il sort de son bureau et libère Omar et Vinny, qui passent devant Tomás sans un mot, puis partent chacun par un couloir différent.

–Monsieur Diaz, dit le proviseur, imperturbable. Vous pouvez entrer.

Soixante-dix-huit carreaux: voilà combien il y en a sous le bureau. Tomás va le découvrir. Dans ma tête, je lui souhaite bonne chance. Si Laney le croit, je le crois aussi. Tomás n'est pas un danger pour Nico. Il l'envie. J'ai de la peine pour quiconque se languit après Laney Villanueva. C'est perdu d'avance.

«Alors, s'il vous plaît, les Seniors. Votez pour vos candidats préférés dans toutes les catégories, sans oublier Mieux parti pour réussir, Mieux parti pour avoir son émission de télé-réalité, et Couple le plus mignon!»

Tomás se lève. Il s'avance, le menton haut. Il en faut, du courage, pour braver la tempête et la fille qu'on n'aura jamais dans la même matinée.

13

Je crois que je vais attendre ici, en haut du perron. Comme ça, je pourrai voir tout le monde descendre du bus. S'il y a un nombre suffisant de Sophomores déguisés, je mettrai mes cornes et ma queue de diable. Sinon, je m'abstiendrai.

Je suis exactement au même endroit que Lisette Moss, à la page 80 de l'album de 2008. Pour moi, c'est *la* photo de l'année. Chaque album en a une: une photo qui se distingue et caractérise l'année scolaire écoulée. Celle de 2008 montre les élèves déferlant par les huit portes et dévalant le perron avec leurs sacs à dos et leurs instruments de musique. Au milieu du chaos, Lisette Moss est debout sur cette marche-même où je me tiens, les yeux rivés sur quelque chose ou quelqu'un qui doit se trouver sur le parking. C'est la seule silhouette nette, alors que le monde fonce et tourbillonne autour d'elle. Parfaitement immobile, le visage d'une tristesse absolument déchirante. Je pourrais la scruter des heures durant. Qui regarde-t-elle? Que voit-elle? Je me tourmente l'esprit, parfois, à force de m'interroger à son sujet.

Le J arrive. Il s'arrête dans un crissement de pneus, sans couper le moteur. Les portes du bus s'ouvrent et les élèves descendent. OK, il y a quelques déguisements. Une ninja, une Cruella d'Enfer et des dalmatiens. Je vais mettre mes cornes et ma queue. J'ai un vrai costume pour Halloween en Confiance plus tard. Laney m'a inscrite sur la liste des bénévoles qui s'occupent des tout-petits. Ma queue et mes cornes feront l'affaire pour ma classe, mais j'ai prévu autre chose de spécial pour ce soir.

Je suis prête. Je crois que ma queue est droite. J'entre. Je ne suis plus dingue d'Halloween, comme certains, mais les Seniors en ont fait quelque chose de très sympa cette année. Ils ont décidé à l'avance d'un thème « pyjama », ce qui est vraiment cool. Rien que ça, cette idée de se déguiser tous sur le même thème, c'est tellement pêchu.

Le niveau d'énergie qui flotte dans l'air me donne la chair de poule. Il va se passer quelque chose d'important, je le sens. Les Seniors déboulent et s'arrêtent tous à l'accueil pour admirer leurs déguisements aux uns et aux autres, en poussant des cris extatiques : « Han ! Trop chou ! », « T'es adorable ! » C'est tellement sain, tellement retour en CE2. Il y en a même qui ont apporté des seaux-citrouilles pour les bonbons. L'année dernière, M. Bryant offrait de vraies plaquettes de chocolat, pas des mini-barres de radin comme les autres profs. C'est pas un hasard s'il était populaire. Il me manque. Non, en fait. Je vais bien.

Voilà Jenna, devant l'entrée de la cafète, en sweat à rayures jaunes et noires avec des antennes de bourdon. Rhia est déguisée en intello besogneuse (c'est pas un saut quantique, si tu veux mon avis) : lunettes rafistolées au Scotch, couettes et porte-stylos protège-poche.

Jenna et moi, on s'était déguisées en Sammy et Scooby-Doo en CE2, en Minions en CM1, et en biscuit et verre de lait en CM2. Tu noteras qu'elle et Rhia ne sont pas coordonnées, aujourd'hui. Je dis ça, je dis rien. Elles n'iront sans doute pas chez Jenna après les cours pour regarder des films d'horreur et lancer des bombes à eau sur les gamins qui font la tournée des maisons. Rhia n'est pas du genre à regarder des films d'horreur ni à lancer des bombes à eau. Littéralement. Il paraît qu'elle est allergique au latex.

Les V-Boys sont entrés dans le bâtiment ! Ce n'est pas une alarme incendie ! Ils sont en grenouillères écossaises rouge, bleu, vert et gris, comme s'ils débarquaient d'une soirée pyjama entre bûcherons. Fernando est coiffé d'une casquette de chasseur à cache-oreilles ; il a des bûches plein les bras.

– J'ai apporté mon gourdin du matin ! lance-t-il.

Là-dessus, les V-Boys se mettent à danser. Leurs déguisements m'achèvent. N'est-ce pas qu'ils sont à mourir de rire quand ils tournoient sur leurs dos écossais en agitant leurs semelles blanches en l'air ?

Nico ! Il fait son entrée d'un pas nonchalant, déguisé en Hugh Hefner : cheveux blanchis à la bombe, veste d'intérieur bordeaux, pyjama noir en soie, mules en cuir.

– Hef !

Fernando et ses cousins se ruent vers lui. Nico porte une pipe à la bouche et tire dessus à vide, pendant que les V-Boys lui font des checks et des tapes dans le dos.

Laney est trop chou, elle aussi, avec ses oreilles de bunny Playboy et son pyjama en pilou-pilou à imprimé canards de bain. Elle a dans les bras une peluche qui ressemble comme deux gouttes d'eau à son chien Panda. Nico retire la pipe de sa bouche et l'embrasse. Il la fait pencher tellement en arrière que ses oreilles de lapin touchent un garçon derrière elle. Elle s'excuse en riant. Le garçon sourit. Ça lui a plu, les oreilles de lapin de Laney frôlant son dos. Mais elle est trop bien pour lui. Il le sait, même avec le « S » de Superman prêt à bondir de sa veste entrouverte.

Laney effleure la robe de chambre de Nico en disant: « Soyeux ! » Tout le monde essaie de prendre le plus de photos possible avant la première sonnerie, où nous devons déposer nos téléphones dans nos casiers.

– Par ici ! dis-je en levant la main.

Du coin de l'œil, j'entrevois les rayures de bourdon de Jenna.

Tous pivotent vers moi – ils me font confiance, ils me connaissent, c'est comme ça. J'ai le Nikon autour du cou, très pro. Tout le monde veut être dans l'album de l'année, surtout les Seniors. Laney et Nico posent au milieu, au premier rang. Leurs amis se déploient derrière et autour d'eux. Ça me fait penser à la photo de l'année 1998, prise à un match de baseball à la seconde précise où le ballon plongeait dans le panier. On croirait entendre la sonnerie et les élèves rugir en sautant sur place, tant la photo est vivante.

Quand je braque l'appareil sur tous les sourires et les déguisements, je sais...

– Dites « ouistiti ! » je leur lance, parce que c'est impossible de dire « ouistiti » sans sourire.

–Ouistiti ! s'écrient les Seniors.

–Poil au zizi ! disent les V-Boys, comme des petits du primaire.

–Turlututu macaroni ! répliquent quelques filles.

... Je sais, en appuyant sur le déclencheur, dans la lumière filtrée par le vitrail, que ça va être *la photo de l'année*.

–Jenna ! (Je me rue sur elle en tendant mon appareil.) Regarde la photo que je viens de prendre !

Elle a un mouvement de recul, surprise. Je me sens bête. Pourquoi je lui montre ? Elle regarde la photo.

–Waouh, elle est bonne, dit-elle. Vraiment pleine de vie.

Son compliment me pique au vif et me flatte tout à la fois.

–C'est pour l'album de l'année ? demande-t-elle.

Je retire mon appareil. Quelle question idiote ! Digne d'une parfaite inconnue.

–Ben, je suis la photographe de l'album de l'année ! je lui réponds en hurlant.

–Comment veux-tu que je le sache ? (Ses antennes vibrent.) Ça fait six mois que tu me parles plus, sauf si tu comptes la fois où tu m'as envoyée bouler à la fête. J'ai cru que tu me passais un petit mot à la messe, mais en fin de compte, non. Et maintenant, ça ! Tu veux me parler, oui ou non ?

–Non, je lui réponds. (C'est par habitude, une mauvaise habitude, que je me suis tournée vers elle.) Merci de m'avoir aidée à décider.

Je m'écarte et me perds dans une grappe de bouffons du roi.

–Oh, allez, Rafi, appelle-t-elle dans mon dos.

Ça fait trop longtemps. Jenna ne me connaît plus. Elle est sortie de ma vie. Mais j'ai d'autres choses, maintenant. N'est-ce pas? Je soulève de nouveau l'appareil photo. J'ai ceci – cette photo magnifique. J'ai des fantômes en chemise de nuit, façon Emily Dickinson, lanterne à la main. J'ai des bébés en grenouillère et bonnet, des extraterrestres à grosse tête, des morts-vivants, Carrie au bal de promo, des T-Birds et des Pink Ladies. J'ai les bûcherons, et Fernando qui caresse ses bûches. J'ai Nico avec ses cheveux blanchis, et Laney avec ses oreilles de lapin. Je les ai. Pour de bon. Je les aurai toujours.

14

Je ne connais la sœur de Nico Fiore que de vue, et seulement de loin. Millie Fiore doit avoir sept ou huit ans. Deux fois, l'année dernière, elle était dans la voiture quand Mme Fiore est passée chercher Nico. Je peux dire sans trop m'avancer que c'était Millie la seconde fois, même si je n'ai pas vu son visage : elle portait un casque – d'astronaute, il me semble.

Il y a trois choses que j'aimerais savoir au sujet de Millie Fiore :

1. Est-ce que « Millie » est un surnom ? Si oui, quel est son vrai prénom ?

2. Millie Fiore passe-t-elle beaucoup de temps avec Laney et Nico ?

3. La troisième chose, je préfère ne pas l'avouer pour le moment, parce que je ne veux pas me porter la poisse.

Je reconnais tout de suite Mme Fiore, en tenue d'infirmière et sneakers blanches. Elle est trop impressionnante. Elle a encore son badge agrafé à sa blouse. Tu t'imagines avoir une mère membre du personnel essentiel ! Une mère utile à la société dans son ensemble. Pas étonnant que Mme Fiore ait si bien élevé son fils.

Millie est à côté d'elle. Difficile de ne pas la reconnaître, cette fois-ci, avec son déguisement de kangourou, en peluche de la tête aux pieds. Trop mignonne. Mais Millie a l'air au bord des larmes, la pauvre. Elle raconte à sa mère que sa copine Alexa n'est pas là, alors qu'elle avait promis de venir. Je pige. Ça me donne envie de pleurer, à moi aussi, rien que de l'entendre. Les parents d'Alexa ont dû se retrouver trop occupés pour la déposer. Alexa est sans doute tout aussi triste. Il n'y a rien de pire : dire à une gamine qu'on va faire quelque chose, et puis la décevoir. Alexa était probablement fin prête, déguisée et tout. Certains adultes, on se demande quel est leur problème. Mme Fiore est venue tout droit de l'hôpital, et elle est arrivée à temps. Quand quelque chose compte vraiment pour toi, c'est pas compliqué, tu te débrouilles pour que ça marche.

Halloween en Confiance, plus mes dons à la collecte de vêtements, plus le service au buffet du banquet des Seniors, ça me fait un total de quinze points de bénévolat. Plus que vingt, et je serai membre à part entière du Bureau des élèves de Holy Family. À ce moment-là, je pourrai participer aux réunions avec Laney et ses copines. Parfois, les réunions se font chez Leeyah Sheperd, dans sa maison de Garden City. J'ai toujours eu envie de voir l'intérieur de ces maisons, autour de Stewart Avenue. Plus que vingt points et c'est bon.

Millie Fiore est la plus mignonne des gamins d'Halloween en Confiance. Mon job est de les guider dans la cafétéria, transformée en labyrinthe d'Halloween par le club des arts. Mme Fiore est aux anges ; n'est-ce pas une coïncidence charmante que Millie soit en kangourou avec une poche, et Rafi en koala avec une poche ?

– Regarde, Millie ! s'exclame-t-elle. C'est trop mignon, tu ne trouves pas ? Vous avez l'air sorties du paradis des marsupiaux, toutes les deux !

C'est vrai. Peu importe que j'aie entendu Laney demander à Nico en quoi Millie allait se déguiser pour Halloween et que nos costumes n'aient rien d'une coïncidence, qu'à la minute où j'ai sorti mon téléphone de mon casier ce jour-là, j'aie cliqué sur une livraison en deux jours d'un costume de koala et d'un koala en peluche (le descriptif du costume précisait *bébé koala en peluche non compris*).

Je sors le ventre pour mettre en valeur le bébé koala que j'ai dans ma poche. Millie, trop chou, sourit et sort le ventre pour me montrer le bébé kangourou qui dépasse de la sienne. Mme Fiore ne peut pas se retenir d'applaudir, nous sommes tellement mignonnes. Millie Fiore et moi valons le coup d'œil ! Elle était en larmes il y a quelques minutes, mais maintenant elle pouffe de rire. Je suis la nouvelle personne préférée de Mme Fiore.

Mme Fiore nous prend en photo. Sur la coque de son téléphone, elle a une photo de Nico et Millie dans un hamac. Je demande si je peux nous prendre avec mon téléphone, aussi. Je sais que ce n'est pas abusé, parce que combien de fois dans sa vie a-t-on l'occasion de se faire photographier avec son double marsupial ? Une seule fois. Et c'est maintenant.

Nous posons, nos bébés bien visibles dans nos poches ventrales. Tu vois comment, instantanément, nous devenons amies ? Rafi et Millie. Comme dans un programme télé pour enfants, avec des figurines et une chanson de générique.

Il y a des gens qui croient que s'ils regardent l'objectif, l'appareil photo va s'emparer d'une partie de leur âme. Si c'est vrai, je possède un bout de cette petite fille, maintenant, une fraction de sa petite âme de sept ans, et puisque j'ai aussi des photos de son frère, je possède également une fraction de l'âme de Nico Fiore.

Je propose d'emmener Millie dans le labyrinthe. Elle est tellement heureuse qu'elle se met à bondir, par séries de trois bonds. *Hop hop hop.* Stop. *Hop hop hop.* Mme Fiore nous attendra à la sortie, et ce n'est pas pour lui déplaire. Son boulot d'infirmière est très exigeant. Elle mérite un break, même si sa fille est adorable.

Je tends le bras, et maintenant, Millie Fiore serre ma patte de koala entre ses doigts de kangourou. Tout ce que je sais de Nico s'élargit, pour inclure cette petite fille qui récolte des bonbons auprès des autres bénévoles et les glisse dans sa poche en peluche. À son retour à la maison, ses chocolats seront mous et tiédis par la chaleur de son corps.

Nous nous lançons dans le labyrinthe, ce qui n'est pas franchement un défi avec les flèches phosphorescentes au sol. Devant nous, il y a un T-Rex, un Batman et un commando.

Millie pile net. Sa menotte serre ma main plus fort.

– Qu'est-ce qu'il y a ? je lui demande.

– Je l'aime pas, répond-elle avec un mouvement de recul.

– Qui ça ?

–Ethan Jackson.

Le T-Rex, tout occupé à choisir des bonbons dans un chaudron, a pris du retard par rapport à son groupe.

–Le T-Rex?

Millie fait oui de la tête.

–Il m'a traitée de C-U-L de chien.

Je lance un regard torve au T-Rex.

–Pas la peine d'avoir peur de lui, je suis là. (Je l'encourage d'un petit coup de coude.) Viens, on va s'amuser, d'accord?

Les flèches nous mènent à une animation sous-marine qui est sympa et colorée, pas effrayante, et c'est bien parce que Millie a besoin de quelque chose de gai et de léger. Je m'écrie :

–On va faire semblant d'être sous l'eau!

On se pince le nez et on nage entre les algues en serpentins et les bulles en ballons qui pendent du plafond. On prend des selfies dans une coquille de palourde en faisant des bouches de mérou. Nos photos font rire Millie. Je lui dis que je vais les envoyer à sa maman. Mme Fiore va devoir me donner son numéro de téléphone. J'aurai une connexion directe avec la famille de Nico Fiore.

Je veux que Millie garde de cette soirée les souvenirs les plus beaux et les plus heureux possible. Je clique sur *Modifier*, rogne l'arrière-plan et augmente la netteté de 4 %. C'est beaucoup mieux.

–Eeeeeh ! hurle Millie. C'est à moi!

Je lève la tête et l'aperçois à l'autre bout du décor sous-marin, en compagnie d'une bénévole déguisée en Ariel, la petite sirène. Le T-Rex agite un distributeur Pez en rigolant.

–C'était pour elle ! dit Ariel.

Je dépasse Ariel à toute blinde et rattrape le T-Rex au tournant, manquant m'emmêler dans mes pieds de koala. Il est temps de donner une leçon à ce connard miniature avant qu'il ne devienne un connard grandeur nature. Je coince Ethan Jackson derrière un immense Spiderman en carton et je l'attrape par la queue. Je tords le feutre vert de ma main droite et je le plaque contre le mur.

–Aïe ! hurle-t-il. Eh, oh !

–Écoute-moi bien, T-Rex, j'éructe en le retenant par les côtés de son costume. Si jamais tu embêtes Millie Fiore encore une fois, je te cognerai si fort que tu te réveilleras au Jurassique, poursuivi par des carnivores. Tu piges ?

Il gigote vainement et tente de me décocher des coups de pied sous son gros ventre de dinosaure. Je rends service à Millie Fiore, et à toutes les petites filles qui croiseront ce môme à l'avenir.

–J'ai dit « Tu piges ? », cul de chien ?

–Oui, oui ! couine-t-il en postillonnant. Mais lâche-moi, quoi !

Je le pousse vers la sortie. Il détale aussi vite que possible pour un gamin en costume de *Tyrannosaurus Rex*, entraîné sur la gauche par le poids de la grosse tête et de la queue.

Je me retourne et vois Millie qui me regarde avec de grands yeux écarquillés.

–Chut ! C'est notre secret.

Je mets une patte devant la bouche, et fais semblant de fermer une serrure à clé, puis d'enfouir un secret dans ma poche.

Millie esquisse un sourire. Ses yeux brillent sous une des guirlandes clignotantes de Laney.

–Chut!

Elle porte sa patte de kangourou à ses lèvres en pouffant de rire, puis glisse le secret dans sa poche ventrale.

Gare à vous, tout le monde! Nous sommes Rafi et Millie, regardez-nous rugir! En arrière-plan, notre musique de générique télé monte crescendo. Nous nous battons pour les innocents! Nous délivrons le monde des tocards voleurs de bonbons du genre d'Ethan T-Rex Jackson!

Libérées des persécuteurs, Millie et moi prenons notre temps pour parcourir la dernière section. C'est celle qui fait peur. Un personnage à tête de citrouille, en body noir, nous donne une carte et des lampes de poche. Il nous dit d'attendre deux minutes avant d'entrer pour éviter les embouteillages.

Nous louvoyons entre les balles de foin, les tiges de maïs et les épouvantails. Nous créons un lien à chaque pas; notre amitié se renforce à chaque tournant. C'est symbolique, en fait, ce parcours que nous faisons. Au point, A nous étions des inconnues; arrivées au point z, nous sommes devenues un duo de choc.

La voici, la troisième des trois choses que je veux savoir au sujet de Millie Fiore:

–Millie, tu as une baby-sitter attitrée?

Nous plongeons sous une voûte en toiles d'araignée synthétiques. J'attends sa réponse. Le labyrinthe tout entier pourrait prendre feu comme un rien, mais je suis prête à risquer ma vie pour l'idée qui couve dans ma tête.

–J'ai Diana, ma voisine. Elle a des coccinelles dans son jardin. Elle les achète à la pépinière et elle les met exprès sur les feuilles. Quelquefois, c'est son fils qui vient, Aaron, quand il rentre de la fac pour les vacances, dit-elle en dégageant une de ses oreilles de kangourou d'une toile d'araignée.

Nous cherchons le prochain tournant à prendre sur la carte : à droite, après un crâne phosphorescent.

–Mais personne de régulier, genre, qui vient tout le temps ? j'insiste.

–Nan, nan. Ma Nonna et mon Nonno sont partis en Floride.

–Ah, c'est dommage, dis-je. Mais je suis sûre qu'ils sont plus heureux là-bas, sans la neige et tout le reste.

–Oui.

Millie braque sa torche à gauche et à droite, puis choisit le chemin de droite.

–Nonno aime avoir les orteils dans le sable, reprend-elle.

–Je le comprends, dis-je, m'apprêtant à la ferrer. Ben, juste pour info, je suis baby-sitter.

C'est un mensonge. Je n'ai encore jamais fait de baby-sitting. Les mômes sont poisseux et pleins de microbes, et ils racontent des histoires décousues, exaspérantes et interminables. Mais pour Millie Fiore, je serai baby-sitter. Pour n'importe quel môme vivant dans la maison de Nico Fiore, je serai baby-sitter.

–Mais la petite fille dont je m'occupais vient de déménager et je cherche quelqu'un d'autre à garder, dis-je en mentant de nouveau.

–Tu pourrais nous garder ! s'exclame Millie en agitant son bébé kangourou.

–Vraiment? Tu crois? Quelle bonne idée! (Je m'accroupis et je fais un câlin au bébé kangourou en peluche.) Ça te plairait?

–Voui, voui!

Millie hoche la tête et ses oreilles s'agitent de haut en bas. Je voudrais qu'elle garde ce déguisement pour toujours. Je suis déjà triste à la pensée qu'elle mette autre chose.

–Dis-le à ta maman, alors, OK?

Je prends ses mains de kangourou entre mes paumes de koala. Nous sommes les meilleures amies-animaux du monde. Quand nous ne combattons pas les criminels, nous chantons des chansons dans le bush australien et nous enseignons la biologie en commentant des images de wombat en train de mettre bas.

Les yeux de Millie sont du même ton noisette que ceux de son frère, exactement le même. Ces yeux me donnent envie de rentrer à sa maison avec elle.

–Dès qu'on sortira, demande à ta mère si je peux te garder. Demande-le-lui tout de suite.

Les yeux de Millie Fiore, les yeux de Nico, me disent qu'elle le fera.

15

L'Allegro, notre ancienne école de danse, est plus petit que dans mes souvenirs, plus poussiéreux aussi. Je n'y ai pas mis les pieds depuis ma dernière année de danse jazz. J'en avais tellement marre, de *Puttin' On the Ritz*... mais j'adorais les petits gants blancs qu'on portait pour le spectacle, dans notre numéro de danse sur la chanson. C'est marrant, ces gants, je les portais à la maison avec ma chemise de nuit, et je m'imaginais que j'étais habillée à la mode victorienne.

Ces gants et Laney Villanueva faisaient ma joie à l'Allegro. J'avais dix ans et j'étais encore au primaire, tandis que Laney, qui en avait douze, était entrée au collège. Ses collants étriers nous permettaient de voir la corne de ses pieds de danseuse. Elle avait aussi des sangles d'étirement violettes, qui l'aidaient à baisser la poitrine jusqu'au sol quand elle tirait dessus. Et elle avait un téléphone portable; elle écoutait sa propre musique quand elle s'échauffait à la barre. Le collège – quelle maturité !

Je m'étais imaginé qu'en entrant au collège à mon tour, j'acquerrais par magie de la grâce et de l'élégance. Que je deviendrais, peut-être, quelqu'un qu'on regarde. Ce n'est toujours pas arrivé. Ce n'est pas la fin du monde. J'ai cessé d'attendre ma transformation. Si nous devenions toutes des Laney Villanueva, qui aurions-nous à envier ?

Millie Fiore est à mourir de rire. Regarde-la à travers le miroir sans tain. Elle a un temps de retard sur les autres élèves de son cours de charleston, parce qu'elle n'arrête pas de tirer sur sa culotte. Millie non plus ne sera jamais élégante. Elle s'en fiche complètement. Ce qu'elle veut, c'est ne pas avoir sa culotte qui lui entre dans la raie des fesses. Elle a le sens des priorités.

Après son accident de voiture, Gran n'a plus voulu conduire, du coup, le restant de l'année, c'est Poppy qui m'amenait pour finir *Puttin' On the Ritz*. Aujourd'hui, quand il m'a déposée, il a dit: «Eh ben! Ça rappelle des souvenirs, hein?» C'est vrai. Des souvenirs de mamans regardant les autres filles par la vitre. Des souvenirs de moi demandant à Poppy de m'attendre dans la voiture parce que je ne voulais pas que les gens sachent que je vivais avec mes grands-parents. Des souvenirs de Gran décidant que plus grand-chose ne valait la peine qu'elle sorte de la maison.

Je trouve des brochures sur le comptoir de l'accueil. En couverture, il y a une photo de Laney, suspendue dans un saut de biche, les cheveux incroyablement déployés. Copyright de la photo: Philippe Turpin. Je le google immédiatement. Philippe Turpin, vingt-huit ans, *Dance Magazine, Climbing, New York Times Magazine.*

– Rafi ?

C'est Laney, qui sort du bureau. Elle me regarde en fronçant les sourcils.

Prise de court, je glisse la brochure dans ma poche arrière.

–Salut, Laney ! Je ne savais pas que tu étais là.

Elle a un suçon sur le cou, très bas, près de la clavicule, un cercle de cellules sanguines en pointillé, à peine visible, sous une couche de fond de teint qui s'estompe. Je le fixe du regard. Je pense à la bouche de Nico accrochée à la chair de Laney, et aux mains de Laney qui lui remontent dans le dos, sous sa chemise.

–Je travaille ici le mercredi, dit-elle en tirant sur l'encolure du sweat pour cacher le suçon. (C'est le sweat violet de Nico, celui qu'il met les matins où il fait frais : ils sont ensemble même quand ils sont séparés !) Qu'est-ce que tu fais là ?

–Je… euh…

Ma mémoire me lâche temporairement.

Je suis ici pour toi. Je suis ici pour gagner mes entrées dans la maison des Fiore, puis m'insinuer vite et discrètement dans ta vie. Mais ça, je ne peux pas le dire. « Vos distances. Gardez vos distances. » La musique qui s'échappe de la salle de cours, l'air de charleston, monte en volume et me rafraîchit la mémoire.

–Je suis venue chercher Millie, dis-je. J'ai fait la connaissance de Mme Fiore à Halloween en Confiance, et elle m'a demandé de la garder.

Laney jette un coup d'œil vers la salle. Millie danse avec un partenaire.

–Ahhh ! (Elle expire et ses épaules se détendent comme doivent se détendre les épaules d'une bonne danseuse.) C'est chouette, dit-elle.

–Lève le menton ! Baisse les épaules ! crie la prof de Millie.

–Son cours va finir d'une minute à l'autre, ajoute Laney. À propos, merci de ton aide, pour Halloween en Confiance.

–De rien ! C'était marrant, comme tu l'avais dit.

–Ah ben, tant mieux.

Elle me lance un sourire rapide et retourne au bureau.

J'ai l'impression de m'envoler ! Je sens les battements de mon cœur dans mon cerveau. Je n'avais pas prévu de voir Laney, mais elle est là. Tant de bonnes choses découlent de ce plan. Cette rencontre donne une dimension de plus à notre amitié. Maintenant elle sait que la famille Fiore me fait confiance, et moi, je connais son emploi du temps. La prochaine fois que je garderai Millie un mercredi, je pourrai dire : « À tout à l'heure à l'Allegro, Laney », et elle me répondra : « À tout à l'heure ! »

Quelle joie d'être de retour à l'Allegro. L'école regorge de surprises. Qui l'aurait cru ? C'est tout juste si je n'ai pas le goût du Gatorade rouge sur la langue. Je suis de retour à l'Allegro, et je danse–intérieurement.

16

M'y voici, dans son espace. Dans la maison de Nico Fiore. Il fait doux grâce au soleil qui entre à flots par la baie vitrée. Je respire l'air de Nico: cocktail de fruits, colle blanche, ail, copeaux de bois. Je suis debout à l'intérieur de la vie de Nico Fiore.

Son sac à dos est juste là, dans l'entrée. J'y plonge la main comme si c'était la pioche à cadeaux d'une fête de Noël. Des écouteurs emmêlés, des stylos, des pièces de monnaie et des fiches bristol. Je sors des billets d'un dollar chiffonnés, du Tylenol, un stick à lèvres à la fraise. J'ouvre le stick et le passe sur mes lèvres. C'est comme si nous nous embrassions. Je fais semblant: je ferme les yeux et j'embrasse le dos de ma main. Et c'est Nico, sa bouche au parfum de fraise; on s'embrasse dans son hall d'entrée pour se dire bonsoir. Sa bouche qui a fait affleurer le sang sur la peau de Laney, près de sa clavicule.

Millie s'affaire dans le débarras contigu à la cuisine, où une radio est allumée pour son lapin. Pendant que la famille est à l'école ou au boulot, le lapin écoute les Top Hits du moment. Millie rince son abreuvoir et le remplit d'eau fraîche, tout en chantonnant sur une pub pour matelas: «*Sleepy's*, c'est pour la vie!»

Je la regarde vaquer avec aisance à ses occupations quotidiennes et j'imagine que son frère est là, lui aussi. Nico Fiore, qui fait l'andouille avec sa petite sœur, qui se sert un thé glacé. Nico Fiore en vieux tee-shirt informe et jogging parsemé de taches de Pringles, de grosses chaussettes aux pieds.

Il y a de joyeux désordres çà et là dans la maison des Fiore: des pulls tout doux jetés sur la rampe, des piles de catalogues, une peinture dans les verts, bleus et jaunes en cours d'exécution sur un chevalet, les ingrédients d'un gâteau qui attendent sur le plan de travail et, sur la moquette, un village en Lego à moitié construit.

Sur la porte du frigo, fixé par un magnet du zoo de Busch Gardens, je remarque le bulletin de notes de l'année dernière de Camille Fiore. En CP avec Mme Houser. Ma première question a trouvé sa réponse: le vrai prénom de Millie est Camille. Elle a un prénom de vieille dame. Millie est un petit prodige de sept ans qui est «curieuse et adore les défis scolaires».

Camille Fiore a éteint la radio du lapin. Elle prend son goûter, maintenant, plongeant son bras maigrelet dans une boîte de Lucky Charms tout en regardant une vidéo de Kidz Bop. Les Kidz remplacent le mot «alcool» par «eau», ce qui est sans doute une bonne chose. Les petits de sept ans ne devraient pas danser le bop sur une chanson qui vante l'alcool, mais je n'aurais pas interdit à Millie de regarder le clip original pour autant. Ce n'est pas comme si j'étais une vraie baby-sitter, je ne sais pas trop ce que je fais. Par exemple, j'aurais dû dire à Millie de se laver les mains avant de manger ses céréales, mais bon.

Le panneau peint à la main accroché au-dessus de la cage du lapin indique: *NID DOUILLET DE BUSTER BROWN*. Je me penche pour dire bonjour à Buster. Il se cache. Une boule de fourrure brune qui respire, dépassant à peine d'un petit abri en bois. Sur la photo scotchée au-dessus de sa cage, je vois qu'il est brun, avec le bout des pattes blanc et des yeux marron. Dieu merci. Des petits yeux ronds et rouges, je crois que je n'aurais pas supporté. Les yeux rouges, c'est carrément maléfique. Ça me donne des frissons rien que d'y penser.

Les chaussures de foot de Nico, ses runnings et ses protège-tibias traînent sur les dalles de pierre: affaires de première nécessité pour un vrai garçon. Je retire ma chaussure droite, enfile la Nike de Nico et remue les orteils. Je me sens petite quand mon pied disparaît à l'intérieur.

On sonne à la porte.

–C'est la pizza! hurle Millie.

Drôlement rapide. Nous avons commandé avant le coup de feu du dîner. Millie traverse le séjour à toute blinde. Elle a le pas lourd, pour quelqu'un d'aussi petit et frêle. On va bien s'amuser, à son spectacle de danse.

Je m'extrais de la chaussure de Nico, et garde le pied suspendu au-dessus du sol froid. Je ne sais pas pourquoi, mais je suis prise d'une tristesse soudaine que je ne m'explique pas.

–Des sous, s'il te plaît! lance Millie. «*Dollas, dollas, holla, holla*», ajoute-t-elle en imitant une chanson de rap.

Je sens d'ici l'odeur de la sauce marinara et de la mozzarella.

Toutes les deux minutes, j'ai une mini-révélation: je me lave les mains dans l'évier de Nico Fiore. Je sors des assiettes du placard de Nico Fiore. J'ouvre un carton de pizza sur le plan de travail de Nico Fiore.

Je mange de la pizza sur la table de cuisine de Nico Fiore, et c'est sans doute la meilleure pizza que j'aie goûtée de ma vie. La livraison a été si rapide que le fromage fait encore des fils et la pâte est encore croustillante. Le conducteur a dû appuyer grave sur la pédale. J'espère que la mère de Millie ne compte pas sur des restes. Les Fiore doivent commander souvent chez Gino's, parce que Mme Fiore savait exactement combien me laisser pour une grande pizza fromage, plus un pourboire généreux pour le livreur.

Millie Fiore mange avec sa serviette rentrée dans le col, en se livrant à une joyeuse danse de la pizza, qui consiste à secouer les épaules tout en mâchant. Et s'il faut lui faire un Heimlich? Les vrais baby-sitters savent le faire. Pour obtenir le certificat quand elle a fait sa formation de baby-sitter à la bibliothèque, Jenna a dû apprendre le bouche-à-bouche et les gestes de premiers secours. Je chercherai ces trucs-là ce soir, comme ça, je saurai pour la prochaine fois. Entre-temps, si Millie s'étrangle sur sa pizza, j'attraperai sa tablette et je regarderai la manœuvre de Heimlich en ligne.

Tout va bien? texte Mme Fiore, comme si elle pouvait percevoir les problèmes à distance. Ce n'est pas pour critiquer, mais c'est elle, l'infirmière; elle aurait dû me demander si je connaissais les gestes de premiers secours.

Oui. La pizza est arrivée. Elle est vraiment bonne!

Super. Bon appétit!

La mère de Nico Fiore m'envoie des textos alors que je suis dans sa cuisine: encore une prise de conscience.

Il est important que je réponde tout de suite. Je veux bien lui faire comprendre que je suis fiable et responsable, et que Millie m'adore, pour qu'elle me redemande à toutes les occasions possibles.

Voilà comment ça va se passer: je serai la baby-sitter attitrée des Fiore. Certains soirs, Nico et Laney rentreront à la maison avant les parents de Nico. Nico ne saura pas où est l'argent pour me payer, je devrai donc attendre le retour de sa mère. Nico, Laney et moi, on s'assiéra autour du plan de travail et on bavardera – de Millie à l'école, de Holy Family en général. Comme il se fera tard, on passera au canapé du salon et on regardera la télévision (on peut en apprendre long sur les gens à travers les programmes qu'ils regardent et les commentaires qu'ils font). Il allongera les pieds sur la table basse, elle posera la tête sur son épaule, et moi, je serai assise en tailleur à l'autre bout du canap – on sera en mode bien relax, à ce moment-là. Les parents de Nico arriveront ensemble, avec des sacs de chez le Chinois, et ils me diront: «*Eh, c'est l'heure du dîner, reste donc manger avec nous! On a commandé de quoi nourrir un régiment!*», parce que c'est une chose que les familles heureuses disent tout le temps, qu'ils ont de quoi «nourrir un régiment».

Ça deviendra notre habitude les soirs de baby-sitting. Ce sont ces moments-là qui font de toi un nouveau membre de la famille. Je n'aurai qu'à préparer un dîner de plus pour

Poppy et Gran les veilles de baby-sitting. Comme ça, il n'y aura pas de problème.

Je retire un sweat-shirt posé sur le dossier de ma chaise pour pouvoir m'y appuyer. Un sweat blanc à logo Adidas. Quand je le lève à hauteur de mon visage, je reconnais immédiatement son odeur de noix de coco-amande.

– C'est à Laney, dit Millie.

– Oh, désolée. Il est super doux.

Je le pose sur le dossier de la chaise à ma droite.

Laney s'assied ici même, pile sur ma chaise ! J'imagine son nom gravé dans le bois de la table.

– Tu connais Laney, toi ? me demande Millie en avançant le menton.

– Oui.

Elle hoche la tête.

– Laney, elle a peur de porter du blanc quand on mange des spaghettis.

Cette table est entourée de cinq chaises : une pour Nico, une pour son père, une pour sa mère, une pour Millie, plus une pour Laney. Elle a sa chaise chez eux. Elle dîne chez les Fiore et elle enlève son sweat-shirt avant de manger de la sauce tomate. Ils se sont habitués à sa présence, ce n'est plus une « invitée ». Ce ne serait pas compliqué d'accueillir une personne de plus. C'est facile de prendre une sixième chaise dans la salle à manger. Il y a toute la place qu'il faut pour moi. De la place pour un régiment.

Je vois et sens la présence de Laney partout dans cette maison. Je l'imagine retirant ses chaussures dans le débarras, attrapant une pomme dans la corbeille de fruits, la découpant pour Buster Brown et en mangeant elle-même la moitié.

Je lève les yeux vers l'escalier. Laney est allée à l'étage, aussi, et elle y a enlevé plus que son sweat-shirt. Je veux être dans la chambre de Nico. Je veux voir l'endroit où ils vont pour être seuls, pour être ensemble, pour former un *nous*. Ce soir, je monte. Savoir se fixer des buts, c'est la clé. Définir ce que tu veux. Comme ça, dès qu'une occasion se présente, tu peux sauter dessus.

–Tu sais quoi? dit Millie, couvrant sa bouche pleine avec sa main.

Je me penche vers elle.

–Nan?

Vas-y, raconte-moi d'autres choses, n'importe quoi, j'ai besoin de tout savoir sur eux.

–Ma maîtresse, Mme Ryder, commence Millie. Elle fait *L'Art du rangement avec Marie Kondo* chez elle, alors elle a apporté son tiroir à bazar en classe, et elle a distribué tout son bazar en récompense.

–Son bazar?

Je m'affaisse sur ma chaise – chaise de Laney. Me voilà bonne pour une histoire exaspérante et décousue.

–Han han, acquiesce Millie, engloutissant un énorme morceau de croûte.

Ne parle pas la bouche pleine tant que j'ai pas appris le Heimlich.

–Qui voudrait du bazar de son prof? je lui demande.

–Tout le monde! (Millie ouvre grand les bras.) C'était trop, trop cool! Elle a apporté le tiroir entier. Elle a des meubles blancs avec des poignées dorées.

D'accord. Mme Ryder est une prof du genre hilarante qui refile ses vieilleries à ses élèves. Ma curiosité est piquée pour de bon, maintenant.

–Il y avait quoi, dedans?

–Plein de trucs. Hum... (Millie avale sa bouchée puis boit un peu d'eau.) D'abord, Alex Pole a gagné un porte-clés avec un dé de Las Vegas.

Mme Ryder encourage le jeu chez ses élèves. Une vraie rigolote, cette femme.

–Et puis Mackenzie a gagné un vieux ticket de ciné pour *Ant-Man*. Et Rosie a eu une télécommande cassée, mais elle l'a échangée avec Mikey Cho contre une montre au bracelet déchiré. Et puis Mikey Cho a fait semblant de paralyser tout le monde avec la télécommande, alors Rosie s'est mise en colère parce qu'elle voulait reprendre la télécommande.

Millie appuie sur une télécommande imaginaire et s'immobilise. Elle appuie de nouveau et se fige dans une autre position.

–Ah ouais, dis-je, c'est vraiment du bazar.

Mme Ryder est une humoriste. Elle devrait lancer une série qui s'appellerait *Bienvenue dans mon tiroir à bazar.*

–Qu'est-ce qu'ils avaient fait, ces gamins, pour gagner des prix?

–Euh... se taire en cours, partager son goûter sans qu'on leur demande, s'appliquer. (Millie compte les bonnes actions sur ses doigts.) Et j'ai oublié pour Mikey Cho. Ranger son bureau, je crois.

–Et toi? je lui demande. T'as rien gagné?

–Non, parce que je suis toujours sage, répond Millie sur le simple ton de l'information.

–Ça ne me semble pas très juste, reprends-je après une pause.

–Il faut être pas sage et ensuite sage pour gagner quelque chose, explique Millie.

–Mais tu devrais avoir un prix pour être tout le temps sage. C'est injuste.

–C'est pas à moi qu'il faut le dire. Dis-le à Mme Ryder.

Millie hausse les épaules et mord la pointe d'une seconde part.

Mme Ryder est une salope.

• • •

Millie colorie son affiche pour le concours du Mois national pour la prévention des incendies. Elle s'est dessinée jetant Buster Brown par une fenêtre du premier étage. Le lapin, suspendu en plein vol, sourit devant la maison ravagée par les flammes.

–«*Come on baby, light my fiiire*», chante Millie tout en coloriant.

C'est paisible de faire ses devoirs avec une petite fille de sept ans. C'est motivant aussi, parce que je dois donner le bon exemple et m'en tenir à mon travail. Je ne consulte pas les réseaux sociaux, pas une seule fois.

Chère Madame Ryder,

J'ai appris que vous récompensiez les élèves pour leur bonne conduite, mais seulement ceux qui se tiennent mal d'ordinaire.

Ainsi, les prix de votre tiroir à bazar récompensent-ils les élèves qui ont fait des progrès en conduite.

Je suis intimement convaincue que les élèves qui « s'appliquent » avec constance devraient être récompensés, eux aussi. Veillez à ne pas sous-estimer la bonne conduite de ces élèves.

Merci.

Bien à vous,

Docteure Kristina Churchill, principale

École primaire de Great Harbor

Bon, d'accord, ce ne sont pas des devoirs à proprement parler, mais ça relève du scolaire. Ça me fait travailler mes compétences argumentatives à l'écrit, ainsi que la rédaction de courriers officiels, deux compétences inscrites par le Département de l'éducation de l'État de New York dans son « Programme et champ d'application » (affiché au mur du bureau principal de Holy Family). Je vais aussi faire appel à mes compétences en graphisme, puisque l'école primaire de Great Harbor a un site web très chouette, avec une lettre de la principale dans l'onglet « L'équipe de l'école ». Je peux copier l'en-tête avec Piktura, puis coller ma lettre en dessous.

– J'ai fini ! crie Millie en secouant les poings au-dessus de la tête. « *Light! My! Fiiire!* »

Son affiche est cauchemardesque. Elle a rajouté de la fumée noire et des larmes.

– Très réussi, lui dis-je.

– Faut que je fasse ma lecture chronométrée, dit Millie, qui s'assied sur la moquette avec un grand sac à zip : à l'intérieur, elle a un livre de poche, un crayon violet et ce qui ressemble à des fiches de relevé.

–Il faut que je lise pendant vingt minutes. Tu dois me chronométrer.

Je jette un nouveau coup d'œil vers le palier, en haut de l'escalier, en me demandant quelle porte est celle de Nico. Il commence à être tard; je veux dire par là qu'il est temps que je monte ce fichu escalier.

–Tu veux aller lire dans ta chambre? je lui propose.

Elle ouvre le sac.

–Nan, nan.

–Tu serais peut-être plus à l'aise dans ton lit.

Je pourrais au moins voir la chambre de Nico, si on s'installait en haut. Je pourrais y entrer si elle allait aux toilettes.

–Nan.

Elle sort le livre.

J'ai envie de hurler. Je fais une nouvelle tentative.

–Moi, j'aime bien lire dans ma chambre. C'est bien plus confortable.

–C'est bon.

Elle sort sa fiche de relevé et son crayon.

J'aimerais envoyer valdinguer ce livre hors de ses petites mains poisseuses. *Inspire, expire, inspire...* Je suis sûre qu'elle aura envie de jouer dans sa chambre après ses devoirs. Je lui demanderai carrément de me montrer sa chambre. Les enfants adorent montrer leur chambre, non?

–Chronomètre-moi... à partir de... maintenant! lance Millie en ouvrant son livre à la page marquée.

Je règle le chrono de mon téléphone pour les vingt minutes les plus longues de ma vie. Ce que Millie appelle vingt minutes de lecture obligatoire consiste à feuilleter le livre pour trouver les réponses spécifiques qu'elle doit inscrire dans son relevé de lecture quotidien.

En attendant, je liste mentalement ce que je veux faire en priorité dans la chambre de Nico, des choses qui ne prendront que quelques petites minutes. Je veux regarder dans les tiroirs de sa commode, jeter un coup d'œil à sa table de chevet, toucher son oreiller, trouver un objet qui appartienne à Laney et emporter un souvenir. Je pense aussi à plusieurs sujets de conversation, pour le moment où Nico et Laney seront rentrés.

Bip ! Bip ! Bip !

–Ça y est ! dis-je à Millie.

Elle regarde le numéro de sa page, referme le livre d'un coup et se met à remplir la fiche. Ah, les joies de la lecture !

–Millie, montre-moi ta chambre ! je m'exclame d'un ton surexcité pour lui communiquer mon enthousiasme.

–D'accord !

Elle se lève d'un bond et remet le tout dans le sac.

Bon, les affaires reprennent. Je me lève du canapé, prête à monter. Bientôt, je serai…

–Coucou ! Mills ?

La porte de derrière claque : c'est M. Fiore.

–Papaaa ! T'es en avance !

Millie fonce vers lui et saute dans ses bras. J'ai l'impression de regarder une pub au ralenti. Il lui tapote le dos. Elle est pendue à son cou. Ils sont irréels, sans aucun lien avec ma vie.

–Va chercher ton manteau, dit-il à Millie. On va prendre une glace au yaourt.

Millie file.

Invitez-moi, invitez-moi, invitez-moi. Je prendrai une vanille-cookie dans un cône. À notre retour, Nico et Laney seront là. Je serai prête. Sujets de conversation: maquette des Superlatifs, l'affiche anti-incendie de Millie, la prof peau de vache de Millie, la pizza de chez Gino's, le karaoké, la photo d'Halloween.

M. Fiore se tourne vers moi et sourit. C'est un bel homme, Nico en plus âgé.

Invitez-moi, Nico en plus âgé!

Il sort son portefeuille pour me payer.

Je ne suis pas invitée. Le lapin de Millie gratte et chahute dans sa cage–gratte et chahute à l'intérieur de mon crâne. Pas de glace au yaourt. Pas de chambre à coucher. Pas de Nico et Laney. Pas ce soir. Rien que des coups de griffe et des secousses, des coups de griffe et des secousses.

Demandez-moi de revenir. S'il vous plaît. Demandez-moi de revenir. Demandez-moi.

17

Les Plus beaux yeux. Le Plus beau corps. Les Mieux habillés. Ce sont les Superlatifs les plus stupides, ceux qui sont basés sur l'apparence. Les Mieux habillés, de qui se moque-t-on? Nous avons un uniforme. J'ai fait ce que j'ai pu, pour cette photo. Elle est pas si mal, en fin de compte. Tia Lang et Logan McHugh sont debout devant des casiers ouverts, que nous avons remplis de leurs vêtements de ville les plus sophistiqués. Tia porte son manteau en faux léopard, et Logan, sa combinaison Gucci – autrement dit, la tenue la plus ringarde qu'il m'ait jamais été donné de voir. Logan a un sourire chaleureux, et les cheveux de Tia sont tellement lisses et soyeux. Je n'ai pas pu m'empêcher de lui demander ce qu'elle faisait pour qu'ils soient aussi brillants. «Je suis asiatique», m'a-t-elle répondu aussi sec. OK.

Je ne sais pas quoi faire pour Tomás Diaz. J'ai dit: «Tomás? Salut, c'est Rafi. Du bureau principal, tu te souviens? Je suis la photographe de l'album de l'année. Tu peux passer au bureau de l'album de l'année après les cours ? Je voudrais te prendre en photo pour Les Plus beaux cheveux », et il a rétorqué : « Ouais, nan, je fais pas ces trucs-là. » Mon rôle de photographe de l'album de l'année m'a rapprochée de tout le monde, sauf de Tomás.

Matt Dorian et Ulla Posey sont venus me trouver le jour même où les gagnants ont été annoncés. Ils m'ont demandé si je pouvais donner un look de pochette de vinyle des années 1970 à leur photo, « quelque part entre James Taylor et les Doors, comme vibrations », a précisé Dorian. Du coup, le lendemain, après que j'ai regardé à quoi ressemblaient ces vinyles, c'est ce qu'on a fait. Pourquoi Tomás ne peut-il pas jouer le jeu, lui aussi ?

La mèche blanche de Dorian dans ses cheveux noirs, façon mouffette, rend très bien. Posey a l'air sortie d'un documentaire de Woodstock, avec ses longues nattes et son visage dénué de tout maquillage. Je n'en reviens pas qu'ils aient grimpé sur la benne à ordures avec leurs guitares. Ça puait derrière la cafète, une odeur de vomi tiède.

– Qu'est-ce qu'on ferait pas pour l'art ! a dit Dorian.

Il sera célèbre, un jour. Beaucoup de gens du coin sont devenus d'immenses célébrités, comme Jerry Seinfeld, Eddie Murphy, Natalie Portman ou, oui, bon, d'accord, Mariah Carey.

La photo fait rêver, n'est-ce pas ? Dorian, assis, jambes pendantes, gratte sa guitare, tandis qu'Ulla regarde droit dans l'objectif. Maintenant, je vais la recadrer au format carré, comme une pochette de vinyle. J'inscrirai leurs noms, et la mention « Les Plus musiciens », dans la même typo jaune que sur la jaquette de l'album de James Taylor de 1968. Et je donnerai à la photo une teinte sépia, tirant plus sur le jaune que sur le brun, pour faire plus années 1970 que 1950.

Je devrais la montrer à Poppy. J'ai beaucoup appris en regardant les pochettes de ses vinyles, en particulier de ses préférés, qu'il a disposés sur le manteau de la cheminée, ceux qui ont des voitures. La mieux, c'est *THE WHO ON TOUR: MAGIC BUS*, avec la photo d'un grand bus hippie. C'est trop drôle que Poppy ait exposé l'album des Cars, qui est marqué *THE CARS*, mais n'a pas de voiture sur la pochette. Poppy a un sens de l'humour subtil.

J'ai photographié Helen Zuniga pour Les Plus beaux cheveux, donc ça, c'est fait. On en avait assez d'attendre Tomás. Helen et moi, on a emporté un escabeau au terrain de foot. Elle s'est allongée sur l'herbe dans sa robe jaune à col Claudine. J'ai déployé ses longs cheveux blonds tout autour de sa tête comme un soleil, puis j'ai pris la photo d'en haut. On dirait l'été, cette photo. Elle m'en a demandé un tirage, qu'elle veut encadrer pour chez elle. Il faudra que j'en parle au père Philip.

Tomás Diaz, par contre ? Ça coince. Quand il m'aperçoit, il part dans le sens opposé. C'est horrible. Il m'associe à ce truc idiot et je ne sais pas comment changer son regard. Pour moi, avec Tomás, l'enjeu va au-delà de l'album de l'année. Je veux passer du temps avec lui, comme Laney l'a fait. Une grande proximité avec Tomás Diaz – qu'est-ce qu'on ressent ? Je veux savoir, c'est tout. Quel mal y a-t-il ? Jenna trouverait-elle que c'est pas pro ? Devrait-on, une fois de plus, me retirer mon Nikon ? Mais laissez-moi vivre !

Un *toc, toc* contre la porte ouverte.

–On vient pour notre photo de Superlatifs, dit Laney. Est-ce qu'on te dérange?

Ils sont là. Elle et son cou délicat, lui et ses lèvres à la fraise.

–Non, c'est parfait! Super.

–Génial, dit Laney. Parce que je me suis levée tôt ce matin pour faire mes cheveux et je suis pas pressée de recommencer!

Ses cheveux sont souples et bouclent sur les longueurs.

–C'est très joli, dis-je. Avec ces mèches, en plus... Je peux vous montrer un truc d'abord?

Je les emmène à la table ronde, où plusieurs albums de l'année sont empilés à titre de référence.

Nico tire une chaise pour Laney. Il appartient à une espèce en voie de disparition: le gentleman. Je pose un vieil album devant eux et l'ouvre à la page 113, dans leur sens. Je n'ai pas besoin de regarder pour savoir ce qu'ils voient. Tous les détails sont gravés dans ma mémoire.

Les Mieux partis pour réussir: Meredith Voight et Trayvon Reeves, en veste de costume et cravate de cadres dynamiques. Les Plus théâtraux: Kate Hoppy et Owen Young, posant sur le balcon de Roméo et Juliette. Et le Couple le plus mignon, sur la piste de danse.

–Oh, regarde, Nico! Le Couple le plus mignon.

Laney touche le bras de Nico et l'attire vers elle. Nico jette un coup d'œil à la photo.

–Ce garçon a des cheveux magnifiques, dit-il.

Je regarde les cheveux du garçon. Coiffés en hauteur à la mousse, naturellement ondulés. Magnifiques, en effet. Ils le sont toujours, mais moins hauts.

–J'adore sa robe, dit Laney, admirant le satin violet foncé. Je suis à fond pour les robes courtes aux cérémonies. Ça devait être le bal de la fête des anciens élèves.

–Oui, dis-je. Ce sont mes parents.

–Nan, j'y crois pas! Vraiment? (Laney m'agrippe par le bras.) Ils étaient à Holy Family?

–Sérieux? demande Nico.

–C'est eux. (Je hoche la tête.) Ils adoraient Holy Family.

Tous les jours, je les imagine dans ce bâtiment, jeunes, riant tous les deux, le bras de papa entourant les épaules de maman. Sa jupe d'uniforme, qu'elle a cousue elle-même, moule ses cuisses. Quelquefois, je crois les apercevoir du coin de l'œil, mais chaque fois, ils tournent et disparaissent. Dans ma tête, je les appelle –*Attendez! S'il vous plaît! Arrêtez-vous!* Ils ne ralentissent jamais, et je n'arrive jamais à les rattraper.

Laney me lâche le bras. La chaleur de sa main perdure un instant, puis se dissipe.

–C'est dingue qu'ils aient été à Holy, dit-elle.

–Ouais. Ils étaient très populaires. Comme vous deux.

Laney esquisse un petit sourire. C'était maladroit comme compliment. *Reste cool*, je m'admoneste, *garde tes distances.*

–Carlo Tedoro et Bianca Wickham, lit doucement Laney.

Elle regarde mon père dans son smoking de location et ma mère, escarpins de satin à la main, qui rit face à l'objectif. Papa enlace maman par-derrière. Je me rends compte que j'ai déjà vu cette pose, exactement la même, sur une photo de Laney et Nico sur les réseaux sociaux. Je les regarde, elle et lui, tour à tour. Voient-ils ce que je vois?

–Ils étaient vraiment craquants, dit Laney, à des kilomètres de faire le lien.

–Merci, dis-je. C'est vrai.

Ça me frappe soudain: on est là –moi, Laney et Nico, maman, papa et sa chevelure bouffante – à chiller après les cours. C'est pour ça que j'ai trafiqué les Superlatifs. Je ne pouvais pas laisser Kevon Knight et Sasha Grady nous voler ces instants-là. Je suis contente d'avoir pris un bulletin de vote du bureau de l'album de l'année et de l'avoir photocopié. Je suis contente de m'être cachée dans les toilettes et d'avoir coché les cases avec une dizaine de Bics différents. Je suis contente d'avoir bourré l'urne. Plus que quiconque, Laney et Nico méritaient le Couple le plus mignon. J'avais eu la vision de nous trois réunis comme ça, et ça s'est réalisé.

–Tu leur ressembles, dit Laney.

–Non, je réponds.

Elle dit juste ça par gentillesse.

Prune –c'est le nom de couleur que ma mère donnait à sa robe de soirée. Son rouge à lèvres, prune lui aussi, était parfaitement assorti.

–Si, insiste Laney. Tu as ses yeux. Et les pommettes de ton père.

Je ne trouve pas. Papa et maman étaient fascinants.

Laney regarde la couverture pour voir l'année.

–Tes parents sont super jeunes, alors?

–Ils m'ont eue à dix-huit ans.

Neuf mois après la fête de Missy.

–Waouh, fait Nico. Est-ce qu'ils sont toujours ensemble?

–Nico, lui dit Laney avec un petit coup de coude, ne sois pas indiscret.

–Ça va, je la rassure, car nous avons atteint ce stade – les amis sont censés se dire des choses personnelles. Mais, non, ils ne le sont plus.

Papa et maman ne se parlent pas. Maman a la voix tendue dès qu'elle évoque papa.

–Je suis désolé, dit Nico.

–C'est pas grave.

Je ne me souviens pas d'avoir vu mes parents ensemble dans la même pièce plus de deux fois–pour ma première communion et pour ma cérémonie de fin de collège –, mais ils étaient restés chacun à un bout de la salle les deux fois, et c'étaient de grandes salles.

–Ils ne se sont jamais mariés. Mon père voyage tout le temps. C'est un roadie.

–Tu veux dire, pour un groupe de rock? demande Nico, qui se penche en avant.

–Ouais. Les Sons of Orwell.

–Nan, tu rigoles? Ils sont super, dit-il. Je les ai dans ma playlist. (Il se met à scroller sur son téléphone.) J'adore la voix de Joe Monroe. Elle est tellement expressive. Il y a une chanson d'eux que j'écoute dix fois par jour, euh... (Il cherche.) *Song to Myself*. Elle est tellement sereine.

–Mon père est dans la vidéo, dis-je, soudain fière de papa.

Je voudrais le remercier de m'offrir ceci: une véritable connexion avec Nico Fiore.

–Ah bon?

Nico écarquille les yeux.

–Il joue pas dedans, hein. Il est à l'arrière-plan et il pousse un chariot. Les Sons of Orwell ne font pas de vidéos à proprement parler, ils se servent des directs.

–Ah, c'est trop cool!

Nico se tourne vers Laney.

–Faudra qu'on la regarde! s'exclame-t-elle.

Je les imagine visionnant la vidéo et pointant mon père du doigt. On est amis, non? Ils ne regarderaient pas la vidéo du père de n'importe qui.

–Ils sont en tournée, cette année, dis-je.

Ce soir, ils jouent à Portland. Jeudi soir à Seattle. La semaine prochaine à Tucson. J'ai leurs dates de tournée sur mon écran de verrouillage. Bientôt, il reprendra la route de la côte Est. Ce que je ne dis pas à Nico et Laney, c'est que la vidéo de *Song to Myself* est le seul moyen que j'ai de voir mon père, en ce moment. La dernière fois que je l'ai vu en vrai, c'était il y a seize mois et cinq jours. Ça fait long. Son boulot, ce sont des heures de nuit, des postes longs et difficiles, du matériel à soulever et à trimballer. Il travaille très dur. Faut bien que quelqu'un s'y colle. Il envoie des chèques pour mes frais de scolarité.

–Il t'envoie des trucs de ses tournées? demande Nico. Des objets de promo?

–Ouais, des tee-shirts et des affiches.

–Cool.

Je dors dans un tee-shirt de concert super vieux, et l'affiche de sa tournée actuelle est au mur de ma chambre. Quand je la regarde, je me sens triste et coupable. Triste parce qu'il me manque, et coupable parce qu'il aurait pu faire des études, il aurait pu avoir un boulot de cadre ici, à Long Island ou Manhattan, si seulement… Je préfère ne pas y penser.

J'ai épluché toutes les vidéos du groupe. Il y en a certaines que j'ai visionnées une dizaine de fois, en les ralentissant par endroits pour voir les visages, mais papa n'apparaît que dans *Song to Myself*. Il entre dans le cadre après le deuxième couplet: «*Singing alone but never lonely, me, myself and I, I, I / I don't mind, I don't mind, I don't mind, whatever it is I find*[1]». Pile à ce moment-là, il sort de derrière le camion et traverse le parking en poussant le chariot. Papa, avec son jean et son tee-shirt noir.

–Et ta mère? demande Laney, qui regarde de nouveau l'album de l'année. Est-ce qu'elle a gardé la robe? (Ses yeux sont pleins d'espoir.) Tu devrais la porter.

–Je ne suis pas sûre…

Et là, ça fait tilt. Je me revois balançant une brassée de robes du fond de mon placard à un sac-poubelle. Ma gorge se serre.

–Je crois… je… J'ai l'impression que je l'ai donnée à la collecte, dis-je.

–Oh non! s'exclame Laney, consternée.

Mes parents m'échappent chaque jour davantage. J'ai envie de pleurer, et Laney et Nico le sentent.

–Je suis vraiment désolée. (Laney se mord la lèvre. Nico me pose la main sur le dos.) Mais tu as ça, reprend-elle en passant la main sur l'album de l'année. Et c'est tellement précieux d'avoir cette photo d'eux dans l'album.

---

1. Je chante seul mais j'suis jamais esseulé, / Moi, je et moi-même, on s'en fiche, on s'en fiche, on s'en fiche de ce qui peut bien arriver.

Laney est si gentille et délicate; je vois dans ses yeux qu'elle a de la peine pour moi. Et ça me donne encore plus envie de pleurer. Mais elle a raison. J'ai l'album de l'année et la photo. C'est pour ça que tout ceci est tellement important: nous devons arrêter le temps.

–Merci de nous l'avoir montrée, dit Nico.

Je hoche lentement la tête, l'esprit encore à la robe.

–J'ai pensé qu'elle pourrait vous plaire.

–Ah, mais carrément! dit Nico en s'efforçant de prendre un ton enjoué.

–Elle est formidable, renchérit Laney. (Elle referme soigneusement l'album et le pousse dans ma direction, comme pour rapprocher mes parents de moi.) Merci, Rafi.

–De rien. (Je ravale mes émotions et prends une grande inspiration.) Mais votre photo sera encore plus belle.

Ce qui est fait est fait. Ça ne sert à rien de se lamenter. C'est l'année de Nico et Laney, c'est leur tour, et je vais les immortaliser. C'est à ça que servent les amis, on s'embellit la vie les uns les autres.

–À vous de choisir où vous voulez qu'on fasse la photo et comment, leur dis-je. On peut aller sur le terrain de foot, à la salle de danse ou sur scène. Ou alors, devant la voiture de Nico?

–Et si on la prenait sur le toit? murmure Nico à Laney.

–On pourrait, lui répond-elle tout aussi bas. Mais tout le monde saurait qu'on va là-haut.

–Le temps que l'album soit imprimé, ça n'aura plus d'importance, dit Nico.

Il a raison, dans le sens où ça ne pourra plus leur valoir d'ennuis, mais il se trompe pour l'importance. La photo en aura toujours. Et elle existera grâce à moi.

–C'est vrai, dit Laney en riant. OK, alors. (Elle se tourne vers moi.) Est-ce qu'on peut la prendre sur le toit? Au-dessus de l'aile nord?

Elle rajuste sa chaîne en or autour de son cou. Je vois la bague de classe de Nico qui pend au milieu. Tous les deux, ils forment un couple «à l'ancienne».

L. V. & N. F.

–Où vous voulez, dis-je.

Laney est à mille lieues de se douter que j'ai porté cette bague, que j'ai touché les initiales. L'empreinte de mon pouce y est sans doute encore, j'ai oublié d'essuyer l'intérieur. Dans *New York Unité Spéciale*, des inspecteurs m'interrogeraient dans la pièce avec la table métallique et l'éclairage cru. Gran invectiverait l'écran en secouant sa banane. «Laissez-la partir! Ce n'est qu'une petite fille! Elle ne ferait pas de mal à une mouche!»

–On va là-haut, des fois, pour être seuls. Pendant la neuvième période, d'ailleurs. (Laney fait un geste vers moi, une manière de reconnaître que cette neuvième période est un cadeau de ma part.) Merci, à propos, ajoute-t-elle.

Et voilà. Mieux vaut tard que jamais. Je savais qu'elle m'appréciait.

–Je t'en prie. Ce n'est rien.

Nous avons déjà partagé tant de choses, tous les trois.

–C'est calme, et c'est juste au-dessus de la salle de danse, ce qui est très pratique, m'explique-t-elle, tandis que Nico lui frotte la nuque. La trappe n'est pas verrouillée, mais le loquet s'enclenche seulement de l'intérieur. Il y a un haltère contre le mur, pour empêcher la trappe de claquer, et le loquet avec.

–On l'a appris à nos dépens, dit Nico en riant.

–On s'est retrouvés enfermés dehors, un jour. Heureusement, il y a une gouttière sur le côté du bâtiment, ce qui nous a permis de descendre. (Laney donne un coup de coude taquin à Nico. Ils racontent l'histoire comme s'ils l'avaient répétée.) Y en avait un qui avait la trouille !

–Elle était branlante, cette gouttière ! Elle n'est pas bien fixée aux briques !

–Oh, là là ! Un étage de hauteur, au secours ! le charrie Laney. (Puis elle se tourne vers moi.) Tu ne diras à personne qu'on va là-haut, hein ? C'est, genre, le seul endroit dont personne n'est au courant.

–Non, jamais, je lui promets.

Je collectionne leurs secrets comme autant de souvenirs.

–Mais non, elle ne va pas le raconter, bien sûr, dit Nico.

Il me fait confiance. Nous sommes amis, amis, amis.

La citation de George Orwell sur l'affiche de la « Tournée du présent et du passé » des Sons of Orwell dit que « celui qui contrôle le présent contrôle le passé. » Pendant que Laney et Nico me guident vers leur lieu de rendez-vous secret, je pense à tous les bulletins de vote supplémentaires que j'ai forgés pour eux, ainsi qu'à la photo que je m'apprête à prendre. Je me dis que je suis en train de contrôler le présent, de telle sorte qu'un jour j'aurai contrôlé le passé, et il me semble comprendre l'idée.

J'avance derrière Laney Villanueva et Nico Fiore – eux, et moi ensuite. *Nous*. Ils me montrent leurs astuces pour accéder au toit. La porte marquée ESCALIER donne l'impression d'être verrouillée, mais elle ne l'est pas.

– Tu vois ? explique Nico. Le bouton de porte tourne à vide donc on n'a pas une bonne prise, mais c'est pas nécessaire. En fait, il suffit de tirer de tout ton poids, et la porte s'ouvre.

Il tire, et nous y voici.

– Ça sent le saucisson dans l'escalier, désolée, dit Laney, l'air de penser qu'elle aurait dû faire le ménage avant de convier quelqu'un.

C'est vrai, ça sent le saucisson rance, mais quelle importance ? Ils m'ont invitée.

– Waouh...

Je pile net. Des centaines de noms s'étirent sur les parpaings. Des noms de couples dans des cœurs transpercés d'une flèche, de couples à initiales, de couples à prénoms, à surnoms, à prénoms et noms de famille, de couples avec des dates, des citations et des numéros de téléphone, qui remontent sur trente ans, jusqu'à l'ouverture de Holy Family. Je passe l'index sur la surface rugueuse. « Brent aime Heather 99. » Je dessine du doigt le cœur qui entoure « Jenny + Max 2004. » Mes yeux se posent sur « Tina Shepherd + Ryan Vermeer 1992. » Ce sont de vraies personnes, qui sont adultes aujourd'hui et vivent leur vie, quelque part dans le monde.

– Tu viens ? appelle Nico, du haut de l'escalier.

– Oui, je... (Je recule d'un pas pour embrasser du regard la plus grande surface de mur possible.) Je veux juste voir un truc.

Je parcours les lettres au gros marqueur noir, ainsi que d'autres, maigrelettes, tracées au crayon à papier, qui ont pourtant survécu tout ce temps: «Jon et Bonita», «Appelle Suzy Q si tu veux passer un bon moment», «Rolling Stones», «JJ M Anika».

–Oh, mon Dieu, c'est vrai! dit Laney, qui redescend quelques marches. Tu crois que tes parents sont là?

–Je sais pas.

Je tends le cou pour lire les inscriptions du haut. «Te laisse pas décourager par les salauds», «Abby et Brian C pour la vie», «Les jumeaux Aboff sont des enfoirés». Je soupire.

–Ça prendrait une éternité de les lire tous, j'ajoute.

–Mais ce serait cool de les trouver, non?

Laney balaie le mur de ses grands yeux.

–Oui, trop cool. Vous y êtes, vous?

–Non, répond Laney. J'ai toujours vu ça comme un truc du passé. Mais peut-être que je nous ajouterai. Je sais pas. À la fin de l'année, peut-être.

–Nan, j'ai pas trop envie qu'on soit là, dit Nico.

–Pourquoi? lui demande Laney.

–Tu trouves pas que c'est un peu nase?

–Non, c'est pas nase, proteste-t-elle. C'est... historique.

–Des numéros de téléphone..., dis-je à mi-voix.

Il y en a tellement. Pourquoi des couples voudraient-ils laisser leurs numéros de téléphone? Ceux qui remontent le plus loin étaient forcément des numéros de téléphones fixes à l'ancienne, avec le fil en spirale. Dans les vieux films, les filles reçoivent tout le temps des appels de garçons qui veulent les inviter, et elles répondent en tortillant le fil autour de leurs doigts.

Qui étaient ces gens? Quels souvenirs ont-ils gardés de Holy Family? De cet escalier? Quelqu'un me répondrait-il, si je composais un de ces numéros?

–Tu peux toujours revenir pour les chercher, dit Laney. Lire les inscriptions par petits groupes.

–Oui.

C'est exactement ce que je vais faire. Je m'engage dans l'escalier, lisant les parpaings au passage. Je prendrai une photo du mur en redescendant.

Nico pousse son corps contre la lourde trappe métallique. Le soleil est éblouissant. Nous sortons en titubant, la main en visière, tels des survivants d'une apocalypse émergeant de leur abri antinucléaire. J'attrape la poignée pour enjamber, et ma main en garde une odeur de rouille. Nico cale l'haltère dans l'ouverture.

Je regarde autour de moi. C'est décevant. Le toit n'est pas un bon endroit pour une séance photos, en fait. C'est juste un périmètre de briques avec une lucarne en dôme à nos pieds, d'énormes conduits d'aération et des appareils de climatisation et chauffage plus gros que des lave-linge séchants.

Le toit n'a rien de magique. Mais Laney et Nico le sont suffisamment pour que ça marche. Je veux savoir ce qui se passe ici. De quoi parlent-ils? Que font-ils quand ils sont seuls?

Le téléphone de Laney vibre dans sa poche. Elle a une photo de son chien sur sa coque de portable.

–Allô? répond-elle. Non, je n'ai pas vérifié. Ah bon? Quand est-ce? Waouh, c'est bientôt.

Nico la dévisage. «Quoi?» articule-t-il muettement.

–OK, je regarde tout de suite.

Elle raccroche et se met à scroller.

–Quoi ? dit Nico tout haut.

–Attends une seconde... Euh, le signal est nul, ici, dit-elle, avant de courir vers le coin qui donne sur le terrain de foot.

Elle se remet à scroller, puis hurle :

–J'ai eu l'audition !

Elle court vers Nico et le serre dans ses bras. À NYU[2] !

–Waouh ! C'est fabuleux !

Nico, à son tour, la serre très fort contre lui.

Laney Villanueva et Nico Fiore m'ont oubliée. Tu vois comme ils sont à l'aise en ma compagnie ? C'est un honneur, pour moi, de disparaître dans leur arrière-plan.

Je lève le Nikon, colle l'œil au viseur et regarde tranquillement Nico l'embrasser. Ses doigts glissent doucement sur le cou de Laney quand il se dégage. Ils se sourient, sourient à leur chance et à leur avenir.

Je retiens mon souffle. Je cadre le Couple le plus mignon dans mon objectif et j'appuie sur le déclencheur.

Regarde-moi cette photo.

Regarde comme ils sont beaux.

---

2. New York University, une des grandes universités de Manhattan et de la côte Est.

18

Millie n'a pas envie de commander de la pizza, cette fois-ci. Elle dit qu'il y a « de bons restes », alors j'ouvre le frigo. Je fais une descente dans le frigo de Nico Fiore.

Elle avait raison. Des aubergines à la parmigiana ! Laney n'était pas à l'Allegro quand je suis allée chercher Millie, tout à l'heure, ce qui était une grosse déception. Mais la chance tourne ! Il reste presque la moitié du gratin.

– Miam ! fait Millie en regardant le contenu du plat quand je soulève le couvercle. On peut finir. Le premier arrivé se sert, c'est la règle. Soupe à la grimace pour les perdants.

Mon ventre gargouille. Un repas maison, préparé par quelqu'un d'autre que moi !

– Pas de soupe à la grimace pour nous, dis-je.

– Il faut juste qu'on refasse des vermicelles. (Millie sort une casserole du tiroir du bas.) On les a tous mangés hier.

Je fais chauffer de l'eau sur la cuisinière de Nico Fiore. Je débarrasse la table de Nico Fiore. Rien d'extraordinaire, je suis juste une bonne baby-sitter. Sous les cahiers et les classeurs de Millie, il y a des kits d'information financière: Hunter College et Baruch – deux universités de New York. Je jubile intérieurement!

Nous mettons le couvert pour deux pendant que les vermicelles cuisent. Millie me dit que ce sont ses pâtes préférées parce que ce sont les plus rapides à préparer, et je suis bien d'accord. Rien n'est meilleur qu'un temps de cuisson de quatre minutes.

Millie récupère la passoire dans l'élément, mais je ne la laisse pas égoutter les vermicelles. Je veille à le faire moi-même. Le métier entre à grands pas.

Nous faisons le même repas que Nico et Laney hier soir. Le sweat de Laney est encore sur le dossier de la chaise. Je mange lentement, en savourant chaque bouchée. J'ai des sujets de conversation tout prêts s'ils rentrent les premiers ce soir. *S'il vous plaît, s'il vous plaît, rentrez les premiers.*

Comment ça se passe à la maison? envoie Mme Fiore.

Je réponds tout de suite: *Parmigiana délicieuse!*

Ravie qu'elle te plaise. Ne t'inquiète pas pour la vaisselle.

Après le dîner, Millie fait sa «lecture». Je rince les assiettes et les couverts, je les mets au lave-vaisselle, donne un coup d'éponge à la table et au plan de travail, remplis le plat à gratin d'eau savonneuse et le laisse à tremper. C'est comme ça qu'on se fait réinviter.

Au bout de vingt minutes, le chrono de mon téléphone sonne. Je m'exclame:

– Ça y est!

Millie ferme aussitôt son livre et expédie ses questions de lecture à toute vitesse. Elle n'a rien d'autre comme devoirs ce soir, affirme-t-elle. Je devrais vérifier sur son cahier de texte, mais bon. Moi-même, j'ai encore mes devoirs d'anglais et d'instruction religieuse. Mais je n'arrive pas à me concentrer. J'ai une idée derrière la tête.

– J'ai pas vu ta chambre, l'autre fois, lui dis-je.

C'est ce soir ou jamais. Je verrai la chambre de Nico coûte que coûte.

Millie fonce vers ses Lego, par terre sur la moquette.

– Tu veux jouer en haut ? je lui propose.

J'ai besoin de me sentir plus proche d'eux – j'ai passé la semaine à regarder leur photo de Superlatifs.

– Nan, dit Millie. Je fais une piscine avec un cabanon, un ranch avec des chevaux, un salon-glacier et un théâtre – un théâtre, hein, pas un cinéma, parce que ça, c'est du gaspillage d'argent municipal. Tout le monde peut regarder des films à la maison, on est à l'époque moderne. (Elle lève les yeux au ciel.) Et une piste de ski et un tunnel.

– Mais t'es pas fatiguée ?

– Non.

Elle plaisante sûrement. Sans exagérer, j'ai fait tout ce que j'ai pu pour l'épuiser. Je l'ai emmenée au parc après son cours de danse, je lui ai montré les poussées de squat qu'on a apprises en cours de gym et je l'ai mise au défi d'en faire plus que moi, défi qu'elle a relevé : vingt-deux poussées contre mes dix-huit. Je l'ai poursuivie dans la cage à écureuil, on a crapahuté en mode commando sous le filet en corde et on s'est entraînées à la roue sur les lignes blanches du terrain de baseball. J'ai mal aux épaules et j'ai dû me faire un truc pas net à la cheville, parce qu'elle est un peu sensible quand je la tourne vers la droite. Millie devrait s'effondrer, pas construire une métropole au milieu du salon familial.

Je soupire et m'affale par terre à côté d'elle.

–Comment tu vas le faire, ton tunnel?

J'ai mal aux poignets, aussi, et au coude gauche. Je n'avais pas fait la roue depuis la sixième. Sans oublier qu'il n'y a pas si longtemps, le frère de Millie m'a percutée avec sa Jeep, mais c'est du passé, n'en parlons plus.

–Je fais semblant que l'entrée est là et que le tunnel passe sous la moquette. Et je fais semblant que la sortie est là et que le tunnel ressort de la moquette. (Elle trace des lignes dans la moquette marron clair avec ses doigts.) Tu peux prendre le tunnel en voiture ou tu peux marcher sur les bas-côtés, parce qu'il y a des rambardes et des éclairages. C'est un raccourci, parce que si tu te déplaces à la surface, tu dois contourner les magasins et tout ça. Donc il vaut mieux prendre le souterrain, sauf si t'as pas envie de te presser, par exemple si tu veux flâner au soleil quand t'as un rendez-vous amoureux.

Un rendez-vous amoureux. C'est vraiment la sœur de Nico Fiore.

–Qu'est-ce que tu en sais, des rendez-vous amoureux, toi?

–J'ai sept ans, je sais des trucs. (Millie fait un geste vers la télévision.) J'ai la télé.

Je ris.

–Et j'ai un grand frère, soupire-t-elle.

Ah, maintenant, on avance.

–Ton frère a beaucoup de rendez-vous amoureux? je demande d'un ton qui se veut détaché.

Millie grogne, toute rouge, en essayant de séparer deux Lego.

–Rhâ, c'est coincé.

–Donne, je vais essayer.

Elle me tend les Lego en disant:

–Ils se décollent pas, il y a de la pâte à modeler séchée à l'intérieur.

–Alors, ton frère, il a des rendez-vous amoureux?

Il faut qu'elle apprenne à se concentrer. C'est le problème des enfants, aujourd'hui. Trop de temps d'écran limite la capacité d'attention.

Millie soupire de nouveau.

–Il a une *petite amie.*

–Je sais. Laney. Est-ce que ça t'embête?

On dirait que oui. Je m'attendais à ce qu'elle adore Laney et qu'elle en parle pendant des heures. Je ne sais pas d'où lui vient cette attitude négative. Peut-être qu'elle a débarqué dans la chambre de Nico à un moment où ils ne s'y attendaient pas et qu'ils l'ont mise à la porte en criant, ou peut-être qu'elle est jalouse du temps que son frère passe avec elle.

–Tu vois, ça, c'est l'entrée du tunnel. (Elle me montre une pièce rouge en forme de voûte.) Et ça –(elle me montre une voûte jaune –), c'est la sortie.

–Astucieux.

Je renonce à séparer les Lego. Elle avait raison, impossible de les décoller. Je ne vais pas me casser les ongles dessus.

–Désolée, dis-je en les lui rendant, j'y arrive pas.

–Tu vois ? (Elle secoue la tête.) Pâte à modeler.

Millie n'a pas envie de parler de Laney et Nico ni de leurs rendez-vous –et ça me rend dingue. *Allez, Millie Fiore, donne-moi quelque chose à me mettre sous la dent. Est-ce qu'ils s'asseyent ensemble sur ce canapé ? Est-ce qu'ils regardent des films en mangeant du pop-corn, lovés l'un contre l'autre ? Tu les as vus se peloter ? Raconte, Millie. Raconte !*

–Cette ville a besoin de douves, déclare Millie.

Argh !

J'allume la télé et je mets les nouvelles parce que j'ai besoin qu'elle se fatigue et s'endorme, et les nouvelles me donnaient sommeil quand j'avais son âge.

Au journal du soir, sur NBC, les incendies ont gagné du terrain dans les canyons de Californie; la petite Kaitlyn Bellows, douze ans, portée disparue il y a seize semaines, a été retrouvée vivante; le sale secret de ce que deviennent nos déchets recyclables est enfin révélé; les revendeurs de billets de concert s'exposent à des amendes élevées. Des histoires d'adultes d'un ennui total. C'est parfait.

Dans le lavabo de la salle de bains, trois nounours en gélatine sont immergés dans l'eau. Rouge, orange, jaune. Ils ont triplé de volume. Je me souviens que je faisais tremper des nounours en gélatine quand j'étais petite. Ce qui est marrant, c'est que tout le monde se remet à le faire au lycée, à la différence près que c'est dans la vodka. Je crois que c'est vrai que *Tout ce que j'ai besoin de savoir, je l'ai appris au jardin d'enfants*[1]. Je ne sais pas depuis combien de temps ces nounours trempent, mais ils ont l'air prêts à se désintégrer. Il faut que je rappelle leur existence à Millie. Elle voudra les voir avant qu'ils ne se liquéfient.

L'armoire à pharmacie des Fiore est hallucinante. Les parents devraient mettre leurs médicaments sous clé quand ils ont de jeunes enfants à la maison, franchement. Là, tous les éléments d'une tragédie sont réunis. L'ibuprofène et le sirop contre la toux peuvent être dangereux pour les petits. Mme Fiore devrait faire attention. Les parents doivent prendre l'entière responsabilité des choses qui arrivent.

Ils ont du Benadryl. L'autre jour, à la radio, dans une émission du matin, des auditeurs appelaient pour déplorer que prendre l'avion était devenu insupportable, entre les sièges de plus en plus étroits et la grossièreté des passagers. Un type a raconté que sa femme et lui donnaient du Benadryl à leurs enfants pour les faire dormir pendant le vol. L'animateur a dit que c'était sans doute une très mauvaise idée. J'ai dû prendre du Benadryl une fois, quand j'avais neuf ans, à cause d'une piqûre d'abeille. En deux secondes chrono, j'étais K. O.

Je pourrais en piler un et mélanger la poudre de Benadryl à de la glace. Je suis sûre que les Fiore en ont au congélo. Toutes les familles heureuses en ont, même celles qui sortent prendre des glaces au yaourt. Surtout celles-là. Millie s'endormira, je pourrai monter à l'étage, et personne n'en saura rien.

---

1. Robert Fulghum est un auteur américain, notamment du livre intitulé *All I Really Need to Know I Learned in Kindergarten.*

Je pose un comprimé sur le dessus du meuble à côté du lavabo et je l'écrase délicatement avec le cul d'un flacon de sirop. Maintenant, il me faut juste un récipient pour la poudre. Les tiroirs sont sens dessus dessous. Millie devrait emporter ce bazar à l'école et le distribuer.

Un étui à lentilles de contact ! Vide. Pile ce qu'il me faut. J'y glisse le Benadryl en veillant à n'oublier aucun grain de poudre.

–Millie ? dis-je en entrant dans le salon. Tu as oublié que tu avais mis des nounours à tremper ? Ils sont sur le point de...

Je m'arrête pour regarder une photo au mur, de Nico petit, à bicyclette. Trop chou. Ses cheveux ondulés étaient plus clairs, presque platine, et en bataille.

– Eh, Millie ? Si on se prenait de la glace ?

J'espère qu'ils en ont au chocolat. Soudain, j'en ai super envie. Je suis sûre que la poudre blanche s'y mélangera bien.

Millie a cessé de construire ses douves. Elle est pelotonnée sur le canapé, sous une couverture Bob l'éponge, et dort à poings fermés. Elle dort ! Le nez dans un hippopotame en peluche.

Je reste quelques instants debout près d'elle et je la regarde respirer, profondément et régulièrement. Les nouvelles racontent le sauvetage miraculeux de Kaitlyn Bellows, retrouvée dans une cabane de rondins du Vermont. Les flics devraient systématiquement fouiller les cabanes de rondins du Vermont quand quelqu'un disparaît. Dans les films, c'est toujours là que finissent les gamins. J'attrape une poignée de bûchettes de construction et je les lâche sur le tas de Lego pour faire du bruit, mais Millie ne tressaille même pas.

–Je ne crois pas que le tunnel devrait être là. Je vais le mettre *ici*, dis-je en pointant vers l'autre côté de la ville en Lego.

Pas de réponse. Millie s'est écroulée comme seuls les petits s'écroulent : d'un coup, et profondément.

Alors, elle ne le verra pas, hein, si je retire le sweat-shirt de Laney de la chaise et que je le serre contre moi ? Elle ne le saura pas non plus, si je l'enfile ou si je fais un selfie avec.

Et qu'est-ce que ça peut bien faire, même, si je monte l'escalier ? Si je suis au premier étage et si j'ouvre toutes les portes ? Ou si je suis dans la chambre de son frère ? Bonne nuit, Millie Fiore.

C'est ici que Nico et Laney le font. Les parents de Laney sont à la maison le matin, vu que l'Allegro n'ouvre que l'après-midi. Mais les parents de Nico travaillent de bonne heure : elle est infirmière et lui assistant social. Ils sauvent des vies. Il n'est jamais trop tôt pour conseiller des patients en détresse ou défibriller.

Je caresse les vêtements de vrai garçon de Nico : ses chemises et pantalons d'uniforme sur des cintres dans la penderie, ses jeans et sweat-shirts sur les étagères, son maillot de foot et ses tee-shirts. Ça m'enivre, j'ai la tête qui tourne, je suis encore plus heureuse et plus chanceuse que Kaitlyn Bellows qui a été retrouvée vivante dans une cabane en rondins du Vermont. J'adore tout, dans la chambre de Nico, depuis les barres énergétiques dans un carton à chaussures jusqu'à ses manuels de prépa pour la fac, depuis son mug Dark Vador plein de pièces de monnaie jusqu'à son panier à linge sale qui contient une serviette, des caleçons et une chemise en flanelle. Je remarque un gros élastique jaune sur sa table de chevet. Je l'attrape et le passe à mon poignet.

J'adore le cadre au mur: un collage de photos de lui, Laney et leurs amis. Qui imprime encore des photos, de nos jours? Laney Villanueva, apparemment. Voici celle que j'ai vue en ligne: ils sont à la plage au coucher du soleil et il l'enlace par-derrière. Je me souviens de celle-là aussi, Nico embrassant le chien de Laney. Et j'adore cette photo de Laney prise en vol pendant qu'elle fait un saut en grand écart au-dessus d'un cœur tracé sur le sable. Elle est carrément... waouh.

Je prends des photos des photos, j'enregistre leurs souvenirs pour moi-même. Ce n'est pas du vol s'ils ne perdent rien. Ils ne sentiront rien du tout. Je prends celle-ci: une photo d'eux à un parc aquatique. Il y a un toboggan très haut à l'arrière-plan, avec des gens qui le descendent dans des bouées de sauvetage jaunes. Et celle-là encore: Laney et Nico assis dans des fauteuils de théâtre rouges, programme à la main. *Hamilton.* Mince, j'ai toujours pas écouté *Hamilton.*

Une inscription au coin de la photo coucher du soleil: *Bon anniversaire de 17 ans, Nico! Je t'aime, Laney.*

Et j'adore le fait qu'ils ne se donnent pas des surnoms mièvres. S'ils se la jouaient «Mon cœur en sucre» ou «Mon doudou chéri», je le jure, je ne le supporterais pas, je prendrais mes jambes à mon cou fissa. Mais non, ils sont Laney et Nico, simples et vrais: prends-moi comme je suis! J'exécute une pirouette au milieu de la chambre de Nico, imaginant un cœur gravé dans la moquette à mes pieds.

Leur énergie est là. Je les vois faisant leurs devoirs dans cette pièce, lisant, écoutant de la musique, regardant la vidéo des Sons of Orwell avec papa sur l'ordi de Nico... qui est... sur son bureau...

J'ouvre l'ordi de Nico Fiore et j'effleure les touches qui portent un million de ses empreintes. J'ai l'impression de... de m'introduire dans son esprit. C'est exactement là où je veux être. Sur son écran d'accueil, l'emploi du temps de l'équipe de football de Holy Family. Il a un match à domicile mardi qui vient, et un autre vendredi, à Nazareth High School.

Nico a créé un dossier par matière? Quel bon élève. Ses cours sont rangés chronologiquement, avec des tableaux où il inscrit ses notes. Une moyenne de 96 sur 100 en physique? Je savais qu'il était bon, mais j'ignorais que c'était un cerveau. Est-ce qu'il envisage de faire médecine? Je crois qu'il y en a pour huit ans, plus l'internat. Ce serait dur pour Laney et lui. Mais ils peuvent y arriver. Elle a ses propres objectifs, elle aussi.

Il doit y avoir plus que du travail scolaire, sur son ordi. On a tous un dossier secret, je suis bien placée pour le savoir. Il y a forcément quelque chose de personnel, de croustillant, de délectable – un morceau de choix à se mettre sous la dent.

Peut-être dans ce dossier sans titre? Vérifions. J'ai déjà vu ces images. Une vidéo de match de foot. Une vidéo de répétition de Laney. Le numéro de danse de Laney. L'anniversaire-surprise du père de Nico au restaurant Marone's. Une vidéo de... c'est quoi, ça?

Play.

C'est eux. Laney et Nico sont à l'écran. Je me rapproche. Ils sont allongés sur le dos dans son lit, dans *ce lit*. Ce sont les mêmes draps, bleu clair à l'intérieur, avec la couette bleu foncé et les oreillers blancs. Laney Villanueva et Nico Fiore bien au chaud, ébouriffés, les yeux brillants, et juste là, devant moi.

Nico stabilise la caméra. Il les cadre tous les deux aux épaules, Laney et lui. Elle se cache dans son cou. Il passe le bras sous sa tête et l'embrasse sur le front.

Je monte le volume et j'entends Nico murmurer à l'oreille de Laney: «Fais quelque chose.»

Elle rit.

–S'il te plaît, dit-il. Pour moi.

Je retiens mon souffle. Je suis face à Nico dans sa vérité toute nue –le Nico Fiore intime et secret, avec ses besoins et ses fantasmes de vrai garçon.

–Fais quelque chose, murmure-t-il de nouveau. Je regarderai le film tous les soirs.

Laney enfonce la tête dans le tee-shirt gris de Nico, couvrant ses yeux. Elle se délecte de cette mission, elle l'adore. Elle réfléchit, prend son temps. Il le lui accorde, mais il est inquiet, excité, et sa respiration s'accélère. Elle va faire quelque chose. Pour lui. Pour moi. Il enroule une mèche de ses cheveux autour de son doigt tout en regardant son profil dans la caméra. Quel effet ça fait de rendre dingue Nico Giovanni Fiore?

J'attends, j'attends; Nico attend, attend. Je n'en crois pas mes yeux et je n'ai aucune idée de ce qui va se passer –quelque chose de tellement délectable –c'est tout juste si Nico ne bave pas.

Alors, un sourire s'esquisse au coin des lèvres de Laney. Elle se tourne pour fixer l'objectif. C'est comme si elle me fixait moi, droit dans les yeux, me pénétrait de son regard doux et profond. Nico lui caresse le haut de la tête. Il n'en peut plus, c'est une torture. Comment fais-tu, Laney? *Apprends-moi.*

Il la regarde qui porte la main à son épaule gauche et baisse lentement, très lentement, la bretelle. Il l'embrasse sur la tempe. La caméra tremble.

Nico murmure encore des paroles que je ne distingue pas. Qu'est-ce que tu veux, Nico? De quoi as-tu besoin? Si seulement j'entendais... Laney bouge, se retourne sur le ventre. La caméra chavire. Oreiller. Montant du lit. L'arrière de sa tête. Il est sur le dessus, à présent, et la regarde. Il écarte la chevelure soyeuse de Laney de son dos comme s'il ouvrait un rideau. Elle gigote sous lui.

Très délicatement, effleurant à peine son épaule, il abaisse son autre bretelle.

Il marque une pause.

Du bout de l'index, il trace un trait court sur sa peau si lisse, puis un autre, plus long: *Y*. Un cercle, ensuite: *O*. Son doigt plonge puis remonte: *U*. Encore un trait, une courbe, une diagonale: *R*. Il se penche, l'embrasse derrière l'oreille pour ponctuer le mot. Nico continue, son index serpente: *S*. Un autre trait accolé de deux diagonales; un tout droit; un qui monte + un qui descend + un qui monte: ... *K*... *I*... *N*. Un autre baiser, qui boucle le deuxième mot. Il la touche de nouveau, dessinant des traits droits, des diagonales, des courbes: *M*... *A*... *K*... *E*... *S*. Nico l'embrasse une troisième fois, en gémissant. Je sais ce qui va venir. Je reconnais les paroles. J'entends la mélodie dans ma tête. *M... E.* Il se redresse. Son doigt termine la phrase : *C... R... Y*[2].

Elle se retourne pour l'embrasser. La caméra s'agite. Draps bleus. Plafond. Lampe.

Je suis submergée par une prise de conscience en cascade : je glisse sous les couvertures de Nico Fiore. Je suis dans le lit de Nico Fiore. Je goûte au baume à lèvres à la fraise de Nico Fiore. J'enfonce la tête dans les oreillers de Nico Fiore. Que puis-je faire ? Je n'ai pas d'autre choix que de visionner la vidéo de nouveau.

---

2. *Your skin makes me cry* : « Ta peau me fait pleurer », phrase tirée de la célèbre chanson de Radiohead, *Creep*. Le titre original du roman, *Creep: A Love Story*, y fait référence.

19

Je sens un parfum de roses et lève la tête : un gros bouquet aux parfaits boutons rose poudré approche de mon comptoir. J'aimerais le caler au creux de mon coude et saluer, debout sur un char de défilé.

– Livraison pour… (Le coursier consulte son bloc à pince.) Laney Villanueva.

Ohhh ! Je tends les bras. Les roses sont lourdes ; elles ont des tiges épaisses et des épines aussi recourbées que des griffes de chat. J'inhale leur parfum.

– Signez ici, s'il vous plaît.

Je m'exécute d'une main tremblante.

– Bonne journée, mademoiselle.

L'enveloppe agrafée à l'emballage de cellophane a une étiquette dorée de chez Blue Grove, le fleuriste. Je n'ai aucun mal à ouvrir l'agrafe avec l'ongle de mon pouce. Je sors la carte, blanche avec des cœurs rouges dans le coin.

Pour Laney ma très belle,

Tes préférées – roses comme tes chaussons de danse. Merci pour la plus belle année de ma vie. Heureux 1er anniversaire ! Je t'aime tant et pour toujours.

Ton Nico

C'est l'écriture de Nico, penchée sur la droite, appliquée, témoignant d'un effort particulier pour la ponctuation. L'autre jour, quand il a rangé son casier, j'ai récupéré certains de ses papiers dans la corbeille : des fiches de questions pour préparer le test de placement avancé en Histoire de l'Europe, une liste des personnages d'*Othello*, des infos sur le Théâtre du Globe de Shakespeare. Il aime bien les listes à puces, il en fait dans toutes ses notes de cours. Il trace le contour du petit rond avec la pointe d'un crayon noir très pointu, puis il le remplit.

• Le Globe fut construit en 1599 par la troupe de Shakespeare, les Lord Chamberlain's Men.

Nico a dû aller chez le fleuriste en personne pour commander ces fleurs. Imagine Nico Fiore entrant chez Blue Grove, demandant une douzaine de roses couleur chaussons de danse, puis choisissant la carte parfaite sur le présentoir. Si ce n'est pas un processus en dix étapes, cet achat ! Excellent travail pour un vrai garçon.

La photocopieuse bourdonne, déjà prête à l'emploi. Je photocopie la carte en couleur pour avoir les cœurs rouges et la teinte exacte de l'encre de Nico. Je découpe le papier selon les contours de la vraie carte, en suivant même l'arrondi des coins. Il tient dans mon portefeuille, derrière ma carte de bibliothèque. Je remets l'original dans l'enveloppe. L'agrafeuse du bureau est de la même taille que celle du fleuriste. Je parviens à agrafer dans les trous existants.

Laney s'endormira avec ces roses dans un vase sur sa table de nuit. Ses rêves seront emplis de leur parfum. Je passe les doigts autour de chaque bouton: un, deux, trois, quatre, cinq, six, sept, huit, neuf, dix, onze, douze, treize. Treize? Est-ce une erreur? Il devrait y en avoir douze, non? Ils en ont mis une en plus.

Le bouquet est suffisamment fourni. Pas grave si j'en prends une. Laney sera tellement heureuse, ça ne lui fera pas défaut. Celle-ci. C'est la plus petite, et de toute façon elle est cachée par les grandes. C'est sans doute pour ça qu'elle s'est retrouvée là. Tellement petite qu'elle est passée inaperçue. Si je la prends, elle recevra l'attention qu'elle mérite. Et moi, j'aurai ma petite part de Laney et Nico.

–Tu sens si bon, jolie petite rose, dis-je. Joyeux anniversaire, ta Rafi.

Je la cache soigneusement dans mon pull. Je vais l'emporter à mon casier et la mettre dans ma bouteille d'eau.

La sonnerie retentit pendant que je rassemble mes affaires.

–Ah! Elles sont arrivées!

Nico, sur le pas de la porte, sourit jusqu'aux oreilles.

Je n'arrive pas à le regarder. Si je le regarde, il lira sur mon visage que... nous avons partagé un moment d'intimité. Que je suis entrée sous sa couette, que je l'ai vu baisser la bretelle de Laney, l'ai regardé tracer un S entre ses omoplates. Il saura que j'ai fait une vidéo de cette vidéo, et que je l'ai déjà revisionnée à maintes et maintes reprises chez moi.

–C'est à toi? je lui demande. Je me posais la question.

–Ouep. Il prend le bouquet. Enfin, c'est pour Laney. C'est l'anniversaire de nos un an.

«Fais quelque chose. Je regarderai le film tous les soirs.»

Il ferme les yeux et inspire leur parfum. La cellophane crépite dans ses bras.

Et s'il avait commandé treize roses? Et s'il les recomptait? Ce serait bien le genre de Nico d'en commander une de plus, pour la chance. Une de plus pour te prouver mon amour. Une de plus pour te dire que tu es ma seule et mon unique. Une de plus pour représenter une vie ensemble.

–Elles sont vraiment jolies, non? dit Nico, rayonnant.

Il ne va pas les recompter. Il est ravi de ces roses telles qu'elles sont.

–Elles sont très belles, dis-je.

Il passe le pouce contre un bouton de rose.

–Eh, Rafi. (Il baisse le ton.) On sera peut-être un peu en retard, Laney et moi, demain matin...

Je dois être rouge comme une tomate. Je jette un coup d'œil vers le bureau du père Philip. Il est absent.

–J'arrangerai ça.

–Ouais?

Tant de reconnaissance se lit dans les yeux chaleureux de Nico.

Oreiller. Montant du lit. L'arrière de sa tête. Je ne peux pas m'empêcher d'y repenser.

–Bon anniversaire, dis-je.

–Merci. (Nico me sourit et mon cerveau entre en surchauffe.) Faut que je file !

Nico Fiore sort en trombe du bureau principal et plonge dans le chaos du couloir. Les pans de sa chemise sortent de son pantalon quand il lève le bouquet de roses pour fendre la foule. J'inscris cette image dans ma mémoire –je la plie soigneusement, en deux, puis en quatre, puis en huit, et je la range tout au fond de mon cœur. Quand je serai une vieille dame, je la rouvrirai pétale après pétale, et je me sentirai jeune en revoyant Nico Fiore dans son élan.

20

Il existe une méthode pour examiner un espace aussi étendu que ce mur de parpaings. Lorsque des équipes de secours sont à la recherche d'un corps, des groupes de bénévoles quadrillent le terrain selon une grille qui attribue un secteur précis à chacun pour garantir que pas un seul pouce de terrain ne soit négligé. J'essaie d'appliquer la méthode à cet escalier en lisant les parpaings un par un, à partir du coin en bas à gauche.

Sur les parpaings A3 à A6 compris, il y a surtout des couples des premières années de Holy Family: «Michelle et Greg pour toujours et pour la vie», «Vi' + Mike 88», «Paul aime Bobbi 86», «Holy Family craint un max». Surtout. Mon dernier truc, c'est de noter les noms pour les chercher ensuite dans les vieux albums de l'année. Hier, énorme succès! J'ai trouvé Cheerie et Kevin 89. Ils étaient Seniors cette année-là. Il y a une photo d'eux avec des copains en classe de neige à Frost Valley, sur une luge, page 44: ÉLÈVES

DÉVALANT JOYEUSEMENT LA COLLINE RABBIT RUN ENNEIGÉE. Grands sourires, mitaines-grenouilles vertes, écharpe des Jets de New York, cheveux permanentés, cache-oreilles. Ça me nourrit l'âme de voir leurs visages. Et pourtant, je me creuse de nouveau de l'intérieur, assaillie de questions: où sont-ils aujourd'hui? Est-ce qu'ils ont gardé le contact? En ont-ils encore quelque chose à faire?

Laney et Nico vont se retrouver sur le toit aujourd'hui, j'en suis sûre. C'est leur premier anniversaire. Ils ont besoin de temps seuls tous les deux. Et moi, j'ai besoin d'être là. Nous fêtons l'anniversaire. Je pousse la lourde trappe métallique, me hisse et sors, laissant le loquet claquer derrière. Je n'ai pas peur de devoir descendre par la gouttière. Tout ce qu'ils ont fait, je le ferai. Mes poumons s'emplissent d'air frais. Je suis fière du toit. Il n'y aurait pas de *Neuvième période sur le toit* sans moi.

J'entends la poignée tourner. Ils sont en avance. Les gonds grincent. Je me glisse derrière deux machines de chauffage et refroidissement, recule tout au fond et plaque le dos contre la brique. C'est moi qui ai créé leur moment secret ici. J'ai le droit de le partager, ne serait-ce qu'un petit peu. La trappe s'ouvre, puis se referme lentement. C'est parti. Les yeux de Nico. La fossette de Laney. Le bout de ses doigts. Sur sa *S... K... I... N.*

–T'es là, gros? lance une voix.

Ce n'est pas Nico. De lourdes godasses traversent le toit, jusqu'à l'autre coin.

–Dorian?

Il appelle Matt Dorian, le Plus musicien.

La trappe s'ouvre de nouveau, puis se referme. Des pieds chaussés de sneakers s'arrêtent à moins de cinquante centimètres de moi.

–Metal?

C'est Matt Dorian, cette fois. Le premier gars est Joey Metalia, son pote qui fait du stand-up. Ils vont tout foutre en l'air, ces deux-là.

–Eh, je t'ai pas vu de la journée, dit Metal. Comment va ton daron?

Un briquet crépite. Je sens l'odeur d'une flamme.

–C'est mauvais, mec, c'est mauvais. Clavicule cassée, trois côtes contusionnées.

–Oh putain. Je suis désolé.

De la fumée de beuh flotte jusqu'au-dessus de ma tête. Je plonge le visage dans mes bras et respire dans mon blazer. Cassez-vous, les camés. Si Laney et Nico vous voient, ils risquent de repartir.

Je remue les orteils pour activer ma circulation, et contracte et détends les muscles plusieurs fois de suite. La dernière fois que je me suis cachée, c'était dans la Volvo de M. Bryant. Il ne verrouillait jamais ses portières – son unique mauvaise habitude. C'était douillet à l'intérieur, comme un cocon. Il y avait de la lecture: un *Chair de poule*, *Elles sont belles mes casquettes*!, des livres de dinosaures, *Les Requins*, et des catalogues de vente de déco et de linge de maison. Les catalogues, j'en avais pris quelques-uns pour Gran – les bons de réduction n'ont pas de date limite, dit-elle toujours.

–Et son vélo ? demande Metal.

–Foutu.

–Ah, merde.

Il y avait un paquet de sablés au beurre Lorna Doone ouvert, aussi, dans la voiture de M. Bryant, avec un sachet entier non entamé. Je n'en avais pas mangé depuis que Gran était devenue vieille et qu'elle avait troqué les sablés au beurre contre ses génoises fourrées. Ils étaient délicieux, les sablés au beurre de M. Bryant.

–Merde, c'est l'heure, dit Dorian. Mme Fleiss va me tuer.

J'espère. Comme ça, il ne viendra plus sur le toit.

–T'as pas fait le devoir ? demande Metal en recrachant la fumée.

–Nan. Pourquoi, tu l'as fait, toi ?

–Je l'ai rendu hier.

–Sans déc ?

–Obligé. Si elle me recale, je perds toutes mes dates en club et je suis niqué.

–J'suis mort, gros.

La sonnerie retentit dans le bâtiment. Je sens les vibrations dans le sol. S'ils ne se décident pas à partir, je vais les pousser du toit moi-même.

Ils tirent chacun une taffe, puis Metal écrase le joint sous son talon.

–Ramasse-le.

–C'est bon.

–Ramasse bien tout.

–C'est ce que je fais, mec.

Metal et Dorian s'éloignent en traînant des pieds. La trappe bâille en grand puis se referme lourdement. *Clic!* Merci, mon Dieu. Je pousse un soupir et m'étire; la fumée se dissipe.

J'ai les genoux raides et rouillés, comme dit Gran. Camille Fiore, Gran et moi: on est les nouvelles Golden Girls. Je pose une main sur la grosse machine qui bourdonne et commence une série de pliés en première position. Suivie d'une de grands pliés. Deuxième position, grands pliés sur demi-pointes. Je suis Laney Villanueva. Regardez-moi: relevé, balancé, piqué tourné. *Je m'y vois presque...* Me voici, volant à travers la salle. Les petits me regardent, le nez collé à la vitre. Ils m'admirent, ils veulent être moi quand ils me voient décrire une dernière arabesque...

La poignée de la trappe bouge derrière moi. Ce sont eux pour de bon, cette fois-ci. Je m'accroupis de nouveau, sans quitter des yeux la trappe qui s'entrouvre. Haletante, je me recroqueville derrière les machines et replie les jambes.

–C'est vraiment superbe. Tellement professionnel. La chorégraphie est hyper-originale, elle est divertissante et, bien sûr, elle est parfaitement exécutée.

Nico.

–Mais l'éclairage, tu crois pas que je devrais...

Laney.

Ils sont là. Le Couple le plus mignon, et le parfum d'une douzaine de roses roses qui perce les glauques effluves de Dorian et Metal. Le soleil a baissé dans le ciel, et je vois leurs ombres sur le ciment. Je me sens de nouveau dans un cocon, mais galvanisée, aussi. Nous sommes enfin seuls.

–Non, non, non. Ne change rien, dit Nico. Ça marche très bien comme ça, assez sombre quand tu commences, dans ta posture de début, et plus clair ensuite, quand tu termines près de la fenêtre. C'est parfait.

–Mais ça pourrait détourner l'attention.

–Tu ne l'as pas fait exprès ?

–Non, c'est juste l'éclairage qui était comme ça à ce moment de la journée.

–J'ai cru que c'était voulu, parce que ça fonctionne bien avec l'ensemble de la composition, le thème du film muet et la progression de la choré.

–Vraiment ? demande Laney.

–Oui. Là ça y est, c'est la bonne. Tu n'y touches plus, d'accord ? répond Nico. C'est la version gagnante.

–OK.

–Fin prête, alors ? demande Nico. On y va ? On l'envoie ?

–Oui. On l'envoie !

On. Leurs ombres se rapprochent l'une de l'autre, ne laissant qu'un trait de lumière entre elles.

–Félicitations, dit Nico.

–Dis pas ça ! Tu vas me porter la poisse.

–Impossible. Ils vont t'adorer.

–J'espère.

Ils se taisent, maintenant. J'attends. Il attend. « Fais quelque chose. S'il te plaît. Pour moi. »

–Tu te souviens quand je t'ai dit que ça n'avait pas d'importance où je serais prise, que je serais heureuse dans n'importe quel cursus de chorégraphie ? demande Laney.

–Ouais.

–J'ai menti.

–Je sais.

–Je veux dire, bien sûr, je veux que ma vidéo plaise à San Francisco et Boston, je veux avoir le choix. Mais j'aimerais vraiment que mon audition se passe bien. Je veux aller à NYU.

Je me souviens quand je regardais Laney s'examiner dans le miroir de l'Allegro. Je n'arrivais pas à imaginer ce qu'elle ressentait en voyant ce reflet. Bientôt, elle entrera dans une salle de danse de NYU et se verra dans un nouveau miroir. Nico choisira une fac à New York. Ce sera l'automne à Manhattan, un nouveau départ. Elle portera des bottes marron, et elle aura mis ses pointes dans son grand fourre-tout. Nico, en caban et gros pull en laine, la retrouvera au coin de la rue. Ils auront leur restaurant habituel et s'y dirigeront sans avoir à se le dire.

–Alors, répond Nico, on va prier pour ça.

Leurs deux ombres se fondent en une seule. Je suis toute chaude à l'intérieur. Laney rit.

–Qu'est-ce qu'il y a ? demande Nico.

–La « composition et la progression de la choré » ?

–Qu'est-ce qu'il y a de drôle ?

–Tu es très technique.

–La danse a son vocabulaire, rétorque-t-il d'un ton taquin. C'est une fille qui m'a appris ça. C'était une bombe, d'ailleurs.

–Ah oui, vraiment ?

–D'après mes souvenirs.

Ils s'embrassent. Leurs bouches et leurs âmes s'unissent. Je me touche les lèvres.

–Excuse-moi, mais euh… je sens une odeur de beuh.

–Metal et Dorian, disent-ils en même temps.

C'est officiel, ces deux-là, je les déteste.

Laney soupire.

–On devrait y aller, non?

–Dans une minute. On regarde ta vidéo encore une fois.

–OK. Encore une fois.

J'entends la musique de Laney, un air de jazz, ou est-ce plutôt du blues? Je crois que c'est Etta James, parce que ça ressemble à une chanson que mettrait Poppy. Je ne savais pas que ses goûts musicaux étaient si cool.

La bande-son de Laney déferle sur ma tête, un rythme émouvant qui va et vient en tanguant.

–Ah, c'est vraiment beau, dit Nico. J'adore ce début.

–Merci, répond Laney. Je l'ai changé huit ou neuf fois, mais là, finalement, il est juste.

La voix passionnée d'Etta emplit l'air.

–Là, c'est mon phrasé préféré.

–Ah, j'en étais sûr. Et j'adore cette pirouette avec une main en l'air et l'autre sur ton cœur, c'est magnifique, Laney, dit Nico.

–Merci. Ce passage, je ne l'ai jamais changé.

Mentalement, je la vois tourner sous le projecteur, puis s'arrêter net. Elle ouvre ses bras si expressifs, puis les referme sur sa poitrine. Et soudain, j'ai la nostalgie de mes huit, neuf et dix ans, sans savoir pourquoi. J'étais déjà incomplète à cette époque, quand je regardais les enchaînements de huit figures de Laney se fondre entre elles dans le mouvement, rêvant de toutes mes forces que sa beauté s'infiltre dans les pores de ma peau.

À l'automne prochain, les samedis après-midi, Laney Villanueva et Nico Fiore s'installeront dans un coffee-shop de Greenwich Village avec leurs nouveaux copains de fac, ou parfois sans. Dans un cas comme dans l'autre, tu pourras les trouver là-bas.

Etta James chante qu'elle préférerait perdre la vue plutôt que perdre son amant. La contrebasse vibre sourdement au-dessus de moi. Écoute les battements de mon cœur qui se calent sur le rythme de la chanson de Laney.

– Ce passage est tellement fort. Tu vois cette ligne qui s'étire de ta main au bout de ta jambe ? dit Nico. J'adorerais avoir une photo de cette posture-là.

Je pourrais la photographier. J'aimerais tellement. Il faut que je le fasse. Je le ferai, exactement comme Philippe Turpin. À la maison, j'ai la brochure de l'Allegro scotchée sur mon miroir. Certains soirs, je regarde longuement la photo de Laney suspendue en plein vol, jusqu'à ce qu'elle se réduise en pixels. Je m'endors comme ça, avec son image qui se dissout en points gris. C'est vraiment bizarre, mais plus je la scrute, plus elle est difficile à voir.

21

«Mandy & Ryan 2009», «Lina M Michael», «R. U. + J. L. pour toujours». On dirait que les noms se multiplient de jour en jour. C'est une croûte que je n'aurais jamais dû commencer à gratter, parce que maintenant, je suis incapable d'arrêter. Il faut que je trouve maman et papa. Ou alors que je sois sûre qu'ils ne sont pas sur le mur. Dans un cas comme dans l'autre, je veux savoir. Faut-il forcément que j'aie une raison?

«Anita & Tom» étaient à Holy en même temps que mes parents. J'essaie de me rappeler si j'ai déjà entendu leurs noms, si maman en a jamais parlé. Je crois que non. Je ne peux pas en avoir la certitude. Mais ils ont dû connaître ma mère. Tout le monde adorait Bianca. Elle figure dix-sept fois dans l'album de l'année où mes parents étaient Seniors. *Dix-sept.* Souriante à chaque fois.

Il y a un numéro de téléphone sous le nom d'Anita, sur le parpaing E4. Je n'ai toujours pas compris pourquoi ces gens voulaient que leur numéro soit là. Je ne comprends pas, mais je compose le numéro. Ça sonne. Je monte en haut de l'escalier pour avoir un meilleur signal.

–Allôôô! répond un homme à la voix enjouée.

–... Bonjour. (Je ne reconnais pas ma propre voix.) Je cherche Anita?

–Anita a quitté le nid. Je suis son père, dit-il, fier d'être le père d'Anita. Qui est-ce?

–Bianca, dis-je. (Ça me fait bizarre d'entendre le prénom de maman sortir de ma bouche.) C'est Bianca Wickham. J'étais à Holy Family avec Anita.

–Ah, une de ses anciennes copines de classe?

Je ne sais pas. Le suis-je?

–Oui.

–Super! Nageuse ou fêtarde?

–Ah, euh, nageuse.

–Dommage. Vous auriez dû en profiter tant que vous aviez le temps! (Le père d'Anita éclate de rire. C'est un père de la meilleure espèce, celle qui rit de ses propres blagues.) Cette histoire d'âge adulte, ça craint un max, pas vrai?

Maman serait entièrement d'accord.

–Oh que oui.

–Vous ne pouvez pas dire qu'on ne vous aura pas prévenues. Enfin, ça va faire quatre ans, maintenant, qu'Anita est partie vivre en Virginie. C'est compliqué, Long Island, pour les jeunes familles. Et vous, vous êtes toujours dans le coin?

–Oui, toujours dans le coin.

–Ah, ben tant mieux pour vous si vous y arrivez. Ici, tout augmente de minute en minute. Oups! On vient de prendre encore deux pour cent ! (Il glousse.) Bref, Anita est à Norfolk, mais elle a laissé une espèce de chien tout plissé qui bave, si ça vous intéresse. Adoptez, n'achetez pas ! comme on dit. (Il soupire.) Je plaisante. Il est attachant, ce fichu clébard. (Le chien aboie en arrière-plan.) Comment puis-je vous aider, ancienne amie nageuse d'Anita ?

Tom est-il avec Anita ? Est-elle toujours en contact avec Tom ? Qu'est devenu Tom ?

– Oh, rien de spécial, en fait, dis-je.

– Un message à lui donner ? Des tuyaux pour le dos crawlé ? Un conseil pour le papillon ? Elle nage toujours. Il fait bien meilleur là-bas. Il y a plein de piscines et de jours de soleil.

Connaissiez-vous ma mère et mon père ? Comment étaient-ils ? Est-ce que tout le monde les enviait ?

– Non... pas de message, merci, M.... euh, père d'Anita.

– Vous voulez que je lui donne votre numéro de téléphone pour qu'elle vous rappelle ? À moins qu'elle ne puisse vous trouver sur Facebook. Une seconde, je vais chercher un crayon pour noter vos coordonnées. On pourrait croire que j'aurais appris à garder un crayon près du téléphone, mais je suis obtus. Ne quittez pas.

Je m'assieds lourdement sur la dernière marche et j'imagine le père d'Anita au vieux restaurant Apollo après une rencontre de natation, avec les camarades d'équipe d'Anita et leurs parents, parce que, bien sûr, c'était un parent de la communauté.

– OK. Je vous écoute, dit-il. Bianca ? Toujours là ?

Je raccroche. Je regrette aussitôt. J'aurais dû lui poser mes questions. Il aurait été ravi de me répondre. Il est tellement heureux, le papa d'Anita qui est à la maison à 14 h 51. Anita peut rentrer quand elle veut. Son père, son chien et son ancienne chambre avec ses médailles de natation au mur n'auront pas bougé. Il y a tant de choses que j'aurais dû demander au père d'Anita.

22

J'ai une nouvelle enveloppe de maman dans notre boîte aux lettres. C'est une carte avec la photo d'un bouledogue qui porte un nœud rose.

Salut Rafi,

Sortons dîner pour mon anniversaire. Je peux passer te chercher à l'école ? J'espère que ta semaine se passe bien. Je t'envoie un peu de sous. Selfie, STP !

Je t'aime,

Maman

Seulement cinq dollars. Mais ça va, vu qu'elle vient bientôt. Je lui texte de ne pas passer me chercher à Holy Family parce que le parking est blindé, et que je veux qu'elle me retrouve au restaurant.

Du temps de maman et papa, l'Astro s'appelait l'Apollo. Il avait un revêtement de briques en façade, un sol poisseux et des tables graisseuses à l'intérieur. Maman m'a raconté qu'elle prenait toujours un sandwich fromage grillé-tomate, et papa le cheeseburger bacon. Quand les nouveaux propriétaires ont changé Apollo en Astro, l'enseigne a eu droit à un logo en forme de fusée, et l'intérieur à des fresques murales de la Terre et d'autres planètes vues de l'espace. Maman ne l'a pas vu refait. Ça va lui plaire.

–Salut, Gran. (J'accroche ma veste et je retire mes mocassins. J'ai encore oublié de chercher *Penny Loafer* sur Internet. Une vraie feignasse.) T'as passé une bonne journée?

–Il y a une Spéciale Invité d'honneur aujourd'hui, dit Gran. Viens t'asseoir. C'est Brooke Shields.

–C'est super, Gran. Tu l'aimes bien, Brooke Shields. J'ai des devoirs à faire, mais je te rejoins dès que j'ai fini.

Je jette un coup d'œil au frigo. On a des boulettes de poulet surgelées. Je peux faire des pâtes pour aller avec, c'est rapide, et ça me laissera le temps de me détendre un peu.

–Tu sais, le Couple le plus mignon que j'ai photographié pour l'album de l'année? je demande en tournant la tête.

–Brooke Shields! répond Gran.

–C'est leur anniversaire aujourd'hui. Ça fait pile un an qu'ils sont ensemble, dis-je en lui apportant une banane. Tiens, pour ton potassium.

Elle l'attrape à l'aveuglette, les yeux toujours rivés sur l'écran.

–Merci, Bianca.

–Moi, c'est Rafi, Gran. Tu te souviens que j'ai pris leur photo sur le toit? Tu sais si papa et maman allaient sur le toit? Ou dans l'escalier?

–Elle a joué dans *Le Lagon bleu* en 1980 avec ce Christopher Atkins. Il était tout nu, à part un bout de tissu pour couvrir ses parties intimes, poursuit Gran, clouée à la télé. Pauvre petite, avec sa mère tyrannique.

Elle secoue la tête. J'insiste:

–Le toit de Holy Family, Gran, ou l'escalier. Est-ce que maman et papa se retrouvaient là?

–Ils se retrouvaient partout où ils pouvaient, c'était bien le problème. Partout! Dans notre dos, la plupart du temps. (Gran épluche sa banane.) On aurait dû l'envoyer à ce collège pour filles, Our Lady je sais plus quoi.

–Our Lady of Grace, je complète.

–Oui, c'est ça!

Our Lady of Grace: le chemin qu'ils n'avaient pas pris. Les possibilités non advenues pèsent encore sur Poppy et Gran, et peut-être sur maman aussi. Bianca dans un institut de jeunes filles? Je suis incapable de l'imaginer. Ils se disputaient à ce sujet ici même, dans ce salon. Gran et Poppy menaçaient de l'y envoyer chaque fois qu'elle dérapait. Maman piquait une crise et promettait de filer droit. Ils cédaient. Elle faisait un effort pendant quelques semaines, et puis elle recommençait… un drame à répétition jusqu'à la fin de sa scolarité. Pauvres Poppy et Gran.

–Où est Poppy? je demande.

–Tu sais, soupire-t-elle, en train de bricoler ses bidules. *Le Lagon bleu*… mais ils ne se rendaient pas compte, ou quoi? Elle est toute nue dans ce film!

J'ouvre la porte du garage.

–Salut, Poppy.

Il lit *Local Boat and Auto*, perché sur son tabouret.

–Hello, jeune fille ! Viens me lire ce numéro, tu veux bien, Rafi ? (Il pointe la page du doigt.) Il faut que je mette une ampoule plus forte, ici. L'après-midi, le soleil passe de l'autre côté de la maison.

–Et il fait ça tous les jours, j'acquiesce.

–Certes.

Je prends le magazine et je lis la petite annonce.

–Reese Motors ?

–C'est ça. Gary Reese et ses fils. Dommage que ses fils n'aient jamais rien pigé aux voitures. Tout ce qui les intéressait, c'était de taper le ballon et d'entrer dans des fraternités[1].

Je lis le numéro de téléphone à voix haute, et Poppy le note.

–Et les horaires ? Qu'est-ce qu'il y a marqué, dans le coin ? demande-t-il en ajustant sa lampe.

–Il y a marqué de 8 heures à 16 heures.

–De 8 à 16, hein ? (Il se gratte l'oreille.) Évidemment.

L'horloge affiche 4:09.

–Désolée, Poppy, dis-je. Tu pourras essayer de les joindre demain matin.

–À 8 heures pétantes, dit-il. Un appel sans réponse, c'est une vente loupée. Ne l'oublie pas.

–Maman va fêter son anniversaire avec moi, dis-je à Poppy, qui est en train de ranger du petit outillage sur un tableau perforé. On se retrouve à l'Astro après les cours.

1. Les « fraternités » sont des associations d'étudiants non mixtes, qui existent depuis le XIXe siècle aux États-Unis. Beaucoup portent des initiales grecques pour nom, à l'instar de la toute première : Phi Bêta Kappa. Il existe aussi des sororités, qui sont des associations d'étudiantes.

–Ah, fait-il en hochant la tête. C'est déjà cette date de l'année, hein? Il lève un boulon terminé par un anneau. T'en aurais pas vu un autre comme ça quelque part?

Je regarde autour de moi vite fait.

–Non.

Il n'a pas envie de parler de Bianca. Il a toujours peur que je me fasse de faux espoirs, avec elle. Mais c'est différent cette année, maintenant qu'elle a ce travail de bureau. C'est ce dont elle avait besoin pour renforcer sa confiance en elle. Le petit coup de pouce qu'il lui fallait pour que les choses se mettent en place. Et puis c'est elle qui m'a invitée, cette fois-ci. Je ne lui ai pas demandé de venir dîner avec moi. C'est un progrès.

–Tant qu'on l'aura pas retrouvé, il faudra regarder où on met les pieds. Ça peut faire mal, l'air de rien, de marcher sur cette cochonnerie.

Il range l'unique boulon à œillet dans un tiroir transparent.

–OK, Poppy.

–Et méfie-toi des garçons des fraternités, avec leurs soirées à la lambda-bêta-thêta-hop-là, tu m'entends?

–Merci, Poppy, dis-je en tournant les talons pour rentrer. Je ferai attention.

23

Laney Villanueva et Nico Fiore sont là, en retard comme prévu. Ils avancent vers moi. Elle tient une paire de sneakers dans ses bras. Une tenue de gym, une gourde. Lui porte son sac à dos noir et son sweat violet, celui aux poignets râpés qu'il met le matin quand il fait frais et se retrouve à trimbaler en rentrant l'après-midi, s'il fait doux. Leurs cheveux mouillés, leurs mains étroitement enlacées. Tout en eux proclame: *On a fait l'amour!*

Derrière eux, les lettres sur le verre exhortent: HOLY FAMILY HIGH SCHOOL: SOYEZ LUMIÈRE! Laney Villanueva et Nico Fiore sont en flammes, et moi en combustion.

–Bonjour! dit Laney, s'approchant de mon comptoir d'un pas vif.

–Salut. (Nico sourit jusqu'aux oreilles. Je me dis qu'ils ont dû faire des progrès en termes de créneaux.) On n'arrive que maintenant. On était... euh...

–Au service des permis de conduire? dis-je en souriant.

–Ouais, fait Nico. Un truc comme ça.

Une blague entre nous ! Tu nous vois, là ?

– Nico a dit que tu nous ferais des billets de retard ? demande Laney avec un coup d'œil vers le bureau vide du père Philip. Là, ça y est, nous sommes une équipe.

Elle ajoute :

– C'est la dernière fois, on te le promet. On veut pas t'attirer d'ennuis.

– T'inquiète pas. (Je hausse les épaules, en mode no souci.) Je m'en occupe.

– Merci, Rafi.

Mon nom sort si naturellement des lèvres de Laney. C'est devenu notre habitude, ce que nous sommes.

Nico lui parle tout bas. Il dit qu'ils devraient faire quelque chose de spécial ensemble, une fois la folie des répétitions et des examens passée. Ils trouveront un plan rien que pour eux deux. Il lui caresse la joue et elle hoche la tête, sans le quitter des yeux. Qui se détournerait sous le regard de Nico Fiore, dont la peau est impeccable, cette fois-ci, et dont la voix murmure si tendrement : « Rien que toi et moi, rien que toi et moi » ?

Je les bois du regard, savourant le bonheur que je leur procure. Je le fais avec plaisir – tout ce qu'ils voudront. Je me rappelle alors leurs billets de retard et j'attrape le bloc. Je les rédige et j'écrase le tampon sur l'encreur.

Vu que le père Philip est parti faire une visite de la cafétéria et que Mme Bardot est accro à la caféine, je tamponne allègrement, savourant le bruit du caoutchouc frappant le papier. Il n'y a que nous trois ici, on est parfaitement libres ! Quelle belle journée pour être en vie !

EXCUSÉ(E).

EXCUSÉ(E).

Laney serre son survêt contre sa poitrine. Nico passe son sac à dos Jansport sur l'épaule. Ils sont prêts à s'en aller. Je déploie les billets de retard en éventail dans ma main, comme deux tickets de loterie gagnants. Cette fois-ci, je suis ivre du sentiment d'appartenir à leur cercle.

–Pour toi, dis-je en tendant une fiche à Nico.

–Merci, dit-il.

–Et pour toi.

Je tends l'autre à Laney.

Quatre... Trois... Deux...

Laney se penche en avant.

–T'es la meilleure, Rafi.

Bingo!

J'suis la meilleure, la meilleure, la meilleure!

Ils sortent par les portes de verre: SOYEZ LUMIÈRE!

Mes amis, le Couple le plus mignon de Holy Family, me brûlent la rétine.

«Rien que toi et moi.»

Et moi.

–J'ai raté quelque chose?

Mme Bardot déboule dans le bureau. Elle allume sa petite radio, réglée sur *Chansons d'hier et d'aujourd'hui.* Ça fait une belle période, mais comme hier est plus long qu'aujourd'hui, je n'entends presque jamais rien de nouveau. Je suis obligée de rattraper à la maison, pour les nouvelles chansons, celles que Nico et Laney chantent dans la Jeep.

–Non. Rien du tout.

Je ponctue mon mensonge d'un bâillement éloquent et me remets à remplir des invitations.

–Ah! Eh bien, nous aimons les journées qui commencent comme ça, n'est-ce pas? Tranquillement, dit Mme Bardot, faisant allusion à l'incident impliquant Tomás Diaz et ses ex-amis Omar et Vinny, qui ont été renvoyés du collège, pour finir. Laney avait raison: le père Philip est un homme juste, qui sait écouter. Tomás est toujours membre de notre Sainte Famille.

–Vous ne sauriez pas, par hasard, pourquoi les Cavino sont absents depuis si longtemps? me demande Mme Bardot, qui parcourt la feuille de présence.

–Aucune idée, je réponds (vacances aux Caraïbes pour le cinquantième anniversaire de mariage de leurs grands-parents).

Soudain, je remarque mes doigts: ils sont couverts d'encre rouge vif. Il y a du rouge partout – des traces rouges sur le comptoir, du rouge sur mes poignets de chemise, sur le tranchant de mes mains, des empreintes rouges sur les enveloppes que j'étais en train de remplir pour les dons de la saison du partage.

«On veut pas t'attirer d'ennuis.» J'entends la voix de Laney dans ma tête. Des *ennuis*. Ce serait une catastrophe.

Tournant le dos à Mme Bardot, j'attrape une poignée de Kleenex dans mon sac à dos et je l'humecte avec ma langue. Puis je frotte, frotte, frotte. L'encre ne part pas. Elle a séché.

–Tout va bien, Rafi? me lance Mme Bardot.

–Oui, je...

Je me tartine la peau de gel hydroalcoolique et frotte de plus belle. Si Mme Bardot apprend pour les billets de retard, elle le dira au père Philip. Il pensera que je n'ai pas changé du tout. Il pensera que j'ai renoué avec mes vieilles habitudes. Mais non, je le jure, j'ai changé. Je fais du bénévolat, maintenant. Je suis baby-sitter. Mais le gel n'enlève pas l'encre. Il l'étale, et mes mains deviennent toutes roses.

–Vous vous êtes servie de l'encreur, Rafi? Pour qui? Vous leur avez demandé le mot du médecin? demande-t-elle d'un ton sec par-dessus sa radio de vieux tubes qui passe maintenant les Lovin' Spoonful.

–Non, non. Je ne m'en suis pas servie, dis-je.

Je commence à avoir les mains irritées. Je sais que je détestais travailler ici, au début. J'étais furieuse que le père Philip m'ait placée ici en punition. J'étais furieuse d'être sous sa garde tous les matins. Et je détestais nettoyer des cages à oiseaux sales tous les mercredis, pendant qu'il me bombardait de questions. Mais je ne le déteste plus. Regarde tous les bénéfices que m'a apportés ce boulot. J'en ai besoin. Je ne peux pas laisser le père Philip me le retirer maintenant que Nico, Laney et moi formons un *nous*.

–Je... J'ai juste...

–Vous ne devez pas jouer avec cet encreur, mon petit. Ce sont des objets chers et salissants.

–Je sais, madame Bardot, je n'ai pas joué avec, dis-je, tout en frottant les taches rose vif du comptoir.

Le père Philip va me retirer mes points du Bureau des élèves. Il va m'exclure de nouveau de l'album de l'année. Je ne pourrai pas couvrir le brunch des Seniors primés. Le son de la radio va *crescendo* sur *Summer in the City*...

La radio se moque de moi avec ce tube d'hier. Et les chaussures à crampons de Cat Lorrey sont toujours dans le bac aux objets trouvés, avec leurs taches d'herbe ; elles me narguent, me menacent. Cat ne va pas tarder à piger que c'est moi qui les lui ai volées, que c'est à cause de moi qu'elle a raté son entraînement, à cause de moi qu'elle n'a pas pu flirter avec Nico, à cause de moi qu'elle a dû s'acheter de nouvelles chaussures de foot. J'ai regardé sur Google : elles coûtent 200 dollars ! Elle viendra me demander des comptes. Et alors, le père Philip saura, et ensuite Poppy et Gran, Mariah Rourke, Jenna, et ensuite... Nico et Laney. Si je les perds, je risque d'en mourir. J'en suis à ma seconde et dernière chance. Je ne perdrai pas juste mon boulot. Je ne serai pas juste expulsée de l'album de l'année. Je serai renvoyée de l'institut. Ça, je ne peux pas me le permettre. J'adore Holy Family. Mes parents sont là, quelque part. Dès que possible, je jetterai ces chaussures de foot dans la benne à ordures.

–Nous allons devoir demander au gardien un produit spécial pour enlever ça.

Mme Bardot continue à me chercher des poux et, en plus, elle mêle d'autres personnes à mes affaires. Pourquoi tout le monde s'intéresse-t-il autant à ce que je fais ? Elle me traite comme une délinquante. Cette encre rouge est une menteuse ; elle est trop sévère. Je n'ai fait de mal à personne. Je ne fais qu'aider. J'avais donné ma parole à Nico et il fallait que je leur montre que je la tiens, pour qu'ils aient autant besoin de moi que moi j'ai besoin d'eux. Je ne jouais pas. C'était tout sauf un jeu.

24

Le train ralentit. Nous sommes presque arrivés. Penn Station. Il n'y a rien de mal à ce que je fais. C'est beaucoup moins risqué, en fait, de les suivre dans Manhattan qu'à Holy. J'ai eu la frousse, l'autre jour, et j'ai bien failli me faire prendre, mais c'était un bon rappel que je dois être plus prudente. Mme Bardot a zéro pouvoir sur moi dans le monde extérieur, et le père Philip ne pourra jamais savoir. Ce n'est pas bizarre. C'est plus intelligent.

Le train entre en gare et s'arrête. Les passagers rassemblent leurs affaires, nouent leurs écharpes et s'avancent dans le couloir. C'était chaud de prendre le 10 h 22 comme eux. Je devais prendre le 9 h 37, mais la lessive de Gran n'en finissait pas de tourner. Il faut dire que je n'avais pas prévu de laver aussi ses draps. Dieu merci, j'ai repéré Laney et Nico sans qu'ils me remarquent, ce qui m'a permis de monter discrètement à bord après eux. Je vais les garder dans ma ligne de mire et faire profil bas.

Les portes s'ouvrent. Ils descendent du wagon qui est devant le mien. Heureusement pour moi, le bonnet bleu canard de Laney est facile à suivre, le long du quai puis dans l'escalier. Penn Station est bondée pendant la période des fêtes, ce qui m'arrange. Je ne suis qu'une tache minuscule dans cette marée humaine. Savoir me perdre dans la foule est un de mes talents.

Nous nous dirigeons vers les métros, à destination du sud de la ville. Je dépose toutes les pièces que j'ai au fond de ma poche de manteau dans un seau de l'Armée du Salut. Je n'ai pas besoin de lest. Le père Noël de l'Armée du Salut agite sa cloche – « Ho ho ho ! »

Laney tient Nico par le bras quand le métro arrive. Une mère se bagarre avec sa petite fille pour lui reprendre son iPad. Un vieux type pousse des détritus sur la voie du bout de sa canne. Une étudiante redouble d'efforts pour ne pas faire tomber son gros sac de linge. Les gens de la ville donnent l'impression de ne vivre que pour le passé ou pour un avenir meilleur. Laney et Nico vivent en même temps pour le présent et pour l'avenir. Quand on les compare aux autres, leur différence saute aux yeux. Tu vois comme il balance le bras de Laney en attendant de pouvoir avancer ? Ils sont tellement excités. Moi aussi. Et pourquoi ne le serais-je pas ? Aujourd'hui s'annonce délectable. Une journée riche en morceaux de choix. Une journée qui va changer le cours de tout ce qui est à venir.

Les portes s'ouvrent. Je les laisse entrer dans leur wagon, puis je monte dans celui d'à côté, comme le vieil homme à la canne. Ça sent le jus de pomme. Je remarque une tache mouillée qui s'étale sous les sièges.

J'imagine ce dont discutent Laney et Nico. Comme elle a sans doute les mains moites à force de se ronger les sangs, elle a dû retirer ses gants. Nico lui dit qu'elle va être une superstar, qu'elle est plus que prête et qu'elle a un don. Il lui rappelle que ce qui est demandé (sur le site web), c'est « du talent à l'état brut », et ajoute que les membres du comité de sélection devraient être aveugles pour ne pas le voir en elle. Là-dessus, ils éclatent de rire, car c'est comme le titre de sa chanson pour l'audition, *I'd Rather Go Blind* d'Etta James. (C'est effectivement une des chansons de Poppy !) « Ha, ha ! Trop drôle. » Ils rient, et ça dissipe leur nervosité.

Pas la peine d'être nerveuse, Laney. Je suis là. Je suis venue pour t'encourager. Je suis venue t'offrir un soutien moral et des vibrations positives.

Elle s'est entraînée toute sa vie pour ce moment. Je sais qu'elle sera brillante.

Mais les vrais amis sont là quand il le faut. Ils se soutiennent les uns les autres pour atteindre leurs buts. Ils ne se défilent pas dans les moments difficiles.

Nous descendons à Astor Place. Je grimpe l'escalier du métro derrière eux, vers la ville et… Regarde ! Voici le Couple le plus mignon au cœur de Greenwich Village, parmi les maquilleurs à mallettes transparentes pleines de brosses, de poudres compactes et de disques de coton, les musiciens en rangers aux cheveux bleus, les couples mariés qui promènent des chiens adoptés affublés de pull-overs. Voici Laney Villanueva et Nico Fiore qui longent Washington Square Park, empruntant la rue qu'ils prendront l'année prochaine, «par exemple pour flâner en amoureux», comme dirait Millie. L'année prochaine, ce ne sera pas un simple rendez-vous, ce sera leur vie.

Il fallait que je vienne. Je veux être la première à savoir comment l'audition se sera passée. Une fois que nous saurons qu'elle ira ici, à NYU, et lui à Baruch ou Hunter, la pression se relâchera et je pourrai mettre mes soucis de côté. Songe à toutes les fêtes insouciantes chez Fernando, à tous les moments cool à chiller chez les Fiore, aux sorties glaces au yaourt qu'on pourra faire ensemble. On pourra se la jouer peinards jusqu'en juin, tous les trois. Ils pourront s'offrir une séniorite, tout comme Cat Lorrey. Ils pourront arriver *en retard*.

Nous sommes parvenus à un bâtiment de briques bordé d'arbres frêles. Il la tient aux épaules des deux mains, et lui souhaite bonne chance. Laney retire son bonnet et secoue la tête. Elle veut que ses cheveux aient du mouvement, qu'ils se déploient dans toute leur gloire. Elle recule d'un pas, sans dernière embrassade, parce qu'elle est fin prête, pour cette audition comme pour tout ce qui va commencer.

–*Go!* s'écrie Nico d'une voix claire, en riant.

Laney hoche la tête. Elle s'engouffre dans le bâtiment, agrippant son sac de danse. Nico reste un instant sur place, les yeux rivés sur le hall d'entrée. Il prend une grande inspiration. Puis il consulte son téléphone et remonte la rue, l'air de suivre des indications.

L'audition pourrait durer longtemps. Impossible de savoir s'ils sont dans les temps ou s'ils ont pris du retard, ni combien de danseurs et danseuses doivent encore passer avant elle.

Je suis partie précipitamment de chez moi, sans manger, et je crève de faim, maintenant. J'entre dans le magasin à bagels, juste en face. À l'intérieur, le chauffage est à fond. J'ai les joues en feu. Je commande un bagel «toutes» graines thon-mayo. Après la première bouchée, je mange le plus vite que je peux. J'engloutis mon sandwich et ne laisse que quelques graines de pavot sur le papier sulfurisé. Pas question que je permette à Laney et Nico de me voir, à présent, car ce bagel était puissant. J'empeste l'ail et le thon.

D'ordinaire, je ne bois pas de thé glacé parce que la caféine me rend un peu fébrile, mais aujourd'hui je me fais plaisir. C'est une grande occasion. Je mets mes écouteurs et j'écoute la chanson d'Etta James, que j'ai ajoutée à ma playlist après Elvis, EXO avec Matt King Kole et Radiohead. Laney doit être en pleine audition, maintenant. Je prie pour elle tout en répétant sa chanson. *Sens ma force, Laney. Je suis là. Tu assures.* En dehors de Nico, je suis sa seule amie à être venue. Cela ne fait-il pas de moi sa *meilleure amie*?

Je m'engouffre dans une boutique dont la vitrine est pleine de coussins brodés, car ce n'est pas le genre de magasin où Nico entrerait, à priori. Je peux le guetter d'ici. Il y a des objets marrants que Gran adorerait. Ce coussin marqué *MON CHEZ-MOI: LÀ OÙ JE PEUX ÊTRE MOCHE ET M'EN FOUTRE.* Ça pourrait la faire rire. Mais ça pourrait la vexer. Ça m'amuserait de voir sa réaction. Ces petites boîtes à pilules sont mignonnes, elles aussi. Je les aime bien pour moi, en fait. J'aime les cachettes. Je crois que je vais acheter l'argentée avec des fleurs séchées sur le dessus vitré.

Le revoilà. Nico remonte la rue, un sac blanc à la main. Je n'arrive pas à lire le nom du magasin d'ici. Je suis obligée de prendre une photo de lui, puis de zoomer. Magnolia Bakery! Miam! Ils font des banana puddings à tomber. Il y a un Magnolia Bakery à Penn Station; je l'ai vu quand on est arrivés. Je vais m'en offrir un aussi, de pudding, en repartant.

Et voici Laney qui sort en trombe du bâtiment, son bonnet bleu canard à la main. Elle a les joues roses et sourit jusqu'aux oreilles. Nico ouvre les bras. Il soulève Laney et la balance d'avant en arrière. Maintenant, je le sais avec certitude: le reste de notre année sera en or. Ce sera une fête.

Dans l'émission *So You Think You Can Dance*, quand un danseur risque d'être éliminé, les juges le font «danser comme si sa vie en dépendait». Gran et Poppy adorent les duels de danse passionnés. C'est ce qu'a fait Laney. Elle a tout donné. J'ai eu raison de venir. Elle s'est sentie soutenue par mon énergie, je le sais.

«Wouhou!» crie Nico, et Laney rit par-dessus son épaule.

Plusieurs filles sortent. Elles remarquent Laney et Nico enlacés. Deux d'entre elles sourient en passant. Les autres lèvent les yeux au ciel, révélant ainsi leurs démons intérieurs. C'est tout de même dingue à quel point certaines personnes, même des danseuses, peuvent être cyniques, non? Si seulement elles voyaient Laney et Nico comme je les vois, elles sauraient que c'est possible. Le bonheur véritable existe, pour qui sait le cueillir.

Je regarde Nico tendre le sac Magnolia à Laney. « Nan ! » s'exclame-t-elle. Elle l'entrouvre et pousse un cri de joie. Je souris si fort que j'en ai mal aux joues. Laney déballe son banana pudding, là, debout sur le trottoir. Nico lui tend une cuillère et des serviettes en papier, et elle attaque. C'est TROP. MIGNON.

Leur avenir se déroule devant eux comme un tapis rouge. J'ai hâte qu'on en parle à Holy ou chez Nico (encore mieux !). Je leur poserai toutes les bonnes questions : *Est-ce que vous avez pris le train pour aller à New York ? Tu avais mis le justaucorps bordeaux ? J'espère que vous vous êtes offert une gourmandise pour fêter ça !* Ils seront enchantés de raconter l'histoire. Et dans ma tête, je me dirai : *Oui, je sais. Je vous ai portés tout le long du chemin.*

25

Regarde comme je me démène. Je viens de couvrir la distribution des prix des Seniors et maintenant je suis en train de gagner six points de bénévolat en dressant la table des rafraîchissements dans le hall. Je m'approche à grands pas de l'éligibilité au Bureau des élèves ! Aujourd'hui, je suis en veine.

Ce matin, mes maquettes de l'album de l'année ont eu droit à l'approbation de Mariah Rourke. « Je crois que ça va, ces pages », a-t-elle dit, ce qui signifie réellement que les pages en question sont du feu de Dieu (Grands moments du football, Halloween, salles principales des quatrièmes et des troisièmes) et qu'elle est franchement impressionnée, mais que ça lui fait mal au ventre, parce qu'elle ne veut pas m'accorder le plaisir de le reconnaître. Il n'empêche, je déborde de satisfaction ; la satisfaction suinte par tous les pores de ma peau. Tu ne peux pas vivre sans moi, Mariah Rourke.

J'ai eu l'idée d'encadrer chaque photo des salles principales d'une bordure, dans laquelle j'ai écrit le nom du professeur et le numéro de la salle. Ça les définit et les inscrit bien mieux dans leur espace. Et pour les Grands moments du football, j'ai panaché grand angle et gros plans. La combinaison des deux donne de la profondeur et accentue l'intérêt. Même sans s'y connaître en perte de balle, ce qui est mon cas, tu peux apprécier une image de faisceaux de projecteurs fendant le brouillard, et le profil parfaitement net de James Forsythe, le numéro 10, en train de prier sur le banc de touche.

M. Tosh, qui est vieux, mais nouveau venu à Holy Family, ne connaît pas mon passé et croit que le club de l'album de l'année ne pourrait pas fonctionner sans moi. «Vous avez un don pour ça, mademoiselle Wickham», m'a-t-il dit. M. Tosh n'est pas M. Bryant, mais le mot ne cesse de zigzaguer dans ma tête comme une balle de flipper: *un don, un don, un don*. Mes photos de ce soir vont lui plaire, c'est sûr. Nous avons un assez bon éclairage à l'auditorium. Ça a donné une tonalité un peu dorée.

Ma journée continue sur sa brillante lancée – les cookies au citron de chez Golden Edges sont sensationnels. Ils sont fondants sans être trop sucrés. Je n'avais encore jamais qualifié un cookie de sensationnel. Ni rien d'autre, d'ailleurs, je crois. Mais ils le sont vraiment. Et tu remarques comment je les ai disposés sur la table, en cercles qui se chevauchent? C'est le genre d'attention au détail que je peux apporter au Bureau des élèves. Les parents et les élèves qui ont découvert ces cookies n'arrêtent pas de se resservir. Je devrais en glisser quelques-uns discrétos dans mon blazer.

– Rafi! (Millie Fiore arrive en courant.) J'ai eu un prix du tiroir à bazar!

–Nan, c'est vrai ? dis-je, repérant au passage Jenna, debout devant les fenêtres, qui fait semblant de ne pas me regarder serrer la sœur de Nico Fiore dans mes bras.

Tu vois comme je suis proche de cette famille, Jenna ?

–On devait ramasser et jeter dix détritus, mais j'en ai ramassé dix-sept, et puis j'ai aidé Krista Berlin à trouver ses dix, et alors Mme Ryder a dit que c'était très gentil de ma part, et j'ai gagné un prix du tiroir à bazar !

–C'est diiingue !

–Hein, que c'était trop drôle quand la table est tombée de l'estrade ? demande Millie. Je me suis étranglée de rire.

–C'était hilarant !

Mme Bardot avait disposé les certificats des prix sur une petite table au bord de l'estrade. Lorsque le père Philip a tiré son micro, le fil s'est pris dans le pied de la table, laquelle a basculé. Des élèves ont ramassé les certificats, mais ils n'étaient plus dans l'ordre, de sorte que les élèves récompensés se sont vu remettre des certificats au hasard. Le proviseur a annoncé que tout ça serait réglé plus tard.

–Vlan ! fait Millie avec un geste éloquent.

Pour la cérémonie des diplômes, les élèves reçoivent des tubes en carton vides, juste pour les photos. Les véritables diplômes sont envoyés plus tard, par courrier.

Arrête. Ne pense pas à la cérémonie des diplômes. C'est à des années-lumière.

J'aperçois Mme Fiore qui accourt. Elle est en colère. J'examine son visage en retenant mon souffle. Et s'ils avaient une caméra-espion ? Comment n'y ai-je pas pensé plus tôt ?

Mme Fiore a peut-être placé une caméra-espion sur l'étagère. J'étais trop excitée pour réfléchir posément. Elle a dû me voir monter l'escalier vers la chambre de Nico et mettre une heure à redescendre. J'ai jeté les chaussures de foot de Cat Lorrey dans la benne, mais l'idée de la caméra-espion ne m'a pas effleuré l'esprit. *S'il vous plaît, ne m'engueulez pas ici, madame Fiore. S'il vous plaît, pas devant tout le monde.*

–Millie! s'exclame Mme Fiore. Je t'avais dit de rester avec ton papa. Je te cherchais partout.

Je souffle. Je suis hors de danger. Tout va bien. Pas de caméra-espion. *Inspire... Expire... Inspire...*

–Je suis avec *Rafi*! rétorque Millie.

Ben, ouais. Avec qui d'autre?

–Bonjour, Rafi, dit Mme Fiore, exaspérée. Il faut qu'elle arrête de se sauver. On n'arrive pas à suivre, avec elle.

–Elle a beaucoup d'énergie, je renchéris, en me disant que Millie se sent bien ici à Holy Family, avec moi, parce que c'est l'école de son frère, la mienne, et bientôt la sienne; parce que c'est notre deuxième maison à tous les trois.

–Trop d'énergie, soupire-t-elle.

Tu entends la maman de Nico me faire ses confidences sur ses difficultés de mère et la dynamique de la famille Fiore? On est comme ça, nous deux.

Je devrais demander à Mme Fiore de me déposer à la maison. Peut-être qu'ils vont tous dîner dehors. Ils seront obligés de m'inviter. Les Fiore, les Villanueva et moi.

–Et elle parle de toi non-stop, ajoute Mme Fiore. Ces derniers temps à la maison, c'est «Rafi par-ci», «Rafi par-là».

Tu as entendu, Jenna? Non-stop. Millie a dû faire mes éloges devant Nico. Il aura entendu parler de mes brillantes qualités, notamment que j'ai fait la roue au parc et que je lui ai appris à crier «Coccinelle rouge, bing!» chaque fois qu'on voyait une Coccinelle Volkswagen passer devant son école. Elle a dû dire que je ne l'avais pas forcée à résumer les chapitres qu'elle avait lus et que j'avais construit une table de salle à manger en Lego pour son lapin. Nico saura sans doute que je suis super marrante, et que Millie n'a pas pu se retenir de s'écrouler de sommeil tellement elle s'était amusée avec moi. Bien sûr qu'il aura envie de chiller avec moi, maintenant.

–J'veux faire pipi.

Millie attrape la main de sa mère et tire.

–Il faudra que tu reviennes la garder, dit Mme Fiore.

–Demain? (Je n'ai pas fouillé les tiroirs de Nico la dernière fois.) Je peux venir demain.

–Pas demain. La semaine prochaine? me lance Mme Fiore par-dessus son épaule. Laisse-moi l'emmener aux toilettes et on voit ça.

–D'accord. Je vous attends là.

Cette distribution des prix est pour les Seniors, mais c'est moi la vraie gagnante, ici. Je vais retourner à la maison de Nico, les Fiore n'ont pas de caméra-espion et, mon Dieu, ces cookies au citron!

–Tu baby-sittes pour les Fiore?

Une fois de plus, Greta a surgi à côté de moi. Il faudrait lui mettre une cloche au cou. C'est moi qui devrais m'en occuper. Je la lui attacherais serré, très serré.

–Genre, tu es allée chez eux?

–Bien sûr que je suis allée chez eux, Greta. Des tonnes de fois.

Je n'ai pas besoin d'en rajouter, elle est déjà jalouse, mais je ne peux pas me réfréner –c'est ma distribution des prix à moi. Donnez-moi mon trophée!

Greta me regarde avec son air de Gretel perdue avec Hansel dans la forêt. Elle veut des détails. Est-ce que Nico laisse ses sneakers dans l'entrée? (Oui, dans le cagibi attenant.) Es-tu encore là à son retour? Est-ce que vous bavardez? (Non, et non. Pas encore, mais bientôt. Mais je ne dirai jamais rien de tout ça à Greta.)

–Tu veux quelque chose? je lui demande, comme si ma relation avec les Fiore relevait de l'ordinaire et du quotidien.

–Non, rien, répond Greta, parce qu'elle est faible et ne sait pas obtenir ce qu'il lui faut.

Elle veut sans doute me remplacer. Elle a envie de me dire que si jamais un jour je n'étais pas libre pour garder Millie, je devrais donner son numéro à Mme Fiore. Oui, eh bien ça ne risque pas d'arriver vu que 1) je ne serai jamais indisponible pour les Fiore, et 2) Greta ne va jamais plaider pour sa cause.

–T'es sûre? Tu me regardes comme si tu avais besoin de quelque chose.

Je lui donne une autre chance. *Allez, Greta. À toi de jouer. Je suis en train de semer des miettes de pain dans la forêt pour toi, là.*

–Non, ça va, répond-elle en tordant la liasse de programmes entre ses mains.

Ça ne va pas du tout.

Elle est pathétique.

–Tu sais quoi, Greta? (Elle me fait peine, tout d'un coup.) Ne sois pas aussi timide. Tu n'obtiendras jamais ce que tu veux en étant timide. Je te dis pas ça par méchanceté, hein, c'est juste que j'étais pareille. Je ne disais jamais ce que je voulais et ça ne m'a jamais rien apporté.

C'est vrai. En CM1, je voulais être trésorière de la classe. Je savais tenir des comptes, cocher des cases et garder des choses dans une boîte en métal avec une serrure qui ferme à clé. Pourtant, je n'ai pas levé la main pour me proposer parce que Derek Wise avait déjà levé la sienne; or, tout le monde aimait bien Derek Wise, même s'il n'était bon à aucune de ces tâches. J'aurais dû lever la main et faire la liste de mes compétences. J'aurais dû dire à ma classe que je vivais littéralement pour les serrures et les clés, mais je me suis tue.

Je n'ai jamais participé à rien de bien jusqu'au jour où je l'ai décidé, et regarde où j'en suis maintenant. Qui, à ton avis, a noué les rubans blancs autour de chacun des programmes de la distribution des prix? Qui, à ton avis, les a photographiés sur la table, juste avant l'ouverture des portes? Oui, bien sûr: c'est moi. Parce que «ça va» ne me suffit plus. J'en veux davantage.

Greta regarde tristement ses pieds. Elle ne se rend pas compte que c'est le conseil le plus bienveillant qu'on lui ait jamais donné.

–Tiens. (Je sors un cookie de ma poche et le lui tends.) Goûte. Ils sont sensationnels.

J'ai besoin de quelque chose à boire. Ça me donnera aussi l'occasion de faire un tour à la table des boissons, où Laney bavarde avec ses amies. Nico ne doit pas être bien loin...

Mais pourquoi Nico discute-t-il avec Jenna ? Ils n'ont aucune raison de se parler. Elle ne lui a jamais adressé la parole. Je ne savais même pas que Jenna était encore là. Elle était censée aider pendant la cérémonie ; elle ne gagne pas plus de points de bénévolat en s'attardant. Elle devait attendre Nico, l'attendre pour lui dire quelque chose, pour m'humilier à ses yeux. Ça doit la tuer de me voir si proche des Fiore.

Je joue des coudes entre des pères en pantalon de toile claire, des mères drapées de pashminas qui sentent la poudre pour le visage, et des Juniors du Bureau des élèves chargés de plateaux de cocktails de jus de pamplemousse au ginger ale. Je me rapproche en courant de Jenna, qui s'apprête à donner un dossier blanc crème à Nico Fiore.

Mes photos sont-elles dans cette enveloppe ? Mes souvenirs ? Le bout de papier de Nico pour le karaoké chez Fernando ? La lettre de Nico à Laney pour leur anniversaire ? Ses notes de cours sur le Théâtre du Globe ? Comment Jenna se les est-elle procurés ? Sans doute par Gran. Ça fait des mois que Gran me demande des nouvelles de Jenna. Elle a dû la faire entrer à la maison et l'autoriser à aller dans ma chambre. Jenna a dû regarder dans mon sac à dos du collège. Je dois l'empêcher de...

–Jenna ? (Je m'interpose carrément entre elle et Nico.) Je peux te parler, s'te plaît ?

–Je suis occupée, Rafi, dit-elle, le dossier à la main.

–Maintenant.

Je la tire à l'écart.

–C'est quoi, ton problème ? fait-elle en s'efforçant de ne pas hausser la voix. Je croyais que tu ne me parlais plus.

–De quoi vous discutez, Nico et toi? je lui demande.

–Ça ne te regarde pas, rétorque-t-elle en croisant les bras.

–Ben ça, c'est marrant. Parce que toi, tu as l'air de considérer que tout ce que je fais te regarde. Tu ne supportes pas de me voir heureuse sans toi, hein?

–Rafi, reprends-toi. Tu parles trop fort, dit Jenna.

–Est-ce que tu parles de moi à Nico? j'insiste en crispant les mâchoires.

–Non, mais sérieux, tu peux me dire pourquoi on parlerait *de toi?*

–C'est ce que tu fais quand tu es jalouse. (Je sens la chaleur monter dans ma poitrine.) Tu parles de moi aux gens et tu leur montres des trucs pour les monter contre moi.

–Arrête, Rafi, murmure Jenna.

Au printemps dernier, j'ai été convoquée au bureau du proviseur. Quand je suis entrée, M. Bryant était là, Poppy était là, et il y avait aussi un caniche Polly Pocket avec un collier vert, perché sur la table du père Philip.

La banquette arrière de la voiture de M. Bryant était souvent pleine de miettes, mais je les enlevais du revers de la main avant de m'installer, tout simplement. Il m'arrivait de jouer avec les Polly Pocket de sa fille. J'avais gardé celle-là, une minuscule figurine de caniche avec un collier vert. Ça ne comptait pas. Bea en avait tant: un chaton, un bonhomme de neige, des Polly Pocket en maillot de bain et lunettes de soleil, des Polly éternellement en vacances. Une seule figurine n'allait pas lui manquer.

«J'ai appris que vous vous étiez introduite dans la voiture de M. Bryant? Et que vous étiez également allée devant sa maison?

m'a lancé le père Philip à la seconde où je me suis assise. C'est un comportement très alarmant, Rafi, très alarmant.» C'est comme ça que ça s'est terminé, entre M. Bryant et moi.

–Qu'est-ce qu'il y a dans le dossier? je demande à Jenna.

–C'est pas tes oignons! répond-elle en le serrant contre sa poitrine.

«C'est une grave violation de la vie privée de M. Bryant», a dit le père Philip. Poppy avait les yeux embués; il vieillissait et se ridait davantage à mesure qu'il écoutait. Je le décevais, comme sa fille avant moi.

M. Bryant se taisait. Il ne m'a même pas regardée, pas une seule fois, pas un seul regard, il n'aurait pas supporté de me regarder. Sur le bureau, le mini-caniche me narguait en souriant.

–Donne-moi ce dossier!

–Les gens nous regardent, dit Jenna, les dents serrées. Calme-toi.

–Me calmer? Me calmer? je hurle. Tu as appelé *mon père*!

C'est la pire des trahisons de Jenna. C'était déjà terrible de voir Poppy se ratatiner sous mes yeux. Mais imposer ça à papa, lui aussi? Je ne lui pardonnerai jamais.

–Tu savais qu'il travaillait. Il a dû s'inquiéter pour moi alors qu'il était à l'autre bout du pays. À quoi ça a servi?

–Il fallait qu'il sache, dit-elle. Il fallait qu'il sache que tu étais...

–Quoi?

Je me penche vers elle. Papa m'a appelée depuis un motel à Phoenix. Il m'a demandé ce que j'avais fait. Jenna avait employé ce *mot*. Il ne me faisait pas confiance, je l'ai bien senti.

– Que j'étais *quoi* ? Vas-y, dis-le.

Traite-moi de folle encore une fois, Jenna, et je t'anéantis.

Elle baisse la tête.

– Il fallait juste qu'il sache.

Je rebascule sur les talons, souris et lui assène :

– Tu es lâche.

Jenna se brossait les cheveux devant ma coiffeuse quand je l'avais laissée pour aller aux toilettes. À mon retour, ma boîte à bijoux était ouverte. Elle tenait le jouet entre le pouce et l'index. « Il est à Bea Bryant, ce Polly Pocket ? » Jenna me fixait d'un regard exaspérant. « Non, lui ai-je dit, il est à moi. C'est mon Polly Pocket. » Mais elle ne le lâchait pas. « Qu'est-ce que tu fais, Rafi ? M. Bryant est notre prof. Tu es obsédée. Ce que tu fais n'est pas normal. Tu es une stalkeuse. Tu es folle. » C'est comme ça que ça s'est terminé, entre Jenna et moi.

« Je n'ai pas d'autre choix que de vous renvoyer temporairement. Pendant votre absence, j'évaluerai la situation et je déciderai s'il y a lieu ou non d'appliquer une mesure de discipline supplémentaire, voire un renvoi définitif », a dit le père Philip.

Je ne peux pas laisser Jenna me détruire de nouveau. Je lui arrache l'enveloppe des mains, l'ouvre brutalement et en sors le contenu. CERTIFICAT DE LA SOCIÉTÉ DE L'HONNEUR NATIONAL : NICO FIORE.

– Le père Philip m'a demandé de redistribuer les certificats aux étudiants concernés, dit Jenna. Tu es contente ?

Nico s'avance vers nous. Sa famille, Laney et les Villanueva nous regardent, debout devant les portes de sortie. Nous étions censées prendre rendez-vous pour le prochain baby-sitting. J'allais demander à Mme Fiore de me déposer. Je serais allée dîner avec eux. Au lieu de tout ça, Mme Fiore écarquille les yeux en serrant Millie contre elle.

–Euh, dit Nico, désolé de vous interrompre, mais faut que j'y aille.

Je lui tends le certificat; il est froissé. Nico le prend et se dirige vers les portes battantes.

Il a tout entendu.

26

Je suis déjà venue, donc ça n'a rien de bizarre. Je ne m'introduis pas en cachette. Je ne rôde pas. Ils me connaissent. Je suis comme une voisine qui passe dire bonjour, dans une série Nickelodeon. Je vais sonner à la porte, comme une personne normale, pour leur rappeler que je suis une habituée, que je suis cool et sympa, que je suis leur baby-sitter préférée. La dispute avec Jenna ne correspond pas du tout à ce que je suis. Une fois de plus, Jenna essayait de me montrer sous un mauvais jour. Il faut que je rebondisse.

« Ce que tu fais n'est pas normal », avait-elle dit. Mais en quoi Jenna est-elle qualifiée pour décider de ce qui est normal et de ce qui ne l'est pas ? Je n'avais rien fait de mal à M. Bryant. C'est Jenna, avec son esprit étroit, qui a tout rendu sordide.

De toute façon, que voulait-elle dire par « normal » ? Ce n'est pas normal d'avoir de l'admiration pour quelqu'un ? De vouloir être près de lui ? Ce n'est pas normal d'être passionnée ? Nous sommes des adolescentes ! Nous avons le même âge que les adolescentes qui s'évanouissaient aux concerts des Beatles et que celles de la Marche pour nos vies à Washington[1]. Avoir des besoins, des aspirations et des manques, forts et violents, qui nous emportent–, c'est le propre des adolescentes. Elle n'est pas au courant ? La passion, c'est notre boulot.

J'appuie sur le bouton de la sonnette et je l'entends tinter derrière la porte noire et brillante. Quelqu'un crie quelque chose, puis des bruits de pas résonnent dans la maison. La porte s'ouvre. Nico Fiore. Voir le corps de ce vrai garçon en jogging taille basse et vieux tee-shirt enflamme de nouveau mes instincts d'ado : le besoin, l'aspiration et le manque.

– Rafi.

Il me regarde d'un drôle d'air, le même qu'avait pris Jenna, comme si j'étais bonne pour la camisole de force. « Tu es une stalkeuse. »

Il faut que je fasse quelque chose.

Je lui agite mes clés sous le nez.

– Surprise ! (D'un geste ample, telle Vanna White, l'hôtesse de *La Roue de la fortune*, je montre la Road Runner Plymouth 1971 de Poppy garée dans son allée.) Regarde ce que j'ai volé pour vous !

Nico écarquille les yeux, stupéfait.

– Qui est-ce ?

Laney émerge du salon, les cheveux ébouriffés, en grignotant à même un paquet de Goldfish[2]. Elle est en caleçon de

---

1. La March for Our Lives est une manifestation contre les armes à feu qui a eu lieu le 24 mars 2018.
2. Mini-crackers au fromage, en forme de poissons.

yoga et débardeur, sans sweat-shirt blanc. Ça doit être spaghettis, ce soir.

–Salut, Laney! dis-je.

Mon cœur cogne à coups désordonnés, en totale arythmie: *bang, dong, dong. Dong, un don, un don...*

–Elle a volé la Road Runner, dit Nico à Laney.

Laney regarde la voiture, bouche bée.

–Tu as fait quoi, Rafi?

Je suis proactive, je redresse une situation qui dérape, je prends le taureau par les cornes, comme on dit. Peut-être que Laney ne le comprend pas et peut-être qu'aucun des deux ne le comprend, mais le fait que je vienne les trouver en voiture symbolise notre première rencontre. *Vous ne vous souvenez pas? Dans le bureau principal? Quand vous avez menti en prétextant le permis de conduire? Nous étions complices. Eh bien, nous y revoici: moi sans permis, et nous trois contre le reste du monde.*

Ça n'a pas d'importance. Ils auront plus de discernement plus tard, quand ils repenseront à cette soirée. Les messages cachés prendront alors tout leur sens. Ils les apprécieront quand ils comprendront.

–Vous êtes surpris?... Contents? Excités? je leur demande. Elle est à nous pour la soirée.

J'agite les clés. C'est un son festif. Je suis porteuse de bonnes nouvelles:

–On peut aller où vous voulez. Nico, tu avais dit que tu voulais la conduire. Je t'ai entendu le dire.

–Donne.

Nico me prend les clés des mains et va droit vers l'allée, en jogging. Il n'a pas le temps de se changer, parce qu'il ne peut pas maîtriser son excitation. Même Laney enfile ses sneakers précipitamment et attrape un coupe-vent dans le placard de l'entrée. L'heure est à l'action. Qui résisterait à l'appel d'une telle aventure ?

Dans un film, la scène tournerait autour du bolide, du fauve vorace et grondant lâché dans la nuit noire, noire, noire. La caméra s'attacherait à la roue avant qui prend de la vitesse, puis ferait un panoramique sur les lettres ROAD RUNNER et sur la carrosserie bleu métallisé scintillant au clair de lune.

Dans la réalité, en cette nuit capitale, c'est de Nico qu'il s'agit – Nico en vieux jogging, qui serre le volant entre ses mains fortes – et de Laney, sur le siège passager, qui grignote toujours ses Goldfish.

–T'en veux?

Laney se retourne et secoue le paquet. Curieusement, dans l'obscurité, ses yeux paraissent plus clairs qu'en plein jour.

Oui, oui, oui ! Je veux tout ce qui vient de toi. Peu importe ce que c'est !

–Je veux bien.

Laney renverse le paquet. Les mini-crackers dégringolent, beaucoup trop d'un coup, comme si j'avais gagné le jackpot, et le fait est que oui, je l'ai gagné ! La machine à sous ne tarit pas. *Ding! Ding! Ding!* Je tends les deux mains et nous rions. J'ai décroché le gros lot dans cette voiture, avec Laney Villanueva et Nico Fiore.

Pendant que nous sillonnons Long Island, je cueille des Goldfish au creux de mes mains du bout de la langue. Je n'ai jamais rien mangé d'aussi bon. J'ai l'impression d'être l'enfant de Laney et Nico, qu'ils ont tirée du lit pour une virée surprise. J'ai envie de crier par la vitre baissée: « Regardez-moi! » Mais personne n'entendrait. Alors, je me le dis à moi-même: *Regarde-moi! Non, mais regarde-moi! Je suis là, avec eux.*

Nico allume la radio. Il met *Today's Hits*. Et toc, dans les dents, Mme Bardot! On est des ados modernes et on enfreint toutes les règles dans la voiture d'hier. C'est comme ça qu'on se fabrique des souvenirs. Regardez-nous! Enviez-nous! Nous sommes une étincelle de jeunesse, qui fonce du passé au présent!

Laney et Nico échangent des regards discrets. Je les vois, les tourtereaux, partis pour une soirée romantique. Qui aurait prédit que Nico, Laney, MacGraw et moi écririons une page de l'histoire de Holy Family?

Nous avons entendu deux chansons seulement quand ça arrive – pour de bon, exactement comme je l'avais imaginé. La radio passe *Crash! Damn! Boom!* d'EXO avec Matt King Kole. Tous mes fantasmes se réalisent. Je me suis entraînée. J'ai travaillé dur. Je suis prête. Je baisse ma vitre pour le prouver à Laney et Nico, et à toutes les voitures le long de l'autoroute Hempstead Turnpike. Je rime et je rappe, je suis parfaitement dans le rythme et je ne loupe pas un mot. Je me fais un porte-voix de mes mains qui sentent « le délicieux goût de cheddar », et je le chante à tue-tête: « *Fuck this shit, the doom, the gloom. Here comes the sun, my son. Roll the stone from the tomb. We are back to the livin'now. Crash! Damn! Boom!* »

Laney et Nico sont impressionnés. Je le vois à leur expression quand ils tournent la tête pour me regarder. *Qui est cette perle rare que nous avons eu la chance de rencontrer? Quelle chance, vraiment, d'avoir cette amie casse-cou et généreuse, qui a sorti du garage le bijou chéri adoré de son papy dès qu'il s'est endormi! Elle a pris tous ces risques pour nous!*

Ça marche. J'efface la soirée de la distribution des prix de leurs souvenirs. Je suis marrante. Spontanée et pleine d'entrain. *Une fille vraiment cool.*

Alors c'est ça, la griserie! Je suis essoufflée à force de rapper. «*No way, not ever, not me, not you!*» Laney a juste oublié de pointer du doigt. Elle n'était pas prête, parce que je l'ai prise complètement au dépourvu. Ça se comprend. On le fera la prochaine fois; elle pointera le doigt vers moi, et moi vers elle, c'est notre truc.

Il doit y avoir une méthode de respiration spécifique pour rapper sans s'essouffler. Je l'apprendrai pour la prochaine fois. Je l'appliquerai en chantant aussi, comme ça, je pourrai mettre mon nom et mon titre dans le chapeau du karaoké, aux fêtes. J'aurai un succès de dingue! Comment on appelle un duo à trois?

Nico s'arrête au bord du golf de Garden City et se gare. FERMÉ, indique un panneau, mais ensemble, nous enfreignons les règles sans hésiter. Cette amitié ne connaît pas de barrières!

–Vous ne voulez pas faire un tour, tous les deux? je leur propose. Prendre un moment pour vous?

Nico emporte les clés, et ils s'en vont. Je grimpe sur le capot et les regarde se diriger vers le parcours de golf. Ils «flânent».

Laney et Nico s'appuient contre la clôture en bois. Ils se murmurent ce que Poppy appellerait « des petits riens ». Mais ce n'est pas rien, les petits riens. Quand tu aimes quelqu'un, ses paroles sont tout pour toi. Je ne les entends pas, mais j'imagine.

Quelle soirée !

Merveilleuse.

Quelle vie !

Quelle est *la* chose que tu peux offrir aux gens qui ont tout ? Du temps. Ils longent le gazon, à présent ; Nico a passé le bras autour des épaules de Laney et elle a entrelacé ses doigts dans les siens. Ils parlent doucement en regardant les étoiles, absorbent la nuit sans même prendre de selfies, parce qu'ils savourent la vie dans le présent. *Vivre le présent !* C'est ce qu'Angela Fortunato nous avait dit quand je l'avais prise en photo durant la représentation de *Notre petite ville*. Ce soir, tous les trois, nous sommes la jeunesse idéale de Thornton Wilder[3].

Je progresse. Je démontre à Laney et Nico que la scène avec Jenna n'était qu'un couac insignifiant et dérisoire. J'ai appuyé sur la touche *Reset* et fait mon *come-back*.

Balançant doucement le haut du corps, j'entonne la chanson de Billy Joël de Poppy sur le roi et la reine du bal de promo, parce que Nico et Laney *sont* « Brenda et Eddie ». Je n'ai pas le talent de Nico, mais l'émotion vibre dans mes notes. Je les ressens pleinement en créant la bande-son de leur soirée. Cette chanson vient de mon cœur.

---

3. Dramaturge américain, auteur de *Notre petite ville*.

Ils se dirigent vers le club-house. Tandis que leurs ombres s'étirent sur la colline du golf, je termine la chanson et j'enchaîne avec une autre. Celle-ci, Laney la connaît. C'est sa chanson fétiche, après tout, celle que nous toutes, les petites de l'Allegro, avons encore en mémoire. *It's the Climb!*

Je jette la main vers le ciel et pousse la note aiguë. Laney tourne la tête. Je savais qu'elle la reconnaîtrait. Si elle se met à danser, je crois que je m'évanouirai de bonheur.

Je n'étais jamais venue à ce golf, mais Nico et Laney, peut-être que oui. C'est peut-être là que jouent leurs parents. Je me souviens de leurs pères comparant leur swing, le soir du banquet. C'est comment d'avoir un père qui joue au golf le dimanche et rentre à l'heure pour le dîner? Mon père aurait dû, aurait pu être un papa golfeur, mais il ne l'est pas parce que... parce que... laisse tomber. *N'y pense pas, surtout pas ce soir.*

Les Sons of Orwell passent à Richmond. D'après mon téléphone, c'est à moins de sept heures d'ici. Je termine la chanson de Laney, et j'entame *Song to Myself* pour Nico. Il pigera. Il sentira le lien qui nous unit. «*Singing alone but never lonely, me, myself and I, I, I –I don't mind, I don't mind, I don't mind, whatever it is I find...*» Tu ne devinerais jamais en m'écoutant que la première fois que j'ai entendu cette chanson, elle ne m'a pas plu. Je devais être trop jeune, mais maintenant, je l'adore.

–Eh! (Je me lève d'un bond.) Eh, dites, les Sons of Orwell sont en Virginie. Si on se met en route maintenant, ce sera bon pour le concert de demain.

Nico se retourne.

–De quoi?

–Les Sons of Orwell passent à Richmond. Allons-y!

J'avais emmené Jenna à un concert une fois où ils passaient ici, à New York. Papa nous avait fait entrer dans les coulisses pour rencontrer les musiciens, ce qui était sympa, mais elle ne connaissait que deux ou trois de leurs chansons. Nico et Laney apprécieraient bien plus, vu qu'ils sont fans.

Les œufs brouillés de papa me manquent. Il m'en a préparé un soir, pour le dîner. Si je pouvais, j'emmènerais Laney et Nico à son appartement, et je leur en ferais. Ce serait cool d'avoir un endroit où aller tous les trois, sauf que des inconnus occupent l'appart quand mon père est en déplacement, c'est-à-dire tout le temps. C'est comme s'il n'habitait pas là. Quand je pense à lui chez lui, je ne vois que des autoroutes.

Tout en faisant signe à Laney et Nico de revenir à la voiture, je nous imagine tous les trois sur la route, avec des provisions achetées en station-service, puis, au premier rang, en train d'applaudir. Après le concert, ils rencontreront papa, qui nous présentera au groupe. On prendra des photos, des tas de photos, et le sourire de Nico sera signé Rafi, *la meilleure*.

Les voilà. Elle est enveloppée dans le grand coupe-vent qui lui arrive presque aux genoux, et lui se frotte les bras.

–Il fait froid, Rafi, dit Nico. Remontons en voiture, et on verra ce qu'on fait.

Je saute sur la banquette arrière et j'attends, comme leur fille bien élevée. C'est marrant, mais moi, je n'ai pas froid, même pas un peu. Et je refuse de fermer mon blouson. Je veux que Nico voie mon tee-shirt Sons of Orwell. Ça lui donnera envie. Il pourra en acheter un à Richmond.

–C'est sans doute pas une bonne idée d'aller en Virginie avec MacGraw, dit Nico. Nos familles vont s'inquiéter. Et je ne voudrais pas abîmer la voiture.

–Ah. Oui, tu as raison.

Il est tellement attentionné, un parfait contrepoids à ma témérité. Quelle bonne équipe nous formons.

–Mais c'était une super idée, ajoute Laney.

Elle serait venue si on s'était organisés à l'avance.

–On fera ça une autre fois, d'accord ? je réplique. On s'organisera. On peut prendre ta Jeep.

La voiture de Nico pourrait faire la route, et personne ne s'inquiéterait. La Virginie ! On pourrait passer voir Anita à Norfolk et discuter de Holy Family et du bon vieux temps.

Nico lance le moteur. Il est tellement excité de conduire MacGraw de nouveau qu'il en oublie de me répondre.

–Vous avez fait une bonne promenade ? je demande, cherchant les yeux de Laney dans le rétro.

–Oui, dit-elle. Mais il faudrait vraiment qu'on ramène MacGraw chez toi.

–Non, t'inquiète, ça va. (Je m'avance au bord de la banquette.) Mon grand-père enlève ses appareils avant de se coucher. On peut rouler encore un moment.

Je ne dis pas que Gran se lève plusieurs fois la nuit pour faire pipi. Mais ce soir, je l'ai dissuadée de prendre sa tisane.

–Nous ne voulons pas t'attirer d'ennuis, dit Laney.

–Je n'en aurai pas. En plus, cette voiture sera à moi un jour, alors qu'est-ce que ça peut faire si je m'en sers aujourd'hui ?

Mon regard va de l'un à l'autre. Ils sont tellement graves tous les deux, tellement inquiets pour moi. Je vois bien qu'ils tiennent à moi. Mais le père Philip n'est pas là. Pourquoi se faire du souci ?

– On n'est pas bien, là ?

– Si, c'est sûr, répond Nico, qui me zyeute dans le rétroviseur.

– C'est très chouette, Rafi.

Laney se tourne vers moi avec un sourire crispé.

Je le savais. *Quelle soirée. Merveilleuse ! Quelle vie.*

Son gloss à lèvres a disparu. Des instants et des baisers sous les étoiles, voilà les cadeaux que je leur ai offerts.

– Alors, ne fichons pas tout en l'air en nous faisant prendre, d'accord ? dit Laney. Je ne veux aucune ombre au tableau.

Elle a raison. Cette soirée est parfaite comme elle est. Ne soyons pas avides. Je me renfonce dans la banquette, sentant l'énergie se retirer de mes bras et de mes jambes, pour me laisser parfaitement détendue. Quand tu es avec des amis, tu peux te taire, parfois. Tu peux fermer les yeux et goûter l'instant. Tu peux t'assoupir. Gardons ce parfait souvenir ensemble, tous les trois…

Nous.

Au fond de moi, si j'y réfléchis bien, j'ai un peu peur de retrouver papa et les Sons of Orwell. Ça fait si longtemps que je ne l'ai pas vu. Et s'il ne me reconnaissait pas ? Et si les seules choses auxquelles il puisse penser en revoyant mon visage, c'étaient les horreurs que Jenna lui a racontées ? Il refuserait de revenir vers moi, dans ce cas-là. Et ça me ferait de la peine d'écouter la musique du groupe – leurs chansons parlent toutes de la vraie vie, et toutes se terminent par un au revoir.

Nous voici devant la maison de Nico. Une lumière douce et chaude brille à la fenêtre du salon. Je n'arrive toujours pas à croire que je suis entrée dans cette maison, et dans le monde de Nico et Laney. Que j'ai glissé en chaussettes sur son parquet, que je me suis allongée sous sa couette. Que j'ai monté le volume de Kidz Bop à 10.

Lorsque je sors de la banquette arrière, Nico pose les mains sur mes épaules. Le revoici, le contact de Nico Fiore qui me donne des picotements dans le corps tout entier. Notre troisième contact physique à ce jour. Il me fixe intensément du regard. Il est tout près. Je me noie dans ses yeux – noisette et brillants.

– Ça va? (Il claque des doigts.) Regarde-moi. Concentre-toi. (Il maintient notre contact visuel.) Tu es sûre que tu es en état de conduire pour rentrer chez toi?

Il est secoué. Je sais, elle a été riche en émotions, cette soirée magique que nous avons partagée. Moi aussi, je l'ai ressenti, Nico. Serre-moi plus fort. Serre-moi comme tu la serres.

– Oui.

– Tu es sûre? redemande-t-il, en maintenant fermement les mains sur mes épaules.

– Je me porte à merveille, dis-je, même si c'est lui, la merveille.

– OK.

Il exerce une dernière pression avant de me lâcher. Je frissonne, le revoyant caresser le dos de Laney. «Je la regarderai tous les soirs.»

Nico grimpe rapidement les marches du perron pour rejoindre Laney, qui attend déjà devant la porte. Elle me fait au revoir de la main, puis ils disparaissent tous les deux à l'intérieur de la maison. Mais ça va – ça ne m'ennuie pas de les laisser partir cette fois-ci, parce que ce que nous avons partagé, personne ne pourra me le reprendre.

– Rafi ! lance une voix depuis une fenêtre du premier étage.

Millie est dans sa chambre éteinte, les mains en porte-voix contre la moustiquaire.

Je lui fais signe.

– Regarde ! dit-elle en chuchotant du plus fort qu'elle peut. (Sa tête disparaît une seconde, avant de refaire surface.) Mon prix du bazar ! Une cuillère fondue !

Elle lève la cuillère, qui reflète la lumière du lampadaire. Je remarque qu'elle pend comme une des horloges de Dali.

J'applaudis silencieusement. Ouaiiis ! Je suis toujours sa préférée. Je suis revenue dans leurs bonnes grâces. Je porte l'index aux lèvres.

–Chut !

Je fais semblant de fermer ma bouche à clé et de mettre la clé dans ma poche de koala.

– Chut !

Millie ferme sa bouche à clé et glisse la clé fictive dans sa poche de kangourou imaginaire.

Il y a des secrets, et puis il y a des objets-souvenirs. Millie en a un, et moi, j'ai l'autre.

27

Rentrer à la maison en douce s'avère plus compliqué que je l'aurais cru parce que je suis complètement surexcitée. Je n'ai pas envie d'être silencieuse. J'ai envie d'entrechoquer les pièces détachées en métal de Poppy comme des cymbales, de réveiller le quartier et de hurler: «On est *amis*!»

Ma surexcitation a l'avantage de décupler ma force. Je soulève la porte du garage à la main sans problème, pas besoin de la télécommande. Elle me paraît légère quand je la hisse sans bruit, centimètre par centimètre. Je suis petite, mais costaude. Tâte un peu mes biceps.

J'ai aussi une vision laser. Là, dans la semi-obscurité, je repère l'écrou que cherchait Poppy, avec son boulon vissé dessus! Aucun obstacle ne me fera trébucher. Je suis toute-puissante!

Je laisse mes sneakers au garage et j'entre dans la cuisine. C'est la porte qui grince, mais j'ai pris soin de la lubrifier avec quelques gouttes de l'huile 3 en 1 de Poppy, et ça a marché. Me voici à la maison.

–Bianca ? appelle Gran.

Je pile net. C'était bien la peine de lui faire sauter sa tisane ! Je pourrais dire que je suis Bianca et laisser maman trinquer, mais je ne peux pas faire ça à Gran. Elle m'a prise sur le vif. Je me rends.

–C'est moi, Gran. Rafi.

–Est-ce que tu manges mes génoises ?

Je souffle.

–J'en ai plus que deux, continue-t-elle en se rapprochant à pas traînants. Il m'en faut une pour le petit déjeuner et une pour mon émission.

–Non, Gran, j'y ai pas touché.

Mon cœur galope ; mon corps n'est plus qu'un grand battement. J'ouvre le frigo. J'attrape le gratin et je me retourne. Pâtes aux œufs, thon, champignons, un demi-oignon, une branche de céleri, une boîte de soupe aux champignons Campbell's, quarante-cinq minutes au four, thermostat 6.

Gran allume la lumière.

–Du gratin au thon à cette heure ?

–J'ai faim, dis-je.

C'est un pieux mensonge. Je suis pleine d'amour et de désir, grisée de m'en tirer si facilement.

Gran me regarde en battant des paupières. Je porte mon tee-shirt Sons of Orwell et mon jogging, comme d'habitude. Impossible de me prendre pour Bianca, maintenant. Je ne suis pas la gamine au tee-shirt ventre à l'air qui sort en cachette.

–Eh ben, t'as qu'à me réchauffer une assiette, alors, dit-elle en tirant sa chaise. C'est trop triste de manger seule.

28

Il faut que je me dépêche de finir de recopier ces notes pour Mme Dabrowski. Je n'écris pas aussi proprement que maman; je veux que ça passe pour mon travail personnel. C'est une chance doublée d'une malédiction de travailler au bureau pendant la première période. Une chance, parce que je peux faire mes devoirs. Une malédiction, parce que je peux faire mes devoirs. Regardons les choses en face: quand tu te couches en te disant que tu finiras demain, c'est déjà mort.

Le père Philip est dans son bureau. Il passe un savon à Jason Traeger, qui a fait une sortie pendant l'assemblée des Juniors. La porte est entrouverte, et j'entends une phrase sur deux, notamment «manque total de respect pour l'autorité», «dernière chance» et «regardez-moi quand je vous parle». N'est-ce pas que c'est la pire, celle-là? Je ne connais pas du tout Jason Traeger, mais dans l'album de l'année dernière, il est en blouse et lunettes de laborantin, et tire la langue à l'appareil photo. On dirait un savant fou en mode sexy.

Le cahier de biologie de Sophomore de maman est rose. J'ai la même prof qu'elle, sauf que maintenant, Mlle Rice s'appelle Mme Dabrowski. Les notes de cours de ma mère sont trop bizarres. Il y a des épisodes sporadiques où elles sont minutieuses et détaillées, prises avec des stylos à encre liquide de différentes couleurs, puis des jours et des semaines de pattes de mouche, de dessins de tornade et de lettres bulles.

C'est triste de voir que, certains jours, elle s'appliquait vraiment. Elle se disait sans doute: «Bon, allez! Je me mets au boulot et je reprends ma vie en main.» C'était peut-être les périodes où elle essayait d'échapper à Our Lady of Grace. Mais que se passait-il après? Je n'en ai aucune idée. Elle s'ennuyait, elle pensait à autre chose, ou quoi? Elle en revenait toujours à «Trop chiant! Je laisse tomber!»

Ça me fait penser à cette citation affichée dans ma salle d'anglais: «Les plans les mieux conçus des souris et des hommes souvent ne se réalisent pas[1].» C'est trop vrai.

Les notes de maman sur «Comment le cœur envoie le sang dans le corps» semblent écrites par une abonnée au tableau d'honneur, profil psy de type A et pom-pom girl par-dessus le marché. Si je ne reconnaissais pas son écriture, je ne croirais pas qu'elles sont d'elle. Il y a même un schéma. Elle a tracé les flèches à la règle et adopté un code couleurs pour les artères, les ventricules et les veines: rouge, violet, turquoise. Elle a même surligné «sang qui remonte». Apparemment, le sang qui remonte est pauvre en O2, et il est transporté par l'oreillette droite.

1. Citation de Robert Burns très connue aux États-Unis.

Je copie sur ses notes, parce que j'étais bien incapable de faire mes devoirs après notre virée de vendredi soir à bord de MacGraw. J'ai passé le reste du week-end à repenser au terrain de golf. Débriefer mentalement les bons moments est aussi important que de les vivre. Ça en consolide le souvenir, même si, bien sûr, je ne risque pas d'oublier cette soirée. J'ai rajouté des chansons à ma playlist aussi, celles qu'on a écoutées en roulant et celles que j'ai chantées sur le capot, pour pouvoir me replonger dans cette soirée dès que j'en aurai envie – c'est-à-dire, en gros, tout le temps.

Sur le schéma de maman, toutes les parties du cœur sont identifiées. Elle a d'abord dessiné au crayon, puis elle a repassé au feutre noir pointe fine. Elle voulait réussir. Je le vois. Pas seulement pour rester à Holy Family. Elle voulait réussir dans la vie. Elle y serait peut-être parvenue si... *Arrête.* À quoi bon spéculer sur ce qui aurait pu advenir ?

La veine cave supérieure est la veine épaisse qui achemine le sang faible en oxygène vers le cœur. Veine Cave Supérieure est un surnom idéal pour Mariah Rourke, qui me traite encore comme une veine cave inférieure. Elle veut que j'édite les photos que j'ai prises la semaine dernière. « T'as intérêt à éditer la nouvelle série », m'a-t-elle dit. Elle n'a pas besoin de me parler sur ce ton vachard. Je le ferai avec plaisir. Je n'ai jamais dit que je ne voulais pas le faire.

J'en ai pris une sympa des profs de sciences essayant d'apprendre un pas de danse sur Internet, avec un petit groupe de Freshmen qui rigolent en décomposant les mouvements pour eux. Et une des perroquets, aussi. Ils n'ont pas figuré dans l'album de l'année depuis trois ans; il était temps d'y remédier. J'ai même fait un tour à l'extérieur et pris quelques photos sur le vif, par les fenêtres des salles de classe: M. Rossi et Mme Suma en pleine action, avec leurs élèves qui lèvent le doigt. Ces photos auraient leur place dans une brochure de Holy Family, tellement elles sont bonnes.

Attends que j'aie mis en page les nouvelles photos. Mariah ne trouvera rien à redire. Le cœur ne peut pas fonctionner sans la veine cave inférieure. Le corps mourrait, littéralement.

–Est-ce que je peux avoir un billet de retard? demande une voix.

Je lève la tête. Et saute de mon tabouret.

–Laney! Salut! Excuse-moi, je t'avais pas vue! Biologie. Ventricule droit, veines pulmonaires, je baragouine en lui montrant ma feuille. C'était cool, hein, vendredi soir? Mes grands-parents ne se sont doutés de rien. Je vous avais dit qu'il y aurait pas de problème. On devrait recommencer, franchement. J'arrête pas de repenser à vous et à MacGraw. Il faisait tellement doux, l'air était si...

–Il me faudrait juste mon billet, dit-elle.

–Oui, bien sûr. (Je détache une fiche du bloc.) Je veux dire, on a eu trop de la chance, avec le temps. Il faisait un peu frais, mais c'était tonique. Tu as eu froid, toi, non? Je suis désolée. Mais n'est-ce pas que l'air était délicieux?

Laney soupire.

–Tu peux te dépêcher?

Elle est pâle. Elle a les lèvres blêmes et les yeux rouges. A-t-elle pleuré? J'espère que non. Elle me tend un mot d'excuse, un vrai. C'est une première. Il est signé docteur Quelque-Chose Illisible, mais il m'a l'air officiel. Pas étonnant qu'elle soit blafarde. Elle est légitimement malade. Il doit y avoir un virus qui circule. Cette semaine, nous avons atteint notre taux d'absentéisme le plus élevé de l'année. Il y a tellement d'absents que Mme Bardot ne sait plus sur qui cancaner. Laney aurait dû prendre une veste plus chaude, pour le terrain de golf. Je me demande si Nico est malade, lui aussi.

–Ah, je suis désolée que tu sois malade. Tu as dû faire une forte réaction, parce que tu allais bien l'autre soir, dis-je. Tu crois que c'est la grippe? Ou une angine? Quand les gens sont enfermés à l'intérieur, les microbes circulent en boucle, c'est comme...

–Non, mais tu me tamponnes le billet? lance sèchement Laney.

Ce n'est pas son genre d'être grossière, mais entre vraies amies, on n'a pas besoin de se faire des politesses. Ça craint d'aller en cours quand on se sent comme une loque. Elle doit avoir un contrôle ou un exposé qu'elle ne peut pas se permettre de rater, aujourd'hui. On pourra débriefer quand elle ira mieux.

Je remplis son billet de retard et je le tamponne: *Laney Villanueva / Rendez-vous médical.*

EXCUSÉ(E).

–J'espère que ça va aller mieux très vite.

Je suis sincère. C'est évident qu'elle a besoin de quelques jours de repos. Qu'est-ce qu'on va faire sans elle, Nico et moi? Elle va me manquer. Si nécessaire, je pourrai lui apporter ses devoirs à la maison pour chaque matière. Je vais lui envoyer un mail tout à l'heure pour le lui proposer. J'ai sauvegardé son invitation; pas que j'en aie besoin, je connais son adresse mail par cœur. Je me souviens qu'à l'époque où je prenais des cours de danse, l'Allegro semblait sans vie quand Laney était absente. Il n'y avait personne d'autre à regarder. Suivre les pas et imiter les mouvements, c'est une chose, mais personne d'autre n'avait l'air de savoir véritablement... *danser*.

Laney prend son billet de retard sans un mot. Elle me laisse et part en s'essuyant les yeux. Je parie que Nico va s'éclipser de son cours pour la retrouver à son casier et voir comment elle va. Je prends le mot de Laney pour le ranger. L'en-tête est au nom de *Docteure Vivianne Cho, Obstétrique et gynécologie*. Il me crie au visage: «Laney Villanueva est enceinte.»

Non, non, non, non. Noooon. Ce n'est pas possible. Ils sont mûrs et fiables. Ils figurent régulièrement au tableau d'honneur. Ils prient. Ils font partie de la chorale, nom de Zeus! Ils sont *heureux*.

J'attrape mes livres et je fonce en coupant par la cafétéria, puis je prends par l'arrière pour rejoindre le couloir des Seniors. J'ai tellement peur de ce qui va se passer que j'en ai mal à la poitrine. Comme si j'avais un poing enfermé dans ma cage thoracique qui cogne pour sortir.

En quelques secondes, je suis dans l'aile nord. Cachée derrière la vitrine des trophées, je regarde Laney marcher lentement, très lentement, vers Nico. Il a l'air à la fois courageux et terrifié. J'inspire et retiens mon souffle.

Les pas silencieux de Laney la portent au ralenti. À un mètre de lui, elle s'arrête. Elle attend. J'attends. Nico lui adresse un sourire vaincu et hausse les épaules, les mains vers le ciel, comme un gamin qui vient de se faire éliminer dans un championnat de baseball. Laney va à sa rencontre. Elle tombe dans ses bras ouverts et s'effondre sur sa poitrine. Quand elle se met à pleurer, sa tête s'imbrique parfaitement sous le menton de Nico.

– Ohh, Laney... ça va aller... On va s'en sortir...

Laney se couvre le visage et redouble de pleurs.

– Merde... dit-il doucement. Merde... merde...

Soudain, je fonds en larmes, moi aussi. De soulagement. D'espoir.

Derrière les portes des salles de classe, la vie scolaire continue. M. Tosh ânonne son cours sur la guerre de Cent Ans. Mme Rowen passe un dessin animé sur la loi de l'offre et de la demande. À la bibliothèque, quelques imbéciles zélés se récitent des moyens mnémotechniques pour retenir le règne, l'embranchement, la classe, l'ordre, la famille, le genre, l'espèce. Ça me paraît injuste que Holy Family continue sa vie, alors que celle de Nico et Laney vient d'être bouleversée.

Nico resserre les bras autour des épaules de Laney, qui tremblent, maintenant.

– Je suis là, je suis là, dit-il. On trouvera une solution, d'accord ? Toi et moi. Nous sommes toujours nous.

Nous.

Je ne sais pas si elle hoche la tête ou si elle essuie juste ses larmes. En tous cas, même si Laney ne le croit pas, là, maintenant, moi, je le crois.

Il lui murmure quelque chose que je n'arrive pas à entendre.

« Fais quelque chose. S'il te plaît. Pour moi. »

– Nico…, s'effondre Laney. Mes parents.

– Chut… Je sais.

– S'il te plaît, ne le dis pas à mes cousins. (Laney se recroqueville, les bras croisés sur la poitrine.) S'il te plaît, ne le dis pas à Fernando.

– Non, non. (Il la serre, l'avale dans son étreinte.) Je ne le dirai pas.

Laney et Nico vont garder le secret, et pendant ce temps-là, leurs proches et leurs camarades de classe continueront de danser le break, d'amasser des points de bénévolat, de manger des vermicelles. Laney et Nico et *moi*, nous garderons le secret.

– Qu'est-ce que je vais faire ? s'écrie Laney. Nous sommes *catholiques*.

Ils restent un long moment debout, soudés l'un à l'autre. Je les écoute renifler, inspirer et expirer. Je suis convaincue que ma respiration et mes battements de cœur se sont calés sur les leurs.

– Je suis censée aller à NYU, dit Laney. J'ai dix-sept ans…

Il la berce doucement dans ses bras.

Elle se dégage et plaque la main sur la poitrine pour déclarer :

– Je suis *danseuse*.

Nico prend le visage de Laney entre ses mains.

– Tu n'es rien obligée de faire si tu ne veux pas.

– Je ne veux rien de tout ça.

Elle secoue la tête. Il pousse un gros soupir.

–Je sais... je sais... je t'aime, dit-il. Tu le sais, n'est-ce pas? Mon Dieu, Laney, je t'aime si fort, et pour toujours. (Il la serre contre lui de nouveau). Je suis désolé, je suis tellement désolé, tellement désolé, mais tellement désolé, répète-t-il plusieurs fois. Et puis :

–S'il te plaît, ne me déteste pas.

Je me laisse aller contre le mur et repense à ce premier matin dans le bureau principal, à la façon dont il la regardait, dont il lui caressait les cheveux. «On est nuls au volant.» «C'est le créneau qui m'a eue.» Comment Laney pourrait-elle le détester? Comment Nico peut-il même l'imaginer? Je sais qu'ils vont surmonter cette épreuve. Je le sais tout au fond de mon cœur, parce que sous toute la peur, je vois tant de beauté.

Les observer dans cette bulle temporelle me fait penser à la chanson qu'ils répètent en chœur –les paroles s'échappent par les fenêtres ouvertes de la salle de chorale, et montent jusqu'à ma salle de classe au premier étage. Si j'écoute très attentivement, je distingue la voix de Laney, et celle de Nico, également, qui chantent la gloire et toutes les merveilles que voient nos yeux... «*I am blessed to be a witness*[2].»

---

2. Extrait d'une chanson de Ben Harper, qui signifie «Bénis sont les témoins».

29

Je me demande si je devrais mettre le cadeau de maman sur la table ou le cacher dans mon blouson jusqu'au dessert. Ce serait sympa pour elle de le voir tout de suite en entrant. Mais ce serait sympa aussi de lui faire la surprise plus tard.

En fait, je veux parler à maman de vrais sujets, ce soir ; pas juste échanger des conneries sur le temps, sur la santé de Poppy et Gran, ou sur les années qui filent de plus en plus vite (c'est vrai, cela étant, hein ?). J'ai besoin de savoir ce qu'elle a ressenti quand elle a découvert qu'elle était enceinte, comment papa a réagi, et s'il l'a prise dans ses bras comme Nico l'a fait pour Laney. Gran et Poppy étaient-ils choqués ? Ont-ils hurlé et pleuré ? A-t-elle regretté de ne pas être allée à Our Lady of Grace ? Je me demande s'ils s'attendaient à ce qu'elle se marie. Si Laney et Nico souhaitent parler avec quelqu'un qui a vécu tout ça, accepterait-elle de les voir ?

J'espère que maman aimera le cadeau que je lui ai choisi ; c'est une barre de verre avec son nom gravé dessus, pour poser sur son bureau, au travail: BIANCA WICKHAM. Ça ajoutera une touche professionnelle. Poppy dit qu'il a emprunté le prénom à Bianca Jagger, l'actrice qui a épousé Mick Jagger. Ça me fait bizarre que Mick Jagger soit plus âgé que Poppy, parce que Mick est une rock star qui remplit les stades, alors que Poppy se trimballe avec deux paires de lunettes à double foyer pendues autour du cou, qu'il porte à tour de rôle.

Certains modèles de gravure proposés pour le cadeau de maman comprenaient un titre sous le nom. Comme je ne connais pas son titre, j'ai commandé le nom seulement. En plus, c'est mieux, parce que si elle a une promotion ou change de poste, l'intitulé sera différent.

Je croyais que Bianca Jagger était juste actrice, mais je vois sur Wiki qu'elle est défenseure des droits humains, à présent. Et ambassadrice de bonne volonté, aussi. Les gens peuvent changer. Ils peuvent avoir plusieurs vies. Personne n'est obligé de plier des pulls éternellement ni d'être actrice pour toujours. On peut ne pas avoir besoin de plaque nominative un jour, et en avoir besoin le lendemain.

Heureusement, il me restait du papier d'emballage à motif ballons depuis l'anniversaire de Gran, ainsi que le ruban rouge d'un paquet de petits gâteaux envoyé par une de ses amies. Pile la bonne longueur pour le passer autour du cadeau de maman et faire une rosette.

J'espère que maman a faim, vu que j'ai déjà commandé des frites et des onion rings. Je crois que je prendrai le burger végétarien ; je pense beaucoup à l'Allegro en ce moment. Si j'avais continué les cours, je serais peut-être devenue une danseuse correcte (pas talentueuse, le talent, ça ne s'acquiert pas ; on l'a ou on l'a pas), et je serais en meilleure forme physique. Les choses étant ce qu'elles sont, je vais essayer d'améliorer mon mode de vie en commençant par diminuer la viande et la junk food et manger plus de légumes. Laney n'est pas du genre à poster des photos de ses repas sur ses réseaux. Si elle le faisait, je copierais tout ce qu'elle mange.

Je ne sais pas où en est ma mère de son alimentation. Elle a essayé le régime sans glucides, puis faible en glucides, le sans sucre, le 75 % de fruits et légumes, ainsi que d'autres variantes à la mode qui n'ont pas duré. Elle est toujours superbe, mais maintenant que j'ai vu ses anciens vêtements, je comprends qu'elle ne se reconnaisse pas. Il n'empêche qu'aujourd'hui, c'est son anniversaire, alors elle devrait s'autoriser tout ce qui la tente. Peut-être qu'elle prendra le fromage grillé, comme elle en avait l'habitude. À moins qu'elle n'ait pas envie de se rappeler ses années d'ado. Ça aussi, j'aimerais bien savoir : est-ce qu'elle aime repenser à l'époque où elle avait mon âge, ou pas ? J'ai tellement de questions à lui poser.

Le mini-jukebox de ma table a pour thème l'espace. Il y a *Rocket Man* d'Elton John, *Fly Me to the Moon* de Frank Sinatra, *Gravity* de John Mayer, *Space Oddity* de David Bowie, *Walking on the Moon* de Police, et *Cover the Moon* des Sons of Orwell. Papa et le groupe sont à Atlanta ce soir. Les clients du box juste derrière moi viennent de mettre une chanson. Des garçons qui rappent, une histoire de robots et de vaisseaux spatiaux.

J'adore parcourir les titres. C'est tellement satisfaisant de tourner le bouton à gauche et à droite et de voir défiler les pages en dur avec les listes. Je ne peux pas m'arrêter. Je tourne et ça défile, je tourne et ça défile. Bien sûr, tu peux entendre n'importe quelle chanson sur ton téléphone, mais le jukebox, c'est plus marrant. Un écran tactile ne te donnera jamais la même sensation. Ça doit être *Intergalactic* des Beastie Boys, la chanson avec les robots.

Je repêche une pièce de 25 cents dans mon blouson, la glisse dans la fente et sélectionne le numéro 48. Les accords de guitare de l'intro de *Cover the Moon* sont forts et agressifs. Mais quand arrivent les paroles, la chanson s'adoucit.

J'entends des jeunes qui rigolent bruyamment dans le coin du fond, alors je me retourne pour voir. Ce sont les V-Boys, dans un box, qui regardent une vidéo. J'ignorais complètement qu'ils étaient là. Ça ne me ressemble pas de ne pas remarquer ce genre de choses. J'ai la tête ailleurs, ces temps-ci. Je n'arrive pas à imaginer comment va Laney.

Les V-Boys sont en plein repas; ils mangent des doubles cheeseburgers, des pommes de terre au four et de gros sandwichs au pastrami. Vu le nombre de calories qu'ils brûlent en un seul numéro de danse, ils peuvent se le permettre, ça et bien plus.

Fernando occupe la place du milieu, il tient son téléphone en hauteur pour montrer une vidéo au cousin qui est à côté de lui. «Truc de ouf! Truc de ouf!», n'arrête pas de répéter le cousin.

–Je t'avais dit, ce gars, il fait des flips comme si la gravité n'existait pas, acquiesce Fernando.

Nico a tenu sa promesse. Fernando n'est pas au courant pour Laney. S'il savait, il ne serait pas là, à regarder des vidéos. Les cousins Villanueva sont tous dans une ignorance bienheureuse.

Je me demande comment maman a annoncé à ses amis qu'elle était enceinte. Et comment ont-ils réagi? Elle devrait arriver d'une minute à l'autre. Je n'aurais pas dû mettre les Sons of Orwell. Elle n'aura peut-être pas envie de les entendre. Pas de trace de sa voiture sur le parking, pour le moment. Avec un peu de chance, la chanson sera terminée avant qu'elle entre.

J'ai décidé, je mets le cadeau sur la table. Ça la distraira de la chanson, si elle n'est pas encore finie. Et puis la vie est trop courte pour remettre les cadeaux à plus tard. L'une de nous pourrait s'étrangler sur une frite, et que deviendrait le cadeau, dans ce cas?

–Et voilà! Frites et onion rings, dit la serveuse en déposant les assiettes.

Je la remercie et je prends une frite. Elle est chaude, croustillante et pas grasse, ce qui est bien. Les frites grasses devraient être interdites par la loi.

–Regarde la suivante! crie Fernando, qui s'échauffe. Non, pas eux, ils sont nuls. Saute-les, ces enfoirés. Passe le groupe suivant.

Je me souviens d'avoir vu Laney et ses cousins se produire ensemble, une fois. J'avais neuf ans. C'était le spectacle de fin d'année à l'Allegro. Ils avaient présenté une danse philippine traditionnelle où deux personnes, à genoux par terre, martelaient le sol avec de longues tiges de bambou entre lesquelles les danseurs devaient louvoyer. Comment ça s'appelait, déjà? C'était un peu comme le Double Dutch, le saut à double corde, mais avec du bois. Les tiges de bambou frappent le sol et s'entrechoquent pour battre le rythme. À entendre le bruit des coups de bambou, on devinait que ça ferait un mal de chien de louper une cadence et de recevoir une tige sur le pied. Les cordes à sauter pincent méchamment si tu te plantes, en Double Dutch. Mais le bambou pourrait te casser la cheville.

En regardant le numéro des Villanueva, je n'arrêtais pas de penser au nombre d'heures de répétition que ça devait représenter. Ils passent énormément de temps ensemble, que ce soit en tant que famille ou en tant que danseurs. Dans le bureau d'orientation de Holy, il y a cette inscription encadrée au mur: «Une famille qui prie ensemble reste unie.» Ça doit valoir aussi pour les familles qui dansent ensemble, ce qui explique que ce soit tellement grave pour Laney de cacher quelque chose à Fernando et aux autres. Nico est la famille qu'elle s'est choisie.

Je tape «danse philippine avec bambous» sur Google. Ça s'appelle le «tinikling». Il y a des vidéos, aussi. Si ça se trouve, le spectacle de tinikling des Villanueva est en ligne, mais peut-être pas. Ça remonte à longtemps.

La sonnette de la porte d'entrée tinte. Poppy entre, coiffé de sa casquette Sunoco. Je ne m'attendais pas à ce qu'il nous rejoigne. C'est gentil de sa part; il n'était pas obligé. Parfois, mon grand-père me surprend. Je pourrai toujours poser certaines de mes questions à maman, même si Poppy est là. De toute façon, je n'allais pas les poser toutes. C'est dur de passer de zéro question de fond à: «As-tu envisagé d'avorter? Qu'est-ce qui t'a fait changer d'avis?»

Poppy s'assied en face de moi et boit un peu d'eau dans le verre de maman.

–Bianca ne vient pas. Ça n'a pas marché, son nouveau boulot, me dit-il d'un ton factuel. Elle est gênée. Elle ne savait pas comment te le dire. Je suis désolé, mon petit.

Je me mets à fixer le ruban rouge et les ballons du papier cadeau. Pourquoi est-ce si difficile à croire ? N'aurais-je pas dû m'en douter ? Il y a trop de frites sur cette table, maintenant, et trop d'onion rings. Personne ne va les manger. Je m'enfonce dans ma banquette et j'entends le vinyle crisser sous mon dos.

–Ne nous fâchons pas contre elle, dit Poppy. C'est son anniversaire.

COEUR —> POUMON —> COEUR —> CORPS —> POUMON

Bianca avait tracé les flèches à la règle, mais pour finir, ses notes étaient parties en vrille. Je ne sais pas pourquoi elle dessinait des tornades. Elle devait aimer le geste de la spirale, large au début et de plus en plus étroit, pour se terminer par un point en bas.

Poppy fait signe à la serveuse.

–Est-ce qu'on pourrait avoir une boîte, s'il vous plaît ? Et l'addition.

Nous ne restons pas. L'Astro, c'est pour les gens heureux qui viennent de gagner un match de baseball ou de voir un film Pixar. Notre place, à Poppy et moi, c'est à la maison, pour panser nos plaies.

La porte s'ouvre et la sonnette tinte de nouveau. Ce sont les filles de l'équipe d'athlétisme, les meufs les plus badass de

Holy Family, en survêtements noirs assortis. D'autres équipes se sont plaintes qu'elles aient des tenues assorties pour les jours de semaine – casquette et ASICS noires, débardeur noir, ras-du-cou noir avec des ouvertures pour les pouces. Et pourquoi pas l'équipe de volley? Pourquoi pas l'équipe masculine d'athlé? Et le basket? C'était du favoritisme! Eh bien, les filles s'étaient acheté les tenues elles-mêmes. Ça a cloué le bec à tout le monde.

– C'est peut-être mieux comme ça, dit Poppy. (Il montre les onion rings du doigt.) En tous cas, ça se réchauffe bien, ça.

Les filles de l'athlé s'installent à la grande table longue, tirant les chaises pour s'asseoir et attrapant des menus. Tonia Lowe, la chef de l'équipe aux jambes interminables, rit et fait un doigt d'honneur aux garçons de l'équipe de cross, qui se répartissent dans des boxes. Les parents de la communauté assis au bout de la table rappellent à leurs filles de demander des additions séparées et d'éviter les sodas (trop de sucre), tout cela pendant que Poppy emballe nos plats.

– Bon, écoute, on devrait rentrer retrouver ta Gran avant qu'elle s'inquiète.

Poppy soupire et glisse de l'argent sous le porte-serviette.

Dans l'album de l'année de mes parents, la photo qui symbolise les Seniors a été prise sur ce parking, devant l'Astro. Je les y vois presque, à présent: quelques-uns sont perchés sur une grande Buick, d'autres agitent la main par les fenêtres ouvertes, d'autres encore sont accroupis devant l'ornement de capot. Certains ont gardé leur uniforme. D'autres l'ont troqué pour des jeans à taille ultra-basse et des sweats zippés à capuche. Il y en a aussi qui portent le blouson de leur équipe sportive. C'est un plan large avec l'Apollo en toile de fond, brillant de tous ses feux. Et eux, tu peux les voir à travers la vitre, Bianca Wickham et Carlo Tedoro, assis à cette table où nous sommes à présent, Poppy et moi, et où maman devrait être elle aussi.

Sur la photo, leurs mains se rejoignent au milieu de la table. Carlo regarde ses camarades de classe, dehors, prendre la pose. Ma mère a le visage de profil. Sa queue-de-cheval est plantée sur le sommet de son crâne. On dirait un de ces portraits en silhouette découpée qu'on voit souvent aux murs des chambres d'enfant, le modèle de la fille parfaite. Elle sourit à Carlo, peut-être même qu'elle rit. Bianca Wickham et Carlo Tedoro. *Eux.*

Pourquoi ne pouvaient-ils pas rester comme ils étaient? Comment le Couple le plus mignon en est-il venu à ne plus se parler, ne plus se désirer, ne plus s'aimer?

À quoi bon même poser la question, puisque je le sais déjà? Je le sais, je le sais, je le sais! Ils auraient dû aller à la fête de Missy.

La sonnette de la porte tinte encore une fois. Cette fois-ci, c'est moi qui sors en courant du restaurant. Les «auraient dû» sont inutiles. Car rien n'aurait pu empêcher maman de retrouver papa ce soir-là. Ni Poppy, ni Gran, ni Our Lady of Grace. Pas même la menace, le risque en filigrane, de mon existence, ne l'aurait arrêtée.

–Rafi! s'écrie Poppy. La porte claque sur son appel.

Mes pieds frappent l'asphalte. J'imagine les camarades de classe de mes parents prenant des airs pour la photo. Je traverse le parking à toute blinde et laisse ce beau monde derrière moi. Je ne me retourne pas. J'ai peur de voir Bianca et Carlo toujours assis à la table derrière la vitre, les mains jointes. Ou peur de ne pas les voir.

Je fonce vers le haut de la colline. Le sol de béton est dur et j'ai les mollets en feu. Gran a raison depuis des années: il n'y a aucune raison de sortir, on est bien à la maison. Il ne se passe rien de bon dehors dans le monde. À la maison, il fait chaud, et Gran a douze sortes de thés et de tisanes dans le placard. On regarde les nouvelles des célébrités à partir de 19 heures tous les soirs. On a chacun son plaid en polaire: le mien est jaune, celui de Gran est bleu et celui de Poppy est rouge. Dehors, la température a chuté de quelques bons degrés. Je ne porte que mon léger blouson, et je reçois les gaz d'échappement des voitures en pleine figure.

Lorsqu'elle m'a laissée à Gran et Poppy, ma mère savait-elle qu'elle ne reviendrait pas? Était-ce ce qu'elle avait en tête? Lui est-il venu à l'idée de me le dire franchement, pour que je ne l'attende pas, que je ne reste pas à espérer qu'elle prenne sa vie en main et revienne me chercher?

J'aurais dû le voir venir, pour ce soir. Quand j'atteindrai mes dix-huit ans, ce sera fini: ses chances d'être ma mère seront passées. Est-ce ça justement qu'elle attend? J'aurais dû le comprendre.

Je dévale Sutter Boulevard, dépasse comme une flèche la supérette Seven-Eleven, la station essence, puis la bordure arrière du terrain de baseball de Holy Family. *Cours, cours; plus vite, plus vite, plus vite.* Dans ma tête, je fais partie de l'équipe d'athlé de Tonia Lowe et des autres intrépides que rien n'arrête, je porte un survêt noir et j'ai des bandes blanches sur mes sneakers. Je tire sur mes bras, je tire, je tire, plus vite, plus vite. Si j'étais une de ces coureuses badass de l'équipe, qui écoutent des filles rapper, volume à fond sur le portable coincé dans le brassard de Tonia – *money money money* –, peut-être que Bianca serait fière de moi. Elle me soutiendrait en brandissant un panneau peint aux couleurs de l'école, elle viendrait à l'Astro et me mettrait en garde contre le sirop de maïs à haute teneur en fructose. Je serais un éclair, trop vif pour être renié, trop rapide pour être rejeté.

Je cours vers l'arrêt de bus. Il y en a un qui arrive. Je vois ses phares avant et la casquette du chauffeur. Je tire sur les bras et force mes jambes à continuer. J'ai les poumons en feu.

CŒUR —> POUMON —> CŒUR —> CORPS —> POUMON

Tous les efforts de ma mère se sont réduits à des spirales et des tornades. J'aurais dû garder sa robe prune, j'aurais dû la garder pour toujours dans son placard. J'avais *une* belle chose, positive, venant d'elle. Une seule. Et maintenant, elle a disparu.

– Attendez-moi ! S'il vous plaît !

Je fais signe au chauffeur. Je suis haletante. Je vais le faire, je vais prendre cet autobus et je vais obtenir toutes les réponses dont j'ai besoin, car je n'ai pas de mère et je n'ai pas de père – je suis Annie la petite orpheline, je suis Madeline à Paris, je suis Mowgli se débrouillant seul dans la jungle, et je mérite des réponses.

J'atteins le bout de la queue pour monter à bord, la main sur le flanc. Ce point de côté va me tuer. Je vais m'effondrer et personne n'en aura rien à faire. Les passagers de ce bus ont eu une journée difficile. Ils enjamberont mon corps, soucieux d'arriver chez eux à l'heure pour le dîner.

Nous avançons lentement. Je touche la rampe d'acier et le froid me transperce jusqu'à la moelle des os. Je m'assieds. Le radiateur souffle derrière mes jambes. Je me penche en avant pour me réchauffer les mains. Je reste comme ça, le corps plié sur les genoux un moment puis, quand la sensation revient dans mes doigts, je récupère mon téléphone dans mon sac et je commence ma recherche.

Les mocassins « *Penny Loafers* », dessinés en 1938 par G. H. Bass, s'appelaient à l'origine des « Weejuns ». La bande de cuir du dessus, avec sa découpe, leur valut une grande popularité auprès des étudiants. Bien que ce ne fût pas l'idée de Bass, les étudiants prirent l'habitude de glisser des pièces de 10 cents dans la découpe pour les téléphones payants. Avec le temps, on trouva que les pièces de monnaie en cuivre rendaient mieux dans les mocassins marron, qui devinrent alors le modèle le plus en vogue, et prirent bientôt le surnom de « *Penny Loafers* ».

C'est l'heure du dîner, le jour de l'anniversaire de maman, et je suis dans l'autobus public, en train de rechercher l'histoire des *Penny Loafers* sur Google, parce que je vais mieux m'en sortir qu'elle. Je branche mes écouteurs. Je trouve Broadway Radio, et j'appuie sur *Play*. Quand je dis que je vais faire quelque chose, je le fais, que ça me plaise ou non.

Le bus est plein d'adultes fatigués en doudounes démodées, qui, malgré leurs dix heures passées avec un patron coléreux en échange d'un salaire dérisoire, rentrent à la maison faire dîner leurs enfants et leur donner le bain. Ils feront réciter leur table de huit aux petits parce que c'est la plus difficile. Ils le feront pour rien de plus que des colliers de nouilles et des peintures au doigt. Ils porteront ces machins pourrissants et afficheront ces œuvres affreuses sur le frigo avec des magnets alphabet, parce que c'est ce que font les parents. Ils rentrent à la maison, ils embrassent leurs enfants. Ils viennent quand ils sont attendus, et ils mangent des frites et des onion rings.

Mais pas les miens.

«Je suis perdue, avait-elle écrit dans son cahier. J'abandonne. Pitié!»

Elle ne va pas revenir me chercher. Je n'ai pas besoin d'avoir dix-huit ans pour que cette attente s'achève. Nous n'avons jamais prié ni dansé ensemble. Depuis le début, c'est fini.

Je l'ai toujours su.

30

J'y suis. J'ai trouvé facilement, juste en face des immeubles de condos de Cottonwood et de la zone commerciale où il y a le petit salon de glaces Carvel. Rien à redire sur la maison, elle a l'air en bon état, bien entretenue. Sauf que ce n'est pas la même.

Je lève le bras, je me cherche dans l'écran, et je cadre la petite maison en arrière-plan.

Clic.

Je tape « Bon anniversaire. »

Envoyer.

Je devrais avoir mauvaise conscience d'être ici, à ce qu'on m'a dit. *Comment avez-vous pu aller là-bas ? C'est de l'intrusion ! On devrait vous arrêter !* Quand tu vois des gens dans des lieux attendus, pas de problème. Mais quand tu les vois dans un lieu inattendu, est-ce que ça devient un délit ?

La voiture se range le long du trottoir. Je suis montée dans cette voiture. Je me suis accroupie par terre, à l'arrière, et j'ai mangé des biscuits qui étaient dans la poche du dossier.

Mon téléphone vibre.

Où est-ce? Je suis désolée de ne pas avoir pu venir. Ce n'est que partie remise, promis. Tu ne peux pas m'envoyer une photo où tu souris? Pour mon anniversaire?

Par la vitre baissée de la voiture, j'entends trois secondes entières d'une chanson d'amour sombre et déchirante, de la voix la plus triste que j'aie jamais entendue, puis le moteur est coupé.

–Il y a quelqu'un? (M. Bryant scrute les arbres en plissant les yeux.) Qui est là?

C'est moi, votre photographe de choc. Je m'avance dans le halo du lampadaire.

–Rafi?

M. Bryant se raidit, écrasant le sac de courses qu'il a au creux de son bras –rien qu'un, des courses d'homme seul. Pour dîner, il ne mettra même pas le couvert. Il mangera à même la casserole, au-dessus de l'évier, pour ne pas avoir à laver d'assiette ni à passer l'éponge sur la table de la cuisine.

–Qu'est-ce que vous faites là? me dit-il. Vous ne devriez pas être ici.

–Et vous? je rétorque. Vous êtes venu à Holy Family. Vous n'auriez peut-être pas dû être là non plus. C'est mon école. Vous n'y travaillez même plus.

Les règles doivent s'appliquer à tous ou à personne.

–J'étais invité au banquet des Seniors, je vous l'ai dit.

Il parle très lentement, maintenant, comme si j'avais cinq ans, comme si j'avais des difficultés de compréhension. Mais je comprends tout. Je ne suis pas idiote. J'ai eu B à son cours, et je ne trichais même pas.

–Vous n'avez pas été invitée ici, Rafi, poursuit-il. D'ailleurs, comment m'avez-vous trouvé? (Il se tait un instant.) Peu importe. Je n'ai pas besoin de le savoir. Vos grands-parents savent-ils où vous êtes? (Il attrape son téléphone.) Ne m'obligez pas à appeler la police.

L'année dernière, les Bryant avaient dîné de lasagnes avec du pain à l'ail et même de la salade. Un vrai repas chaud. Ils écoutaient la radio en mangeant: le Top-40. Je l'entendais à travers les fenêtres à moustiquaire. Je ne pouvais rien imaginer de plus agréable que de dîner en famille en écoutant de la musique. Il avait trouvé la photo que j'avais prise sur ma pellicule. Pourquoi s'était-il mis tellement en colère? L'éclairage était vraiment joli. C'est toujours plus beau au crépuscule, l'heure dorée.

–Je voudrais juste vous parler. S'il vous plaît, monsieur Bryant, dis-je d'une voix qui s'étrangle. Il me faut juste cinq minutes pour vous expliquer. Après, je ne vous embêterai plus jamais, je vous le jure.

Il jette un coup d'œil vers sa maison, ramène le regard sur sa voiture. Voici ce que je suis pour M. Bryant, une ado déséquilibrée sortie d'un film de Lifetime, qui l'oblige à choisir entre la fuite et l'affrontement.

–Rafi, il faut que vous me laissiez tranquille. C'est grave. Je vous ai dit cent fois de garder vos distances. Ça dure depuis bien trop longtemps. Rentrez chez vous et je ne dirai à personne que vous êtes venue, d'accord? répond-il en s'engageant dans l'allée.

«Vos distances, gardez vos distances.»

Il appuie sur son plip. Derrière moi, la voiture se verrouille. Il a appris ça grâce à moi. Nous avons appris l'un de l'autre.

L'année dernière j'avais juste voulu voir le sapin de Noël des Bryant. Il avait l'air si beau, vu de la rue, avec ses lumières blanches clignotantes et l'ange qui brillait au sommet. À l'intérieur, c'était encore mieux que dans mon imagination. Les décorations étaient faites à la main: des flocons de neige en fil de fer et perles brillantes, une guirlande de pop-corn, des bonshommes de neige en polystyrène. La couverture du canapé, si chaude et douillette dans mes bras, sentait le sirop d'érable et le porridge.

J'avais pris une poire en verre sur l'étagère. Elle était parfaitement lisse, fraîche et lourde entre mes mains. Elle tenait dans ma poche de manteau. Je voulais la mettre sur le rebord de la fenêtre de ma chambre pour voir si le soleil dessinerait des arcs-en-ciel en passant au travers.

–Je n'ai jamais eu de famille comme la vôtre, dis-je maintenant à M. Bryant, parce que je me suis préparée.

Je l'ai trouvé, cette fois. La liste d'invitation au banquet était sous mon nez, dans le tiroir du bureau de Mme Bardot. Je continue :

–Mes parents se sont séparés avant ma naissance. Et puis, ma mère m'a quittée quand j'avais trois ans.

J'ai beaucoup de mal à prononcer ces mots. Je ne les avais encore jamais dits à haute voix. «Ma mère m'a quittée.»

–Je vous trouvais parfaits. Vous, Mme Bryant et les enfants. Et même Boss Man.

Ce soir-là, j'avais fait le tour du salon de M. Bryant en passant les doigts sur la belle poire lisse en verre dans ma poche.

J'avais regardé les photos des anniversaires en famille et de Boss Man lorsqu'il était encore chiot. Tellement petit qu'il tenait dans une pantoufle.

Maintenant, il n'y a pas une seule lumière allumée chez lui. Il n'a même pas eu le droit de garder Boss Man. Il aurait dû avoir le chien, au moins. Mais c'est clair, il n'a pas voulu priver ses enfants de leur chien, ce n'est pas le genre de M. Bryant. J'ai fait une vidéo à Dabney Park, quand ils lui apprenaient à attraper un frisbee. J'ai filmé la toute première fois où il y est arrivé. Il a cueilli le frisbee en plein vol. Tout le monde a applaudi. M. Bryant a pris Boss Man entre ses mains et s'est mis à courir en le tenant au-dessus de sa tête. Il devrait avoir cette vidéo maintenant, il aurait pu conserver cet instant pour toujours, mais non. «Effacez-la. Effacez-la tout de suite.» Quel dommage. Le premier frisbee de Boss Man.

–Je ne pouvais pas m'arrêter de vous observer, vous tous. C'était juste que... je ne savais pas que des familles comme la vôtre existaient pour de vrai. Je vous ai pris en photo pour vous avoir près de moi, comme si vous étiez ma famille. Je voulais juste être proche de vous tous. Ça n'a jamais été ce que vous croyiez, dis-je. Je n'avais pas de sentiments amoureux. Je ne vous aurais jamais touché, ce n'était pas ça.

Je me souviens que le plancher de sa maison grinçait sous mes pieds, à chacun de mes pas. J'avais pensé que c'était à cause de la poire, très lourde, qui me lestait, comme les gens qui remplissent leurs poches de pierres et prient pour que le pardon leur soit accordé, avant de s'enfoncer dans un lac. J'avais l'impression de couler. J'avais dû sortir la poire de ma poche, effacer mes empreintes et la remettre là où je l'avais trouvée. Je l'avais prise en photo, à la place, mais la lumière du flash avait rebondi vers l'appareil. Du coup, la photo était trop floue pour que M. Bryant reconnaisse quoi que ce soit. Il ignorait que j'étais allée plus d'une fois chez lui, ignorait que j'étais *entrée* dans la maison. Le flash de cette photo ratée m'avait sauvée. J'aurais été renvoyée.

M. Bryant ne lève pas son téléphone. Ce qu'il fait, à la place, c'est qu'il se tourne vers moi. Son expression est plus douce, parce qu'il se soucie de ses élèves. Peut-être est-il capable de comprendre la petite fille de trois ans que j'étais, dont la mère ne supportait plus le rôle de parent.

Je repense à la jeune maman de ce vieux fait-divers, celle qui a étouffé son gosse et caché le corps. Pendant que le petit était «porté disparu», sa mère a été photographiée dansant sur un comptoir de bar. Elle avait un tatouage *La Dolce Vita*. Je déteste penser à elle et à ce bébé, à ces grands-parents et à ce tatouage. Ça me dégoûte d'y penser. Chaque fois, ça me donne des frissons dans le dos, et pourtant, je pense tout le temps à eux. *La dolce vita*: c'était ce que voulait cette femme.

–Je n'ai jamais voulu vous causer d'ennuis, dis-je.

–D'accord.

Le ton de M. Bryant signifie qu'il m'entend, non qu'il accepte.

C'est ma dernière chance de lui poser la question, mon temps touche à sa fin.

–Est-ce que vous croyez toujours que l'amour existe vraiment –je veux dire, que les gens peuvent tomber amoureux et que ça peut durer pour toujours?

C'est ce que j'aurais dû lui demander il y a un an, si j'avais su que c'était la réponse dont j'avais besoin.

Il prend une grande inspiration.

–Je ne sais pas.

–Mais vous êtes professeur. (Ma voix se brise.) Vous êtes censé savoir…

–Je ne suis plus votre professeur. (Je le sens qui s'éloigne de nouveau, comme un chat qui creuse le dos et t'échappe quand il a eu son content d'affection.) Je ne peux pas vous aider, Rafi.

Mes cinq minutes sont écoulées.

–Je vais rentrer, maintenant, pour dîner paisiblement. Je compte sur vous pour rentrer chez vous. (Il fait un pas. Les contours de son visage dans la lumière du lampadaire dessinent un portrait de M. Bryant seul.) Au revoir, Rafi.

–Au revoir, monsieur Bryant.

Je n'ai rien à faire ici.

31

Tomás Diaz, te voilà. Tout ce que je veux, c'est une photo, une pauvre photo de toi pour pouvoir finir les Superlatifs. Ne me condamne pas à l'échec, Tomás, s'il te plaît. Je vais faire les choses que je me suis promis de faire, même si ça me tue. Je ne supporte pas ta façon de t'enfuir et de te cacher. Je ne peux pas vivre comme ça. Pourquoi tout le monde me fuit ?

Je te vois près de la fontaine à eau, en train de bavarder avec Summer Shah. Es-tu conscient que Summer Shah craque pour toi ? Elle serait prête à coucher avec toi. Est-ce que tu remarques qu'elle tourne son corps vers toi, qu'elle met sa poitrine en valeur ? Elle se roulerait par terre et te supplierait. Tu t'en fiches, hein, même si elle est mignonne ? Tu es toujours incapable de t'intéresser à qui que ce soit d'autre que Laney Villanueva.

– Tomás !

J'arrive à croiser son regard. Il tourne le dos. Je suis terrassée. Arrête de m'éviter, Tomás. Nous avons beaucoup en commun, toi et moi, tu n'imagines pas. Tous les deux, nous rêvons de choses qui n'arriveront jamais. S'il te plaît, arrête de me fuir.

–Tomás! Attends!

Il presse le pas et nous plante, Summer Shah et moi, à côté d'une affiche sur les EFFETS NOCIFS DU TABAC.

–Je suis désolée. C'est moi qu'il évite, pas toi, dis-je à Summer Shah.

Nous lisons la liste: DÉPENDANCE, AVC, RIDES, DOIGTS JAUNIS, CANCER...

Summer Shah s'en va en balançant son sac de gym pardessus l'épaule. Me voici seule avec MALADIES CARDIAQUES, ULCÈRES DE L'UTÉRUS, STÉRILITÉ ET OSTÉOPOROSE.

Je me retourne et découvre Nico Fiore, debout devant mon casier. Il n'a aucune raison d'être ici. Il a cours tantôt dans le bâtiment est, tantôt dans la nouvelle aile. Il lui a fallu traverser la cour en sortant du couloir des Seniors pour venir. Il est venu *pour moi*. Dans ma tête, c'est un garçon dans un film qui s'apprête à faire une déclaration. Dans trois secondes, il va lever une grosse radio qui passera notre chanson, ou un panneau marqué: «Bal de promo?»

Alors, c'est ça qu'on vit quand on est Laney, hein? Voir les épaules de Nico se dessiner en contre-jour devant les fenêtres, reconnaître le sommet de sa tête et l'angle de son bras, sa main plaquée sur la nuque. C'est ça, d'être la petite amie de Nico Fiore: le vent en poupe, jolie, éclairée de l'intérieur. Je sautille presque pour le rejoindre, c'est plus fort que moi, tout juste si je n'entends pas une chanson d'amour à l'arrière-plan –ça y est, je suis presque à côté de lui. *Trois... deux... un...*

De près, son visage est blême et crispé. Alors, ça me revient. Laney est enceinte. Ce n'est pas le moment de sautiller.

–Salut, Rafi. (Il y a de la souffrance dans ses yeux.) Je me demandais si tu pouvais m'aider pour un truc. C'est important.

–Ouais, bien sûr.

Tout ce que tu voudras. Toujours.

–Tu crois que tu pourrais me récupérer une enveloppe avec l'en-tête de Holy Family?

Il me dit ça d'une voix tendue que je ne lui connaissais pas.

–Oui, pas de souci.

Il y en a une boîte de cinquante au bureau, juste sous le comptoir. S'il les veut toutes, moi, ça me gêne pas. Mais je les lui donnerai une par une pour qu'il revienne me trouver.

–Je peux te demander pour quoi faire?

–Je... euh... (Nico baisse la tête.) Laney et moi, euh, ça va pas trop bien en ce moment.

Il ne s'est pas douché ni peigné. Il a remonté les manches de sa chemise chiffonnée, peut-être pour cacher une tache ou un bouton manquant. Si ça se trouve, c'est sa chemise d'uniforme d'hier qu'il a sortie du linge sale. Si j'appuyais les mains à plat sur son torse, je pourrais lisser les plis.

–Il s'est passé beaucoup de choses.

Il se tait, hésite à m'en dire davantage.

Dis-m'en davantage, Nico.

–J'essaie de lui parler, mais elle ne me rappelle pas, continue-t-il parce que *nous sommes amis*. Elle ne répond pas à mes textos ni à mes appels. J'ai mis un mot dans son casier, mais elle l'a jeté. Elle l'a même pas ouvert.

Je sais. Je sais tout, ai-je envie de lui dire.

–Je suis désolée.

–J'ai pensé que si je lui écrivais une lettre et que je la mettais dans une enveloppe de l'école, elle y jetterait au moins un coup d'œil, non? (Il soupire.) Je sais pas.

–Si, elle regardera. J'en suis sûre.

Tout s'explique, maintenant: pourquoi j'ai rencontré M. Bryant, pourquoi j'ai eu des ennuis au printemps dernier, et pourquoi le père Philip m'a affectée à ce travail au bureau d'accueil –tout ça m'a amenée là où je suis maintenant, pour que je puisse aider Nico et Laney. Et je vais le faire.

–Je peux la mettre dans la boîte aux lettres de son prof principal, aussi. Je veux dire, si tu veux. Je crois que ça aidera.

Nico relève la tête.

–Tu pourrais?

Il y a une étincelle dans son regard. L'espoir que je viens de lui donner.

–Bien sûr.

–Je ne sais pas quoi faire d'autre. Elle ne m'a jamais rejeté avant. D'habitude, elle me raconte tout.

Il se frotte la figure.

–Rafi…

Nico plonge la main dans sa poche et en sort une feuille pliée en quatre. Il la dépose au creux de ma main. Je referme les doigts dessus. *Trois… deux… un…* Nico Fiore passe les bras autour de mes épaules et me chuchote un mot à l'oreille. Notre quatrième contact physique à ce jour. Son étreinte est presque comme je l'imaginais.

–Merci, dit-il.

Je suis la première à allumer la photocopieuse ce matin. Elle met quelques minutes à chauffer, pile le temps qu'il me faut pour ouvrir les stores, arroser les plantes, sortir le papier de la corbeille et le mettre dans la poubelle à recycler, allumer les unités centrales et les moniteurs.

Bip.

La machine est prête. J'appuie sur le bouton, réglé à 1.

Laney ma très belle,

Je n'arrête pas de repenser au jour où nous nous sommes rencontrés. Je suis entré dans la maison de Fernando. Ses frères étaient au salon, ils avaient mis de la musique et s'entraînaient à faire une pyramide en rigolant. C'était assez chaotique. Le père de Fernando disposait des plats sur la table et sa mère lui criait d'ouvrir les fenêtres. Et puis, il y avait toi, assise sur un tabouret de comptoir, en short et sweat-shirt gris ultra-large, en train de manger des raisins. Ta queue-de-cheval t'arrivait au bas du dos. Tu étais si droite et si gracieuse. Fernando a dit : « Je te présente ma cousine Laney. Elle danse, elle aussi, mais c'est une artiste respectable, pas comme nous avec nos conneries. Laney, voici mon pote Nico. »

Tu étais tellement jolie, tellement, tellement jolie. Tu as levé la main et tu as dit « Salut », et voilà, c'était tout. Tu n'as même pas dit mon nom. Ça m'a tué que tu ne dises pas mon nom, comme un coup de hache en pleine poitrine. Tu es retournée à tes raisins et tu as continué à manger. C'était dingue, j'avais trop envie de capter ton attention, j'en aurais pleuré. Je me suis juré que si j'arrivais un jour à faire en sorte que tu me regardes, que tu me remarques, je ne le considérerais jamais pour acquis. Que si j'arrivais un jour faire en sorte ce que tu sois avec moi, je veillerais sur toi jusqu'à ma mort, et j'étais sincère. Je le ferai. Il faut juste que tu me laisses le faire.

Mon Dieu, Laney, tu me manques tant. Je suis désolé pour tout ce que j'ai pu dire d'idiot, d'insensible ou d'immature. Si j'ai fait quelque chose qui t'a blessée, je me déteste pour ça. Tu ne le mérites pas. Je ne ferais jamais rien délibérément pour te blesser, j'espère que tu le sais.

Je veux ce que tu voudras. Si tu veux qu'on s'en occupe, j'irai avec toi. Je te tiendrai la main et je m'assurerai que ça va, que tu es OK. Si tu veux que nous formions une famille, je suis là. Je parlerai à mes parents. Je parlerai à tes parents. J'ai peur, moi aussi. Bien sûr que j'ai peur. Mais nous pouvons y arriver. Je ferai tout ce que tu voudras.

Je veux juste être avec toi – je veux que ce soit toi et moi, quoi qu'il arrive. Ça, ça ne changera jamais. J'ai l'impression que nous nous rencontrons pour la première fois de nouveau. Regarde-moi, Laney. Dis-le, dis mon nom, parce que je suis en train de mourir à l'intérieur. Je suis là pour toi, pour nous. S'il te plaît, parle-moi et dis-moi ce dont tu as besoin. Je t'aime tant, et pour toujours.

Ton Nico

32

Dans le quartier de Laney, les rues sont bordées de gros arbres dont les racines soulèvent les trottoirs. Les maisons y sont petites, mais charmantes, comme dans les livres de contes. Ça me fait bizarre d'être à vélo la nuit – déjà que le jour, je me sers rarement de ma bicyclette. Même cet été, je ne l'ai pas beaucoup prise. Le vélo, c'est une activité de gens heureux. Étais-je malheureuse ? Je ne me souviens pas de mes sentiments avant le début de l'automne.

Par chance, j'avais des gants dans mes poches. J'ai hâte qu'il fasse meilleur, et en même temps, j'aimerais que les beaux jours n'arrivent jamais. Laney a acheté sa robe pour le bal de promo dès le mois d'août. Elle l'a vue dans un magasin, elle a tout de suite su que c'était la bonne et n'a pas pu résister. Je l'ai entendue raconter ça à Kendra Darling. Je suis trop contente que sa robe soit blanche. Le blanc est indémodable, et fera tellement beau sur sa peau. Ils seront intemporels, Nico et elle, sur leurs photos. Je pourrai les faire poser dans l'escalier. Il la tiendra dans ses bras. Elle aura ses chaussures à la main parce qu'elle aura dansé à s'en user les pieds.

Ils veilleront sans doute très tard, et puis ils iront à la plage. Nico lui donnera sa veste de smoking, et ils se promèneront au bord de l'eau. Le smoking de Nico arrivera presque aux genoux de Laney, exactement comme son coupe-vent au terrain de golf. Ça leur rappellera cette nuit-là, et ils penseront à moi. Ils en parleront, alors – moi et MacGraw, le ciel nocturne et le clair de lune éclairant le green impeccable. N'est-ce pas que ce serait géant, Nico et Laney parlant de moi le soir de leur bal de promo ?

À la maison, où je parcourrai mes photos du bal, j'éprouverai une sensation étrange, parce que quelqu'un, *eux*, sera en train de penser à moi. « *Quelle belle année nous avons passée* », diront-ils. Et quelle belle soirée c'était. « *Quelle soirée ! Merveilleuse. Quelle vie !* »

Ça y est, j'y suis. Sa maison n'est pas aussi loin que je le croyais, c'est plutôt bien. En plus, mes poumons avaient besoin d'air frais. Laney est en haut dans sa chambre. Je vois ses murs bleu pervenche à travers les stores abîmés. Il y a une lumière ténue au fond de la pièce. Elle s'est blottie là et elle ignore les textos de Nico. Ou alors, elle les lit et relit. Peut-être qu'elle écrit et réécrit des réponses, et qu'elle reste longuement le doigt suspendu au-dessus de la touche *Envoyer* avant de les supprimer.

Écris : « *Moi aussi je t'aime, Nico.* » Puis appuie sur *Envoyer*. Il n'en faut pas davantage, Laney, pour qu'il soit là dans dix minutes. Envoie. Envoie et soyez ensemble. Alors, tout ce que j'imagine pour la soirée du bal de promo se réalisera. J'attends en serrant le guidon entre mes doigts gantés.

Il n'est pas là. Ni après dix minutes, ni après douze, ni quinze, ni vingt. Toujours pas là.

Oh, Laney, combien de temps vas-tu me faire attendre ?

Elle regarde un écran au halo violet. Je connais cette vidéo – les couleurs, le rythme, ils sont juste au bord de ma mémoire –, j'essaie de mettre le doigt dessus, je sais ce que c'est. Je l'ai visionnée d'innombrables fois. Un clignotement orange. Un faisceau bleu pâle. Un éclair de blanc. Je m'efforce de me souvenir. Laquelle est-ce ?

J'aimerais dire que c'est elle et lui dans le lit de Nico. Le bleu de ses draps et le blanc de ses murs. Il la chevauche. Elle se tourne sur le ventre. Il trace des lettres sur son dos. Mais il y a quelque chose qui ne colle pas. L'éclairage était resté stable dans la chambre de Nico. La caméra n'avait cafouillé qu'à la fin : taies d'oreiller grises, plafond, commode, tapis. Non. Le violet, l'orange et le mouvement de cette vidéo ne correspondent pas. Ce n'est pas celle-là.

Je la reconnais enfin : c'est le spectacle de Laney sur *This Year's Love* pour la soirée des bagues. Laney est là-haut dans sa chambre, et se regarde jeune, libre et belle, et je sais ce qu'elle pense et ressent dans son cœur. Je l'ai entendu le dire à Nico : « Je suis *danseuse.* »

33

J'arrive en retard en Histoire des États-Unis. Je ne sais pas pourquoi on a mis si longtemps, le père Philip et moi, à nettoyer les cages des perroquets, aujourd'hui. Elles étaient moins sales que la dernière fois. Mercredi dernier, il y avait plein de crottes, et le sol de l'entrée était couvert de coquilles vides.

Nous devions être absorbés par notre conversation. Le père Philip m'a dit que je ne devrais pas me laisser trop décourager par la soirée d'anniversaire de maman. Il est sûr qu'elle fait de son mieux. Oui, ben moi aussi. Je suis contente de lui avoir montré les photos que j'ai prises ces deux derniers mois. Je voulais qu'il sache que je ne chôme pas. Il était vraiment satisfait.

Il a aimé la photo de Jason Reese et Ben O'Neal, des Juniors tous les deux, en train de se faire des oreilles de lapin pendant le match de foot de la fête des anciens élèves. Le père Philip a ri quand il l'a vue. « Elle était très réussie, cette fête. Ces deux-là sont excellents aux manettes. Ils savent chauffer le public », a-t-il dit. Je crois que c'est eux qui ont eu l'idée de passer des chansons-dédicaces et de lire des messages d'élèves et de professeurs en direct. Jason et Ben, ce sont de super ambianceurs de match. Je mettrai ça dans leur légende. Je suis quasiment sûre qu'ils remporteront le Couple le plus mignon, l'année prochaine, et dans les règles.

Le père Philip a été impressionné par ma photo préférée, aussi, celle sur la banquette de fenêtre, à côté de la cafétéria. Je crois que ce n'est pas une vraie banquette, en fait, juste un radiateur avec des plantes dessus, mais les élèves ont pris l'habitude de s'y installer. J'imagine toujours mes parents assis là tous les deux, en train de rigoler – Bianca en tailleur, mordant dans un sandwich, et Carlo vidant un sachet de chips directement dans sa bouche.

Un jour, il y a quelques semaines, j'ai halluciné en découvrant Laney et Nico assis pile à cet endroit, dans ces postures. Je suis restée scotchée à les regarder pendant une bonne dizaine de secondes. J'étais tellement sidérée que j'ai failli en oublier de les photographier. Dieu merci, je l'ai fait. Ça a super bien rendu. La banquette de fenêtre a l'air d'une serre, sur la photo.

– Elle est belle, celle-là ! s'est exclamé le père Philip en la voyant. Ils sont chouettes, en plus, ces deux jeunes.

Je me demande s'il les trouverait toujours chouettes, s'il savait pour Laney. Je crois que oui. Ce sont des choses qui arrivent. Il attend beaucoup des élèves, mais il sait aussi que « nous sommes humains ». C'est ce qu'il m'a dit au printemps dernier. « Il nous arrive à tous de ressentir des émotions fortes, et nous commettons tous des erreurs. Nous sommes humains », pour le citer précisément. Mais je sais quel conseil il donnerait à Laney et Nico, au bout du compte. Comme dit Laney, nous sommes catholiques.

Mes mains sentent le perroquet, il faut que je les lave. Là, dans ces toilettes pour filles. J'entre. Elles ont enfin été repeintes, en rose clair comme les autres. J'ai bien cru qu'ils n'arriveraient jamais jusqu'à cette aile. Les vieux murs jaunes étaient sales et écaillés.

Le père Philip m'a dit que les perroquets vivaient à l'institut Holy Family depuis les années 1980. Ils ont retenu des phrases, au hasard, que les élèves hurlaient dans l'entrée à cette époque, et ils les répètent encore aujourd'hui. Caïn dit: « Tu lui pètes la jambe ! Tu lui pètes la jambe[1] ! » Et Abel: « Tu te calmes ! Tu te calmes[2] ! » Ils n'ont rien appris de nouveau depuis 1989. C'est rassurant, dans un sens, de savoir que mes parents entendaient les perroquets dire ces mêmes vieilles répliques quand ils étaient à Holy.

Quand je ferme le robinet, j'entends quelqu'un qui pleure dans un des cabinets. Tout en m'essuyant les mains, je me penche et regarde sous le bas des portes. Il y a un fourre-tout matelassé pendu au portemanteau du troisième cabinet. Laney. Je m'arrête, et je l'écoute renifler et dérouler du papier toilette.

– Eh ! (Je me rapproche.) Ça va ? Je peux t'aider ?

La porte s'ouvre. Laney Villanueva est devant moi, tremblante.

---

1. Réplique du film *Karaté Kid*, John G. Avildsen, 1984.
2. Réplique du film *Un monde pour nous*, Cameron Crowe, 1989.

–Laney, dis-je. Tu es malade ?

–Je ne sais pas…, répond-elle, la main plaquée sur le ventre, je ne sais pas.

Elle passe devant moi d'un pas vacillant, et je jette un coup d'œil dans le cabinet. Mes os se glacent. La cuvette est pleine de sang. Rouge vif. Je repense aux nounours en gélatine gorgés d'eau en train de fondre dans le lavabo de Nico Fiore, fragiles et transparents, sans os, sans veines, sans organes, sans battements de cœur.

–Est-ce que tu as eu… est-ce que tu es… tu as besoin d'une serviette ? je demande.

Laney fait non de la tête. Un emballage rose clair lui glisse des mains. Elle passe ses doigts tremblants sous l'eau du robinet.

Je repense à l'encre rouge sur mes doigts, rouge sur le comptoir et sur mes poignets de chemise, sur les enveloppes blanches et, plus tard, rouge sur mon menton quand j'ai vu mon reflet. J'avais laissé des empreintes rouges partout.

–Je vais t'accompagner à l'infirmerie.

Je lui tends le bras et lui donne une serviette en papier mouillée.

Laney pose la main sur mon épaule. Clopin-clopant, nous sortons des toilettes et tournons dans le couloir. Elle se tient contre moi, son bras contre le mien. Moi et Laney, Laney et moi. *Amies.*

–J'ai des vertiges, c'est tout, murmure-t-elle en appuyant la serviette sur son front.

Son visage s'est vidé de sa couleur. Il est tellement blanc qu'on le croirait ciselé dans la craie. En grattant, je pourrais la réduire en poussière.

–C'est bon, on y est presque, lui dis-je.

Elle s'agrippe à moi, en sueur malgré ses doigts glacés. Holy Family, me voyez-vous soutenir Laney Villanueva? Je suis la personne sur laquelle elle s'appuie.

–Heureusement que je t'ai trouvée, dis-je. Ça va aller.

Nous sommes arrivées. L'infirmière est devant le frigo, elle sort un flacon de sirop ambré. Deux jeunes sont allongés sur des fauteuils inclinables en vinyle, des simulateurs qui ne sont là que pour sécher les cours. Ils devraient avoir honte.

Laney s'effondre sur la chaise à côté du bureau de l'infirmière.

–Nico..., murmure-t-elle.

Je me penche vers elle:

–Je peux aller te le chercher.

–Je ne sais pas où il est, dit-elle en se tenant le ventre à deux mains. (Je sais qu'elle regrette de ne pas avoir son téléphone portable, cette connexion entre elle et lui. Elle n'a que moi à qui se raccrocher. Je suis son seul lien à Nico, la seule personne qui puisse les réunir.) En cours de physique, peut-être? demande-t-elle.

Il est à son cours avancé d'Histoire de l'Europe, salle 221.

–Je vais le trouver, dis-je.

Elle se plie en deux, les mains plaquées sur le ventre.

–Je vais faire vite. Promis.

Je descends le couloir à toutes jambes, puis sors et traverse la cour. Autour de moi, les crocus sont déterminés: chaque bourgeon s'efforce d'éclater. Ils ne seront jamais aussi jolis que des roses couleur chaussons de danse, robustes et somptueuses. *Somptueuses.*

–Je viens chercher Nico Fiore, s'il vous plaît ?

Essoufflée, je tends à M. McNamara ma propre permission de sortie, donnée par le père Philip. Il la pose sur son bureau sans la regarder. Nico jauge mon expression, attrape ses affaires et me suit.

Je suis déjà en train de courir, Nico Fiore sur mes talons.

–Elle est à l'infirmerie.

–Qu'est-ce qui s'est passé ? demande-t-il. Elle va bien ?

–Je sais pas.

Nous retraversons le jardin en trombe. On dirait que les crocus se sont ouverts pendant les quelques secondes qui viennent de s'écouler. Comment est-ce possible ? Ils absorbent le soleil. Comment osent-ils s'épanouir alors que Laney se flétrit ?

Nous la rejoignons. Nico s'accroupit à ses genoux.

–Qu'est-ce qui s'est passé ? lui demande-t-il.

Elle ne répond pas. Elle serre son ventre entre ses bras et pleure dans le cou de Nico.

–Quel est le problème ? demande froidement l'infirmière.

Trop de simulateurs ont épuisé sa compassion. Nico secoue la tête.

–Elle refuse de le dire.

–Elle a des vertiges. Elle saigne et elle a des douleurs, dis-je.

Nico me regarde, et son visage s'affaisse.

–Bon, d'accord, fait l'infirmière.

–Mais…

Je n'y connais rien à rien, mais je sais à quoi ça ressemble, beaucoup de sang, et je sais que ça ne devrait pas arriver à Laney.

–Vous pouvez partir, me dit l'infirmière. Allez-y.

–Je reste, dit Nico, tenant les mains de sa petite amie entre les siennes.

Laney a l'air craintive et faible, avec ses pointes de pied repliées sous sa chaise. Elle devrait être en train de danser, pas de se recroqueviller comme ça.

Je me souviens, en CE2, d'être allée à l'infirmerie parce que je saignais du nez. Le saignement a cessé au bout d'un quart d'heure, peut-être même après dix minutes, mais j'ai gardé mon Kleenex collé à la figure, j'ai continué de l'écraser sur mon nez, parce que je ne voulais pas retourner en classe. On faisait des divisions et je n'arrivais pas à comprendre l'interaction entre le nombre qui était à gauche et celui qui était à droite. Je suis restée à l'infirmerie jusqu'à l'heure où ma classe allait partir en cours de musique. Je regrette d'avoir simulé. Je le regrette.

Ce ne sont pas ses règles, ai-je envie de dire, mais je ne peux pas. Ce n'est pas mon sang, cette fois-ci.

–Est-ce que je peux rester, moi aussi ? je demande. Je voudrais être sûre que ça va aller.

–Vous pourrez l'appeler après les cours, me répond sèchement l'infirmière. Retournez en classe.

Je me dirige lentement vers l'escalier, côté nord. Du toit, je pourrai surveiller le parking et voir Laney et Nico, s'ils quittent le bâtiment.

J'ai la main sur la poignée quand je sens l'odeur: peinture fraîche. J'ai envie de sangloter avant même d'ouvrir la porte. J'ai envie de verser des larmes sur une perte si sombre que je n'en vois pas le fond.

Il ne reste plus rien dans la cage d'escalier. Plus personne. Je suis face à un mur vide et sans vie. Ils ont tous été ensevelis sous la peinture: les couples du passé, qui ont vécu, respiré et aimé à Holy Family, dont Bianca Wickham et Carlo Tedoro, ne sont plus. Je ne les retrouverai jamais. Et j'ai oublié de prendre une photo.

Le soleil est radieux, frais et cruel, sur le toit. Chaque centimètre carré de l'infini est bleu vif. Mais quelque chose de précieux, que je ne saurais pas expliquer, s'est perdu. Rien ne pourra le ramener, aussi clair soit le ciel.

34

Ma Laney,

Je t'attendrai tous les jours sur le toit. Viens, s'il te plaît.

Je t'aime,

Nico

Ça fait trois semaines que Laney est rentrée, après deux jours d'absence, mais elle ne lui a toujours pas adressé la parole. Je sais que ça doit paraître impossible, vu qu'il y a plus de deux mille élèves à Holy Family, et pourtant, l'institut est plus silencieux et plus triste. Je les vois toujours se mêler au même groupe, essayant de se comporter comme d'habitude en public, mais je ne sais pas s'ils se rapprochent ou s'ils jouent seulement leurs rôles respectifs pour sauver les apparences. Ils ont cessé de se toucher et de plaisanter. Ils sont juste... là.

À présent, Nico et moi sommes ici, sur le toit, à attendre Laney. Nous y venons tous les jours après les cours, comme il l'a promis. Nico, assis dans le coin, écoute sa musique. Je suis cachée derrière les machines, le dos contre le mur de briques et les pieds repliés.

Il fait froid aujourd'hui, plus froid qu'hier et encore plus qu'avant-hier. Le début du printemps est traître, quelquefois. J'aurais dû prendre mon sweat de gym pour me couvrir les jambes. C'est notre neuvième jour à attendre Laney sur le toit. *Neuf jours.* Ça fait beaucoup de temps dans les limbes. J'arrive à travailler ici, à ma grande surprise. C'est le seul endroit où j'ai jamais pu me concentrer sur un livre. *Sa Majesté des Mouches*. Plombant, le bouquin, et pitoyable, la rédaction que Bianca a écrite dessus. La moitié de son texte est pompée sur un « Profil d'une œuvre » qu'elle avait dans son bureau. L'autre moitié, c'est du grand n'importe quoi, « riche en symboles du bien contre le mal » et « interroge les batailles dont au cœur de laquelle nous nous situons. » Ah ouais, Bianca ? Vraiment ?

La playlist de Nico couvre le bruit des pages que je tourne. L'ennui de sa musique, c'est qu'elle est tellement déprimante – chacune de ses chansons est une variation sur le thème *Sans toi, je mourrai.*

Il a maigri. Son pantalon d'uniforme flotte un peu sur ses jambes. Ça ne m'étonnerait pas qu'il resserre sa ceinture d'un cran. Quant à Laney, elle a l'air d'aller bien, selon les critères habituels, mais il y a quelque chose de lointain dans son regard, comme si elle n'était pas pleinement présente. Je suis sûre que personne d'autre ne remarque ce que je vois. La beauté cache tant de souffrance.

Je crois que Nico fait ses devoirs. En tous cas, aujourd'hui, il essaie. Je l'entends travailler sur son ordi. Toutes les quelques minutes, il se met à taper. Entre les paragraphes, il soupire et marmonne: «Allez, Laney», ou bien, «Où es-tu, Laney?»

Il y a des fissures dans le béton, à mes pieds. Je commence à imaginer que ce sont les rues et les canaux d'une ville miniature. Les cailloux sont des maisons, les débris d'asphalte des immeubles. Millie verrait tout ça. Elle verrait un château d'eau, un marché en plein air, un parc d'attractions avec une grande roue et un clocher d'église.

Je me demande ce qu'elle fait, en ce moment. Elle est sans doute en train de ranger son bureau pour gagner un lot de bons d'achat périmés. Si je la garde de nouveau, ou plutôt *quand* je la garderai de nouveau, je lui demanderai comment est Nico à la maison. La tête ailleurs? Irritable? Déprimé? Et ses parents? Comment se comportent-ils ces temps-ci? J'aimerais bien savoir s'ils sont au courant de ce qui s'est passé.

La chanson baisse et se fond dans la suivante. Je reconnais la voix. C'est Elvis, l'homme qui a réuni Laney et Nico. Pour moi, c'est clair, maintenant. C'est cette chanson-là, celle que Nico a chantée à la fête de Gabby Hollis l'année dernière. Gabby a tiré le nom de Nico du casque de baseball, Nico est allé sur le devant de la pièce, il a pris le micro et chanté de tout son cœur. Laney, assise sur le canapé avec Tomás, a levé les yeux et regardé Nico chanter *Can't Help Falling in Love* en s'adressant directement à elle. Pour Tomás Diaz, c'était *game over*. Nico avait forcé Laney à le remarquer. C'est pendant ces quelques minutes que Laney Villanueva est devenue l'amoureuse de Nico Fiore.

Nico chante doucement pour elle, repensant sans doute à ce moment où il a conquis son cœur. Sa voix est tremblante et étouffée. Je lève la tête, un tout petit peu, juste le temps de l'entrevoir, le visage dans les mains. « S'il te plaît, viens », dit-il entre les couplets. « S'il te plaît, viens et dis mon nom, dis-le, c'est tout. »

On pousse la porte. Si c'est Dorian et Metal qui viennent fumer un joint, je risque de hurler. La poignée tourne. La porte s'ouvre lentement. Je me baisse et serre mes mollets contre moi. Nico se lève.

– Tu es venue, dit-il.

Ses pas se dirigent vers elle. La chanson, leur chanson, a marché. Elle est là. Elle avance prudemment, sans hâte.

– Mon Dieu, Laney, je savais que tu viendrais.

– Arrête.

– Je peux pas t'embrasser ?

Silence.

– Il y a du vent. Tiens, tu veux mon sweat-shirt ?

– Non.

– Tu es sûre ?

Elle ne bouge pas. Personne ne bouge. *Dis quelque chose.* Ils piétinent.

– Tu m'as tellement manqué.

Calme absolu.

– Est-ce que je peux te donner ça, au moins ?

Un pas en avant. Un pas en arrière. Que lui a-t-il donné ?

Dis-lui qu'il t'a manqué, lui aussi. Dis son nom. Dis-le. Dis-lui tout.

–Je suis vraiment désolé, Laney. Je suis vraiment désolé que tu aies dû subir ça. C'est ma faute.

–Je ne te reproche rien.

Sa voix est creuse, rauque.

–Alors pourquoi tu refusais de me parler? Je t'ai laissé des messages vocaux. J'ai appelé sur ton fixe. J'ai parlé à tes parents. Ça fait des semaines.

–J'avais pas envie de parler. J'ai toujours pas envie de parler.

–OK. On n'en parlera pas, alors. On peut juste être ensemble maintenant, et laisser les choses reprendre comme avant.

Comme avant –*Laney qui chante ses voyelles, ses ahhh et ohhh. Nico qui la regarde de loin. Nico en veste d'intérieur bordeaux, souriant*; *Laney serrant contre elle un chiot en peluche.* Aucun d'entre nous ne peut remonter le temps. Même moi, je sais que ce sablier est trop lourd à renverser.

–On ne peut pas faire ça. Tu ne comprends pas? (Elle tape du pied.) On ne pourra jamais revenir à ce qu'on était.

Laney, la tête appuyée sur mon comptoir. Nico, qui lui passe une mèche derrière l'oreille.

–Alors nous serons plus forts.

–Non. Tout est différent, maintenant.

–Je ne suis pas différent. Je suis le même.

–Mais *moi* non, s'écrie Laney.

Lui qui ondule du bassin pendant le karaoké. Elle qui traverse la scène en enchaînant les tours jetés.

–Tu es la même pour *moi*, dit Nico.

–Je te dis que j'ai changé ! Pourquoi tu refuses de m'écouter ?

–Je t'écoute. Excuse-moi. Je t'écoute. Dis-moi, Laney. Dis-moi en quoi tu as changé, et je t'aimerai de la nouvelle façon.

–Tu le sais, en quoi j'ai changé ! Tu as vraiment besoin que je te le dise ? C'est ça que tu veux ? Tu veux que je te le dise ? Je vais te le dire, hurle-t-elle. J'étais là, tranquille, à passer des auditions pour des écoles de danse et à me faire faire des mèches, et du jour au lendemain, je me suis retrouvée enceinte. Mais comme je ne voulais pas l'être, le bébé est mort ! Voilà en quoi j'ai changé !

–Oh, mon Dieu, non. Ne t'inflige pas ça. Ce n'est pas toi qui en est la cause. Ce n'est pas toi qui as provoqué ce qui est arrivé. Tu m'entends ? Ce n'était pas ta faute. Le bébé n'était pas en bonne santé... Ce n'était pas le bon moment, pas encore... mais tout ira bien, maintenant...

–Arrête ça !

–Ça quoi ?

–Tu ne peux pas juste me serrer dans tes bras en t'imaginant que ça va tout arranger. Ça marche pas comme ça.

–J'essaie pas de tout arranger. (Nico soupire.) J'essaie juste d'être avec toi dans cette histoire. Parce que je le suis. C'est aussi à moi que c'est arrivé... c'était aussi une partie de moi. Nous pouvons traverser ça ensemble et être plus proches qu'avant.

Elle pleure doucement, maintenant.

–Tu ne vois pas que je t'aimerai encore plus ? dit-il. Je t'aimerai mieux.

–Non !

–Non, quoi ? Je ne sais pas ce que tu veux.

–Je veux juste oublier tout ça !

–Laney, je...

–Je veux oublier que cette année a jamais eu lieu.

Nico, fendant le couloir, un bouquet de roses roses au-dessus de sa tête. Laney, qui rit en descendant les marches du grand perron avec lui. Nico, la main sur le cœur en la regardant faire des arabesques sur This Year's Love.

–Et *nous* ? demande Nico, le souffle court. Est-ce que tu es en train de dire que tu veux m'oublier ?

Un silence.

–Oui.

–Laney. Non. Non, ne fais pas ça, supplie Nico. S'il te plaît, ne fais pas ça.

–Il faut que tu nous laisses partir... Juste que... s'il te plaît, laisse-moi partir.

–Je peux pas faire ça...

–Je suis désolée.

J'appuie le front sur mes genoux. La trappe s'ouvre lourdement, puis, douloureusement, elle se referme. Laney s'enfuit, s'enfuit, s'enfuit.

Je croyais que les moments secrets dont j'avais été témoin –le bout de ses doigts se promenant sur son dos, leurs ombres de l'après-midi sur le toit –étaient le début d'une histoire d'amour. Que Laney et Nico avaient devant eux d'innombrables années pour être amoureux. Comment ai-je pu me tromper ?

–Puuuu-taiiiin ! hurle Nico dans ses mains.

Elle n'a pas dit son nom, elle ne l'a pas prononcé une seule fois. Elle essaie déjà d'oublier.

–S'il te plaît, Laney, ne romps pas avec moi. S'il te plaît, ne me quitte pas, répète Nico, tout en martelant de ses poings le mur de briques. S'il te plaît, ne me quitte pas...

Il veut fracasser, briser quelque chose, en faire des éclats pointus qui transpercent les veines, mais il n'y a rien à briser ici.

À part son cœur.

Et le mien.

35

Nico claque la trappe derrière lui. Mais rien ne m'empêchera de rattraper Laney, rien. Je descends le long de la gouttière en m'égratignant les genoux contre la brique, exactement comme l'avaient fait Nico et Laney au temps où c'était romantique et marrant. À la seconde où mes pieds touchent l'herbe, je pars en courant, fais le tour du bâtiment et re-rentre en trombe.

–Laney!

La cloche de l'école sonne, et j'en sens les vibrations dans tout mon corps.

Laney descend le couloir à grands pas, vers la porte latérale. Je peux la rattraper, avec ma vitesse d'équipe d'athlé. J'ai écouté toutes les chansons de rappeuses, et j'ai appris par cœur celle qui dit qu'on n'a pas besoin d'un homme pour avoir des dollars. Je suis rapide, tellement rapide, je vais gagner une médaille.

J'identifie une personne dans la marée des visages –lui aussi regarde Laney, la scrute quand elle passe en se dépêchant devant elle. Tomás Diaz. Oui, Tomás, Laney est en miettes. Ce que tu espérais est arrivé. Laney et Nico ont rompu. Mais tu ne comprends pas. Elle est plus loin de toi que jamais. Ce que Laney et Nico ont partagé est tellement douloureux que c'en est une barrière infranchissable. Elle ne sera jamais, jamais, tienne.

J'attrape Laney par le bras en hurlant:

–Laney! Vous ne pouvez pas rompre! Il faut que tu te remettes avec lui!

Je lui hurle dessus parce que je ne peux pas hurler sur mon père à deux mille kilomètres de distance, ni sur ma mère, dont les billets de cinq dollars ne payent que des onion rings que personne ne mange et qui ne se réchauffent pas bien du tout. Comment ça pourrait marcher pour qui que ce soit, si ça foire entre Laney Villanueva et Nico Fiore?

–Tu nous *espionnais?*

Elle se dégage. Elle ne comprend pas que leur amour est de l'espèce la plus rare.

–Non. Je... j'ai entendu.

–Tu étais sur le toit? Comment tu peux faire une chose pareille?

Laney me fusille du regard. Il y a seize ans, le Couple le plus mignon a rompu à cause de moi. Aujourd'hui, je peux le réconcilier.

–Je ne veux que votre bonheur, dis-je.

–T'es vraiment pas nette, m'assène-t-elle en secouant la tête.

–Nan, je m'inquiète, c'est tout.

Elle plisse les yeux, l'air soupçonneux:

–Tu es amoureuse de moi ou quoi?

–Briseuse de couples ! hurle quelqu'un.

–Ce n'est pas ça, j'insiste. Je vous aime *tous les deux*.

–Dégoûtant ! dit quelqu'un d'autre.

–Plan à trois ! crie une autre voix.

Je me fiche de ce que ces gens peuvent penser. Ils n'existent pas. Essaie de les trouver dans l'album de l'année : ils ne seront nulle part, ils ne comptent pas.

« Vos distances. Gardez vos distances. »

–Je veux dire… (Je veux lui dire qu'elle et Nico occupent une place particulière dans ma vie, et que j'aimerais moi aussi occuper une place particulière dans la leur, mais je ne veux pas franchir la limite.) Je vous aime tous les deux parce que… nous sommes amis.

–Amis ? On te connaît à peine.

La voix de Laney est glaciale. Elle me regarde de la même façon que je regarde Greta Novak, comme si c'était moi, le pot de colle, moi, le moustique.

–Mais tu m'as invitée à ta soirée, je lui rappelle.

–C'était un remerciement au nom du Bureau des élèves, dit Laney. J'ai invité tous les donateurs de la collecte.

–C'est… c'est pas vrai.

J'en bafouille. Elle voulait que je vienne, moi tout particulièrement, point d'exclamation ! Nous sommes amies !

–Mais… je vous ai tamponné vos billets de retard, Laney. C'est moi – (je pointe le doigt vers ma poitrine) – qui vous ai donné votre étude en commun en neuvième période. J'ai pris votre photo à Halloween et sur la banquette de fenêtre. J'ai *fait de vous* le Couple le plus mignon.

–Quoi?

Elle est toujours jolie, tellement jolie, même quand elle est déboussolée.

–J'ai volé MacGraw pour vous.

–T'aurais pas dû faire ça, dit-elle en fronçant les sourcils.

–Nico voulait la conduire, il a sauté sur les clés.

–Il a sauté sur les clés parce que tu avais un comportement trop bizarre. Il a cru que tu avais pris de la drogue. On s'est arrêtés au terrain de golf pour te laisser le temps de redescendre.

Laney se trompe. La pleine lune illuminait la nuit; elle nous aimantait. Notre sang montait d'une même marée.

–Non !

J'insiste, mais je me souviens alors de l'expression que j'avais vue dans les yeux de Nico quand il avait pris les clés. Je l'avais déjà vue, cette expression, le matin de leur première fois. Qu'est-ce qu'elle signifiait, au juste? Je tenais leurs billets de retard, et ils essayaient de les prendre. Je repousse l'image au fond de mon esprit. J'ai pas envie de savoir.

–On a passé EXO, dis-je. C'était la plus belle soirée de nos vies.

–De *nos* vies? Laney recule. Tu délires.

Elle me parle comme l'avait fait Jenna.

–Ne dis pas ça. Je voulais juste être proche de vous, je rétorque. J'ai vu comment vous vous regardiez, Nico et toi, après votre première fois. Vous êtes censés vous aimer pour toujours, comme mes parents l'étaient. C'est pour ça que j'ai prié à ton audition. Si vous restez ensemble, ça rattrapera tout. Vous êtes censés *être lumière!*

Elle n'écoute pas. Elle fuit, elle zigzague dans la foule. Pourquoi tout le monde s'en va-t-il toujours?

–Je vous ai offert mon cœur!

–Tarée! crie quelqu'un.

D'autres rigolent.

–Espèce de malade!

«Tu es une stalkeuse.»

«Gardez vos distances... Trop impliquée. Vous avez besoin d'aide. Vous devriez parler au père Philip.»

–Ne me fuis pas. C'est moi qui t'ai trouvée, Laney Villanueva! Je t'ai trouvée aux toilettes quand tu perdais ton sang!

Laney fait volte-face. Sa queue-de-cheval tournoie au-dessus de ses épaules comme lorsqu'elle fait des pirouettes, elle est tellement ravissante. J'ai toujours son élastique jaune sur ma table de chevet.

–Ferme-la, Rafi! Je te jure, si tu la fermes pas immédiatement...

–Nico t'aime tant et pour toujours, je la supplie. Ta peau le fait pleurer!

Les yeux noirs et limpides de Laney s'enflamment. La voici, l'expression qu'avait Nico ce matin-là. Maintenant, je sais ce qu'elle signifie.

La peur.

–Qu'est-ce que tu as dit? demande-t-elle.

–Ne sois pas gênée. Il n'y a pas de secrets, entre amis.

Je me rapproche.

–Tu es folle! hurle-t-elle.

Mon cœur s'arrête de battre.

–Ne me traite pas de ça. C'est une chose cruelle à dire, Laney. (Je l'attrape par le bras et je la tire vers moi. Je ne supporte pas d'entendre ce mot dans sa bouche.) Je suis *ton amie.*

–Tu me lâches, putain! hurle Laney. Elle se débat violemment et ses cheveux collent à mon gloss.

–Écoute-moi! J'essaie de t'aider! (J'enfonce les mains dans sa chair.) Je suis *une fille vraiment cool*!

Avec un mugissement, elle se dégage. Elle pivote et part en flèche vers la rue.

En un éclair, je vois les yeux de Nico et ses mains sur le volant, juste avant que sa Jeep percute le corps de Laney et l'envoie voltiger sur la chaussée. Son fourre-tout s'ouvre grand. Cahiers, chaussons de danse, fiches, clémentines partent dans tous les sens. Les papiers retombent en tourbillonnant. Une enveloppe se pose à mes pieds: **Pour Laney**. Je la ramasse et la glisse dans ma poche.

Jenna surgit à côté de moi, bouche bée. Des cris et des hurlements fendent l'air tout autour de moi. La portière de Nico s'ouvre.

–Laney!

–Oh, mon Dieu!

–Au secours!

–Appelez les urgences!

–Non! Non, non, non, non! (Nico est auprès d'elle.) S'il te plaît, s'il te plaît, s'il te plaît, non, s'il te plaît.

C'est tellement beau. Lui qui voulait juste lui faire la bise. À présent, il caresse ses cheveux, son visage, ses bras rouges d'égratignures; il la touche avec tant d'amour, tant de délicatesse. Son corps inerte, parfait. Laney Villanueva est dans les bras de Nico Fiore, là où est sa place.

Nico lève la tête en tremblant, en quête d'aide. Il ouvre la bouche, sans un son. Nos regards se croisent. Les larmes perlent à ses yeux.

–Y a pas de quoi, lui dis-je.

–Oh, putain, putain! s'écrie Tomás, qui se tient le front à deux mains.

Le soleil de l'après-midi brille derrière lui, découpant sa silhouette parfaite. Je lève mon téléphone et je le prends en photo.

J'ai réussi. J'ai fini l'album de l'année et réuni le Couple le plus mignon. Où est le père Philip? Je veux lui raconter ce que j'ai fait. Soudain, je comprends que le mercredi, c'est mon jour. Le père Philip, thérapeute qualifié pour enfants et adolescents, reçoit Monica Reilly le lundi, Aaron Page le mardi, et moi le mercredi, pendant que nous nettoyons les cages des perroquets. Il y a des gens tellement bons dans le monde. Il va être si fier de moi.

Je pointe l'objectif vers mon visage. Cette fois-ci, je souris.

Clic.

Envoyer.

–Est-ce que tout le monde a commandé son album de l'année? je demande à la ronde. (Les gens se tournent pour me dévisager. Je peux vraiment le vendre, maintenant.) J'ai mis 3 107 photos! j'ajoute. (Nous sommes tous figés dans le temps avant que ça ne parte en vrille.) Achetez un album! Vous verrez.

–Rafi... La main de Jenna se pose sur mon épaule. Relax. Quelqu'un a appelé les secours.

Des sirènes, au loin. Ils arrivent. Ils arrivent trop vite. Attendez. Donnez-moi ce moment –laissez-moi les regarder.

Nico pleure, penché sur Laney qui gît sur l'asphalte, jambes écartées, et les sanglots secouent ses épaules. La foule grossit. Tous veulent voir l'amour, l'amour, l'amour qui se déverse de lui à elle. Qui se répand sur nous tous. Regarde ce que je leur ai donné: dix minutes de plus tous les deux, comme au bon vieux temps.

Tout le monde est présent, y compris la jeune Bianca et le jeune Carlo, qui sont apparus, enfin, si nettement dans mon esprit. Ils sont juste rayonnants dans la foule. «Maman, papa, je chuchote, j'ai tout réparé!»

Un an plus tard

Ça se passe bien pour moi, à Our Lady of Grace. Très, très bien. Je suis une élève formidable. Greta Novak n'en reviendrait pas du nombre d'invitations que je reçois. Ce qui ne veut pas dire que je vais aller au barbecue de Tessa Rubin à 15 heures. Pas question. J'ai autre chose d'autrement plus important à faire ailleurs. Ah, Greta! Ça fait un bail que je n'avais pas pensé à elle.

Je ne suis qu'à trois stations. Ça sent le lait tourné et les Cheetos, dans le métro, mais au moins, ça va vite. Je devrais me placer près des portes pour pouvoir descendre tout de suite. Je sens l'adrénaline qui monte. Je n'ai pas été surexcitée comme ça depuis...

Deux stations.

Tessa Rubin ne m'aime pas, d'ailleurs. Je vois clair dans son jeu. Tout ce qu'elle veut, c'est que je fasse figurer son barbecue dans ma rubrique « Week-ends » de l'album de l'année. Elle fait partie des gens qui croient aux vieilles rumeurs, alors elles peuvent aller se faire voir, elle et sa fête. Elle et toutes les autres devraient se mettre ça dans la tête une fois pour toutes: je n'ai pas été «renvoyée» de Holy Family. Les connards qui ont écrit C'EST TA FAUTE, MEURS, et STALKEUSE! en travers de mon casier se sont fait virer, eux. Moi, j'ai changé d'établissement.

C'est la prochaine.

Jenna et Tomás Diaz ont dit que c'était un accident, et les caméras de surveillance ne mentent pas. J'en ai ras-le-bol de le répéter. Ras-le-bol. Les accidents, ça arrive. C'est trop triste.

Je n'avais pas envie de changer d'école. Le père Philip non plus ne voulait pas que je parte. Holy Family, c'était chez moi. J'ai vendu un nombre record d'albums de l'année. Mais Poppy a dit qu'il aurait dû taper du poing sur la table il y a dix-sept ans déjà, et c'était horrible de se disputer pour ça. Ses rides se creusaient. Quant à la pauvre Gran, elle n'arrivait plus à suivre son programme avec nos cris. Je me transformais en Bianca. Je ne pouvais pas leur faire subir ça de nouveau. Céder était la décision la plus juste à prendre. De toute façon, j'ai réussi quelque chose qui compte bien plus pour moi qu'un diplôme, à Holy Family. Voilà, maman: un nouveau départ. Regarde comment on fait. Regarde-moi. Je suis en plein épanouissement.

Je descends ici.

Le théâtre est deux rues plus à l'ouest, c'est-à-dire... dans cette direction. Je vibre de la tête aux pieds. Rien de tel que le printemps à New York. Est-ce que tu le sens? L'énergie? Les possibilités?

Voilà l'enseigne. Plus qu'un bloc. J'ai tellement attendu ce jour. Maintenant qu'il est arrivé, je n'arrive pas à croire que c'est pour de vrai. Sens comme mon cœur bat vite.

Auditorium Desmond. Objectif atteint. La queue avance. Je présente mon billet à l'ouvreur. J'ai les mains qui tremblent. Il scanne le code-barres. (EXCUSÉ(E)).

Je suis dans la place.

Penchée en avant sur mon siège cabossé, je parcours toutes les rangées du regard, de gauche à droite et de la première à la dernière. Je suis certaine qu'il n'est pas là, mais je ne peux pas m'en empêcher.

Les lumières baissent. *Je suis là. Je suis là. Je suis là.* Une lueur bleue apparaît. Elle se mue en un violet flou, puis vire au rose pastel poudré. Quelques applaudissements. La musique commence. C'est un quartet à cordes, comme si rien n'avait changé. Et c'est vrai. Peu importe l'uniforme que je porte, Bianca et Carlo et Laney et Nico et moi, nous formons ensemble une Sainte Famille, que nous ayons nos noms sur un mur ou pas.

Le rideau se lève. Une danseuse traverse la scène, le menton haut. Elles sont deux, maintenant, puis trois, puis quatre...

Soudain, j'arrête de respirer : elle est là.

En vrai. C'est son corps. Sa façon de bouger. Ses cheveux ondulés, redevenus noirs, lâchés sur ses épaules. Cette ligne splendide qui part de sa main et va jusqu'au bout de sa jambe tendue. Son visage.

Et me voilà retrouvée[1].

---

1. Référence à un vers du célèbre cantique chrétien *Amazing Grace*: *I once was lost but now I'm found.* (*«J'étais perdu et me voilà retrouvé.»*)

Chaque jour, chaque jour sans exception, j'ai cherché une mise à jour, une photo, un commentaire, une localisation, quelque chose. Poppy m'avait dit que j'aurais moins de distractions à Our Lady of Grace. C'est vrai, mais pas au sens où il l'entendait. Rien ne m'a distraite d'elle. Au bout d'un an sans la moindre trace, pas même à sa maison, j'ai enfin trouvé ceci, le spectacle de chorégraphie des étudiants. Oh, comme elle m'a manqué. Laney Villanueva.

Je reconnais sa triple pirouette avec son extension de bras, tellement gracieuse, lorsqu'elle se déroule. La raideur nouvelle de son dos et de son cou ne sont pas ma faute. De toute façon, je suis sûre que personne d'autre ne la remarque. Elle récupérera probablement, avec un peu plus de temps. Cet après-midi-là, j'essayais juste de la tirer plus près de moi pour qu'elle m'entende, pour lui faire comprendre combien elle m'était chère et tout ce que j'avais fait pour elle, mais elle refusait d'écouter. Elle n'arrêtait pas de remuer. C'est dur de retenir Laney Villanueva – n'oublie pas que c'est une danseuse. Et je comprends maintenant qu'aimer, parfois, ça veut dire savoir lâcher.

Son dos et son cou ne sont pas les seuls changements que je vois en elle. Elle danse en puisant son mouvement ailleurs, maintenant – dans une tristesse si profonde que même ses gestes les plus discrets me serrent la gorge. Elle a vraiment de la chance, non ? Elle est plus fascinante que jamais.

Je dévale les escaliers et fonce vers les loges, me faufilant entre des portants chargés de costumes, et des danseurs et danseuses qui font leurs étirements contre le mur.

C'est elle. Je reconnais son dos, bien sûr que je le reconnais, lorsqu'elle enroule ses cheveux en chignon. Son justaucorps bleu délavé a un profond décolleté en V. Sa peau est moite de sueur, sa... *S... K... I... N.*

On y est, exactement comme je l'imaginais. Je m'approche.

–Laney?

Elle se retourne avec précaution, sans bouger le cou.

Nos regards se croisent. Elle se fige, livide. Elle ne m'a pas oubliée. Elle ne m'oubliera jamais, maintenant. Je plonge la main dans mon sac.

–J'ai quelque chose pour toi.

Chère Laney,

J'espère faire beaucoup de choses dans ma vie. Je ramerai au lever du soleil sur un lac lisse comme un miroir. Je chanterai à un concours de talents à la télévision, sans qu'on se moque de moi, si j'ai un peu de chance. (J'ai toujours eu envie de faire ça, mais je n'osais pas te le dire.) Je parcourrai l'Europe avec un sac à dos orange vif et un carnet en cuir qui s'attache avec un cordon, dans lequel je scotcherai mes billets de train. J'aurai un métier qui aidera les gens, mais qui ne me brisera pas l'âme. Peut-être que j'irai m'installer à l'autre bout du pays et que je vivrai au bord d'un autre océan, jusqu'à ce que je cesse d'avoir l'impression qu'il est du mauvais côté.

Je suis sûr que ma vie sera à la fois belle et poignante. Mais rien n'aura jamais la même note de tristesse que ce que je ressens maintenant que tu me repousses.

Tous les jours, je prie pour que tu me rejoignes sur le toit, mais j'ai peur de ce que tu diras quand tu viendras enfin. J'ai peur que tu ne veuilles plus de tout ça, que tu aies tiré un trait sur nous deux, sur ce que nous sommes et sur ce que nous pourrions être. J'ai peur de ne jamais pouvoir te dire toutes les choses que je veux te dire, alors je les écris.

Si tu veux passer à autre chose, il faudra que je l'accepte. Mais je veux que tu saches que chanter Elvis pour toi, c'est de loin la meilleure initiative que j'aie prise de ma vie. Et dans dix ans, dans vingt ans, dans cinquante ans, si j'ai la chance d'être encore là, je chérirai toujours le souvenir de tout ce qui s'est passé ensuite, même si toi non. Un jour, je tomberai sur notre vieil album de l'année et je verrai des photos de nous. On aura l'air si jeunes, toi et moi, comme des bébés, à mes yeux vieillissants. Une photo de nous dans la banquette de fenêtre, ton arabesque magnifique au banquet des Seniors, toi, moi et nos amis en pyjama, moi avec ma pipe et toi avec ton chiot en peluche, et nous deux en couple le plus mignon… C'était quand même top, ça, non ? Ce sera marrant, dans un sens, de me voir jeune et les cheveux blanchis au spray, quand je serai vieux et que j'aurai les cheveux blancs pour de vrai.

Je verrai nos visages et nos sourires. J'aurai l'impression que c'était hier, même s'il y aura eu des décennies de jours et de nuits séparés l'un de l'autre et des millions d'inspirations prises sans toi. En un instant, j'aurai l'impression que nous sommes de nouveau ensemble. Je me souviendrai de la nouveauté et de l'émerveillement de nous deux.

Peut-être que je me souviendrai de la douleur. Je sais que oui, car, pour le moment, je suis incapable d'imaginer qu'elle puisse jamais disparaître. Je me souviendrai de cet arrachement à te sentir glisser hors de mes bras et commencer ta vie sans moi. J'aurai l'impression de te perdre de nouveau. Mais ce dont je me souviendrai surtout, c'est l'immense chance que j'ai eue de t'avoir aimée, Laney Villanueva... tant et pour toujours.

À jamais,
Ton Nico

J'ai dû lire la lettre de Nico plus de mille fois, depuis qu'elle s'est déposée à mes pieds comme un cadeau. Je garderai ma photocopie, mais je n'en aurai pas besoin. J'aime me la réciter par cœur – pas seulement les mots, mais aussi chaque silence et chaque pulsation entre eux, chaque sentiment. Ça me rappelle, sans l'ombre d'un doute, que je suis quelqu'un de particulier pour Laney Villanueva et Nico Fiore. J'existe; pour eux, je suis la personne qui offre le cadeau du temps. Même quand ils seront vieux, ce sera toujours moi. Je serai toujours la personne qui les ramène aux jours splendides de l'amour de l'année dernière. Je ne suis pas folle. Je suis Rafi Wickham. Je suis la meilleure.

Remerciements

Cette histoire a vécu des dizaines d'années dans mon cœur. Je n'arrive pas à croire que je l'ai maintenant entre les mains, sous forme d'un roman publié. Molly Ker Hawn, vous avez tout de suite «pigé le livre». Merci de lui avoir trouvé pile la maison qu'il lui fallait. Ma profonde reconnaissance va à Emilia Rhodes, pour ses conseils si clairs et pour avoir laissé Rafi être Rafi. Vous m'avez encouragée à être honnête sur la page, alors le voici: un cœur sur un plat, sel, poivre, une demi-heure à cent quatre-vingt-dix degrés. Je n'ai jamais été aussi fière (ni plus terrifiée) de ma vie. À l'équipe de Clarion, merci de nous avoir soutenus, LV & NF, Rafi et moi. Des bises à mes amies autrices, qui rendent la vie d'écriture un peu moins solitaire, en particulier Victoria J. Coe, Kathleen Glasgow, Janet McNally et Goldy Moldavsky. Tout mon amour à papa et maman (en parlant de couples les plus mignons), à ma famille et à mes ami·e·s. Spéciale dédicace aux perroquets de la KM High School. Et surtout, merci à mes cousins et à mon amoureux de lycée. Faites passer le micro!

Logo ALBIN MICHEL : Nicolas Vesin

Illustration et conception graphique de la couverture : © Anaïs Dufils
Composition : Delphine Guéchot

Éditions Albin Michel
22, rue Huyghens 75014 Paris
ISBN : 978-2-226-47398-1
N° d'édition : 24969/ 01
Dépôt légal : avril 2023
Loi n° 49-956 du 16 juillet 1949 sur les publications destinées à la jeunesse.
Imprimé en mars 2023 en Espagne par Liberdúplex